Christoph Hein
Die fünfte Grundrechenart

Christoph Hein

Die fünfte Grundrechenart

Aufsätze und Reden

1987–1990

Luchterhand
Literaturverlag

Lektorat: Ingrid Krüger

Umschlagentwurf: Max Bartholl. Umschlagfoto: Lore Bermbach
Gesamtherstellung: Wagner GmbH, Nördlingen. Printed in West-Germany
ISBN 3-630-86731-6

Inhalt

1

Maelzel's Chess Player Goes to Hollywood Das Verschwinden des künstlerischen Produzenten im Zeitalter der technischen Reproduzierbarkeit 9

Des Menschen Auge hat's nicht gehört Von der Magie und den Magiern 34

Leserpost oder Ein Buch mit sieben Siegeln Für Christa Wolf 57

Ein deutscher Molière Zur ›Bargfelder Ausgabe‹ der Werke Arno Schmidts 74

Der Apfelwein der Madame de Guermantes Betrachtungen über Poetik-Vorlesungen 89

2

Die Welt ist kleiner geworden Zum internationalen Friedensforum »Berlin – ein Ort für den Frieden« 101

Die Zensur ist überlebt, nutzlos, paradox ... Rede auf dem X. Schriftstellerkongreß der DDR 104

Die Zeit, die nicht vergehen kann Gedanken zum Historiker-Streit anläßlich zweier deutscher 40-Jahrestage 128

I Saw Stalin Once ZEIT-Museum der 100 Bilder 155

3

Die fünfte Grundrechenart Rede im Ost-Berliner Schriftstellerverband 163

Öffentliche Erklärung 173

Die DDR ist nicht China SPIEGEL-Gespräch zur ›Wende‹ in der DDR 175

Ein Berliner Traum im Oktober 1989 ... Zur Podiumsdiskussion »DDR – wie ich sie träume« 182
Der Dialog reicht nicht aus Ansprache in der Erlöserkirche 184
Weder das Verbot noch die Genehmigung als Geschenk Gespräch mit der »Berliner Zeitung« 189
Der alte Mann und die Straße Ansprache auf dem Alexanderplatz 194
Brief an Sara, New York 197
Brief an den Rowohlt-Verlag, Reinbek 210

4

»... und andere« Für Gustav Just 213
Achtung, Abgründe Laudatio für Max Frisch anläßlich der Verleihung des Heinrich-Heine-Preises 220
Ein bißchen zu laut Zum 100. Geburtstag von Kurt Tucholsky 230

Quellenverzeichnis 243

I

Maelzel's Chess Player Goes to Hollywood

Das Verschwinden des künstlerischen Produzenten im Zeitalter der technischen Reproduzierbarkeit

Fünf Jahre, bevor Edgar Allan Poe seinen Detektiv Monsieur Auguste Dupin als Beispiel analytischer Fantasie und Kombinatorik erfindet, offenbart er die Vaterschaft des Dupinschen Scharfsinns: Er entkleidet deduktiv Maelzels Schachspieler seiner vorgeblichen Technik, die diesen zum vielbesuchten und -gerühmten Wunder machte. Poe wies den in der Apparatur versteckten Menschen nach. Dessen Schachkünste waren keineswegs sensationell, das Erstaunen erregte die vorgespiegelte technische Leistung, der angebliche Automat. In siebzehn Punkten begründete Poe, warum nicht nur sehr wohl ein Mensch in dem Apparat versteckt sein kann, sondern daß notwendigerweise dieser von einem Menschen bedient werde.

Maelzels Schachspieler, eine Konstruktion Wolfgang Ritter von Kempelens, war eine betrügerische Erfindung, deren Nase jedoch in die richtige Richtung wies. Zwei Jahrhunderte nach von Kempelens Mechanik, die einen Automaten vorzutäuschen hatte, stehen uns nicht nur beim Schachspiel Automaten gegenüber. Und nicht allein ihr geringer Umfang, sondern auch Leistung, Ordnungsmöglichkeiten und Schnelligkeit werden einen jeden von vornherein davon abhalten, in ihnen nach einem versteckten Menschen zu suchen.

Nun sind es ihre Erfinder, die dem Computer, dem perfekten Automaten, einen Menschen einverleiben wollen. Die Vollkommenheit des Automaten nämlich erregte – ganz abgesehen von den sozialen Problemen, die mit seinem massenweisen Erscheinen in der westlichen Welt auftauchten – bei vielen Menschen irrationale Ängste. Die Perfektion ist mehr als menschlich, übermenschlich, also auch unmenschlich und daher beunruhigend.

Nicht völlig frei von einem stillen Grauen bedienen wir die Knöpfe, beneiden die folgenden Generationen um ihren unbefangenen Umgang mit diesen Geräten und entwickeln möglicherweise ein verspätetes Verständnis für unsere Urgroßeltern, die verängstigt und mit zitternden Fingern den Schalter ihrer elektrischen Glühlampe betätigten.

Die Computerproduzenten versuchen, solchen verkaufshemmenden Ängsten durch eine Vermenschlichung des Apparats zu begegnen, die diesen als Partner und Freund darstellt. Neben dem Mikroprozessor wird gleichsam ein Mensch eingebaut. Dieser überflüssigerweise installierte Mensch hat nichts mit den tatsächlich hinter dem Apparat steckenden Menschen zu tun, mit denen, die ihn produzieren, einsetzen und dirigieren, mit den Wissenschaftlern und Technikern, den Politikern und Militärs. Dieser Mensch hat nur eine einzige Funktion: Er muß uns von seiner steten Anwesenheit überzeugen, um allein dadurch das technische Steuer- und Regelwerk zu denunzieren und als einen neuen Typ des Maelzelschen Schachspielers darzustellen. Eine Widernatürlichkeit, denn sie steht nicht allein gegen unsere Natur, sondern sie verkehrt auch die Natur des technischen Instruments, zeugt gegen uns.

Das Unbehagen an der technischen Entwicklung rettet sich erfahrungsgemäß und traditionell in die der Ratio unzugänglicheren Bereiche. »Le coeur a sa raison, que la raison ne connait pas«, sagt Pascal, der Herz hat seine Vernunft, die die Vernunft nicht kennt. Das Unbehagen verführt und führt uns zu dieser schwer kontrollierbaren Vernunft des Herzens, wo umgeben von der Aura der Humanität tradierte menschliche Werte, Fähigkeiten und Funktionen anscheinend erlauben, uns selbst näher zu kommen, zu uns zu kommen. Die vermißte und gesuchte Behaglichkeit besteht dort, wo wir mit uns identisch sind. Und immer, wenn gesellschaftliche, politische, technische oder künstlerische Entwicklungen uns verunsichern, ein Unbehagen in uns erregen, retten wir uns in eine Identität überkommener Werte, das heißt angenommener und respektierter, also fraglos gewordener Werte.

Wenn wir der Identität des Menschen mit sich selbst einen hohen Wert beimessen – und auf Grund der psychischen Beschaffenheit des Menschen sind wir dazu genötigt –, so dürfen wir nicht verkennen, daß die gesuchte Identität selten auf unbekannten, unerforschten Wegen zu erreichen, sondern gewöhnlich in den geklärten, gesicherten, unumstößlichen Bereichen zu finden ist, also in den schon erreichten und bewohnten Plätzen, in den Höhlen, aus denen wir aufgebrochen sind.

Der Forscher und Entdecker hat in diesem Sinn die geringste Chance, mit sich identisch zu werden, da sein Gegenstand extrem gegen ihn ins Verhältnis gesetzt ist: Er ist ihm fremd, unerkannt und erklärungslos. Die Forderung, in seiner Zeit die eigene Identität zu finden, bedeutet, uns im (noch) Unbewohnbaren anzusiedeln, ja, auf die Siedlung, die Behausung zu verzichten, da sie einen retardierenden Moment im Zeitstrom darstellt, einen Stillstand markiert in einem tatsächlich bewegten Fluß.

Das Neue ist nie einladend, es ist unbehaglich, es läßt uns nicht die Ruhe, die wir offenbar zur Selbstfindung benötigen, auch wenn wir es mit den freundlich klingenden Worten Progression, Fortschreiten bezeichnen. Und zumal jene Bereiche des Forschens und Entdeckens, die rabiater und grundsätzlicher die früher gefundenen Lösungen zugunsten der neuen verwerfen, also Wissenschaft und Technik etwa, die für die Leistungen der Väter ein bestenfalls historisch-würdigendes Interesse aufzubringen vermögen und für die die zeitgenössischen Anhänger überkommener, also veralteter Lösungen einen Anachronismus darstellen, werden uns immer wieder aus der einmal gefundenen Ruhe aufschrecken.

Behagen, Selbstfindung weiß uns da eher die Vernunft des Herzens zu weisen, von der, wie Pascal anmerkte, die andere Vernunft (der Verstand, die Erkenntnis) nichts weiß. Diese Vernunft des Herzens begrenzt jene der menschlichen Ratio und räumt ihr nur bedingt das Recht ein, über sie Aussagen zu treffen. Zu ihr gehören zweifelsfrei die Religion, die Philosophie, dazu gehört auch die Kunst. Also jene Äußerungen des Menschen, in denen die früheren Lösungen, die Arbeit der Vorfahren, nicht nur aufhebbare Stufen darstellen, aufgehoben im späteren Stand der Entwicklung und Praxis, sondern auch weiterhin gültige Ergebnisse von menschlicher Produktion, aussagefähig auch noch für uns und nicht aufhebbar, d. h. als Lösung nicht zu übertreffen. Sie existieren – im Unterschied zu früheren Produkten von Wissenschaft und Technik – auch noch praktisch für uns. Sie vermögen auch uns, die wir Hunderte oder Tausende von Jahren nach ihnen zur Welt kamen, Genuß zu verschaffen oder Hilfe und Erkenntnis. Sie erregen noch heute unsere betroffene Bewunderung, wir haben mit ihnen zu tun, sind noch immer mit ihren Fragen beschäftigt, in ihre Probleme verwickelt. Ihre Urheber vermögen durch ihre Produkte zu uns zu sprechen, vermochten sich durch sie zu unseren scheinbaren Zeitgenossen zu machen. Der jahrtausendealte Schreibgriffel der Ägypter oder die vor einem Jahrhundert geborene Schreibmaschine können allein unser historisches Interesse ansprechen, sie sind für uns unpraktisch geworden, stehen außerhalb unserer Praxis. Die Welt- und Sternenkarten der Griechen wie die Anatomie des Rembrandtschen Jahrhunderts sagen uns etwas über die Urheber und ihre Zeit. Ihre ursprüngliche Aussage aber wurde fortgesetzt aufgehoben und revidiert und stellt für uns keinen Wert dar, sie ist für uns nutzlos geworden.

Die Unaufhebbarkeit der Kunst erlaubt uns den Regreß, das Festhalten an Überkommenem, das beständige Verweilen im Gestern. Was in den Wissenschaften und der Technik nicht nur anachronistisch, sondern schizophren wäre, in den Künsten ist es möglich. Es ist statthaft und sogar üblich, in der Tradition zu leben und die neuen Lösungen als nicht zur Kunst gehörig, als Unkunst, Unkultur abzulehnen, sie nicht wahrzuhaben. Balzac oder Dostojewski als Endpunkte der Literatur zu bezeichnen und das ihnen folgende Jahrhundert nicht zu akzeptieren, ist sogar professionell mit Literatur Beschäftigten erlaubt. Eine vergleichbare Haltung in der Mathematik und Biologie, im Maschinenbau und der Architektur ist nicht einmal eine Denkmöglichkeit.

Das Nichtwahrhaben neuer Erkenntnisse und Entdeckungen ist hier unerlaubt, ruinös und tödlich.

Unsere eigene Identität in unserer eigenen Zeit zu finden, wird uns erschwert durch eine Erziehung und Bildung, die selbst in fernen Zeiten gebildet wurde. Sie ist von einer Generation vor uns geprägt worden. Und wenn diese Generation ihre Prägung gleichfalls überwiegend von der ihr vorhergehenden Generation erhielt und nicht selbst erarbeitete, so deutet sich an, wie tief in die Vergangenheit die Wurzeln unserer Erziehung und Bildung reichen. Sie wird von unserer Zeit tangiert und modifiziert, bleibt aber der Tradition verhaftet und einer Zeit, die wir nicht mehr kennenlernten. Aus dieser sinnlich nicht erfahrenen Zeit stammen unsere Bildung, der Bau und die Maßstäbe unserer Kultur. Und daher akzeptieren wir die Produkte jener Zeit, denn es sind Produkte, die unseren traditionellen Wertvorstellungen entsprechen. Sie wurden nur dort fragwürdig für uns, wo die Produktion der eigenen Zeit diese völlig ersetzte und ihre eigene Gültigkeit erzwang.

Die Kunst vergangener Jahrhunderte, sagten wir, hebt sich nur bedingt auf und ist insgesamt nicht ersetzbar. Ihre Gültigkeit, durch die überkommene Bildung bestärkt, ist unzweifelhaft. Verdächtig dagegen sind vielmehr die neu entstehenden Produkte der Kunst, die ihre Gültigkeit allenfalls behaupten, aber mit keinem Mittel, mit keinem Beweis, mit keinem allgemein akzeptierten Maßstab beweisen und erzwingen können.

Wenn der Intellekt und der Verstand mißtrauisch und stets unzufrieden sind, an allem zweifeln außer an dem Unmöglichen, das Bestehende verachten, um auf das Utopische zu setzen, so ist die Vernunft des Herzens konservativ. Nicht die Schärfe des Gedankens, der eindeutige Beweis, die Entsprechung und vollständige Kongruenz des Abbilds bestehen vor dieser Vernunft. Gefragt sind ästhetische und sittliche Tugenden, die ihre Wurzeln unleugbar in der Vergangenheit haben, in überkommenen Werten: Schönheit, Harmonie, Meisterschaft, Vollendung, Trost und Ermunterung, heilsame und beruhigende Weltbilder, das

Evangelium, die frohe Botschaft. Es sind Werte, die nicht auf Erkenntnis der Welt zielen, sondern auf Möglichkeiten, in ihr zu leben, dennoch in ihr zu leben.

Ein Widerspruch zweifellos, da alle Forschungen, alle Wissenschaften ja auf dem gleichen Grund beruhen: eine Welt zu erkennen, um in ihr leben zu können. Denn aus dem Unbekannten kommt das uns Tödliche. Der Widerspruch dieser sich gleichenden und doch verschiedenen Funktionen verschiedener Vernunft verweist auf eine Kluft zwischen dem richtig Erkannten und der menschlichen Möglichkeit, damit zu leben. Wir benötigen die Wahrheit über uns und unsere Umwelt, und wir benötigen gleichzeitig einen beruhigenden, beschönenden und verfälschenden Schleier über dem Erkannten, um es aushalten zu können. Diesen milden Schleier kann uns die Vernunft des Herzens liefern, etwa die Kunst. Und wir gestehen ihr dann gern Gültigkeit zu, wenn sich ihre Produkte durch die Patina des Vertrauten ausweisen, durch eine erborgte Patina, durch das überlieferte Muster. Denn nicht die neue Lösung, die neue Erfindung als Reaktion auf eine sich verändernde Welt, vielmehr jene Arbeiten, die die tradierten Muster nicht nur nicht ausschlagen, sondern sich ihrer unverändert bedienen, sind akzeptierbar, annehmbar.

Anders als die neuesten Produkte von Wissenschaft und Technik können die der Kunst ihre aktuelle Nutzung nicht erzwingen. Die traditionellen, bestätigten, gesicherten Produkte behalten für uns ihre Gültigkeit, da die neuen weder den ästhetischen noch den Gebrauchswert überlieferter Kunst außer Kraft setzen. Die neuen Angebote der Kunst auszuschlagen, fällt uns leicht, da ihre Gültigkeit vorerst unbewiesen ist und zweifelhaft erscheint angesichts unserer Maßstäbe. Jede Aussage zu neuesten Werken der Kunst, die diesen Maßstäben nicht gerecht werden können und wollen, wird dann möglich, denn dann ist alles allein von der Subjektivität des Produzenten oder des Konsumenten abhängig. Die Vernunft des Herzens, die darüber zu urteilen hat, spricht mit Sachverstand allein, wenn eine um das Produkt entstandene

Aura dieses Produkt gültig und endgültig macht. Freilich verhindert die gleiche Aura den unvoreingenommenen Blick aufs Kunstwerk. Werte und Wertungen werden dann unstrittig, bilden selbst einen Teil der Aura und können allenfalls modifiziert werden.

Die fehlende Aura bei der neu entstandenen Arbeit erlaubt vielleicht einen klaren Blick, aber es ist ein ratloser Blick. Sinn und Unsinn, modern und modernistisch liegen dicht beieinander. Die erstaunlichste, radikale Leistung verstört und irritiert, verstehbarer ist das Verbindliche, verbunden der Tradition, der Erfindung von gestern.

Zum Ende des ersten Drittels unseres Jahrhunderts legte Walter Benjamin seinen Text »Das Kunstwerk im Zeitalter seiner technischen Reproduzierbarkeit« vor. Die Schrift ist ein Monument seiner Hoffnung. Sie konnte in Deutschland nicht mehr publiziert werden, da dort – anders als in Benjamins Zukunftsprojektionen vorgesehen – eine völlig andere »Arbeiterpartei« zur Macht kam. Dies nahm nie etwas und nimmt nichts von der aktuellen Bedeutung des Textes. Die Realität, oberster Prüfstein aller Praxis, ist taubes Gestein beim Griff ins Unmögliche.

Benjamin, die Aussichten der Kunst in unserem Jahrhundert betrachtend, setzt auf der Reproduzierbarkeit der Kunstwerke, da sie die Autorität der Sache, den falschen Schein, die Aura ins Wanken geraten lasse. Er sieht in der Reproduzierbarkeit die Liquidierung des Traditionswertes, die Befreiung vom Kultischen, das Ende ihrer angeblichen Autonomie. Er erhofft von ihr einen technischen Standard und eine Überprüfbarkeit, wie sie zuvor nur in Wissenschaft und Technik bekannt waren, also eine Auslese, die von bloßer Subjektivität frei ist, da die Apparatur das entscheidende Medium wird. Und er sieht ein neues Verhältnis der Masse zur Kunst: aus einem radikal rückständigen schlage es in das fortschrittlichste um. »Die Reproduktionstechnik«, schreibt Benjamin, »löst das Reproduzierte aus dem Bereich der Tradition ab. Indem sie die Reproduktion vervielfältigt, setzt sie an die Stelle seines einmaligen Vorkommens sein massenweises. Und indem sie der Reproduktion erlaubt, dem Aufnehmenden in seiner jeweiligen Situation entgegenzukommen, aktualisiert sie das Reproduzierte.«

Benjamin setzt wie Lenin dabei vor allem auf das Kino, jene Kunst, die an die technische Reproduzierbarkeit gebunden ist und mit ihr entstand. Allen Einwänden – z. B. Huxleys Warnung vor der entstandenen Gefahr der Vulgarität künftiger Kunst durch eben diese Reproduzierbarkeit – begegnet er so lakonisch wie überzeugend mit der Bemerkung: »Diese Betrachtungsweise ist offenkundig nicht fortschrittlich.«

Was Benjamin erhoffte, war eine Umwälzung der gesamten sozialen Funktion der Kunst. Statt ihrer traditionellen Fundierung aufs Ritual, sah er – und setzte alles auf – ihre politische Fundierung. Die technische Reproduzierbarkeit bringe die massenhafte Verbreitung, die Verbreitung bei den Massen, ihre Befreiung von jedem elitären, ja, von jedem nationalen Interesse. Der Weltbürger Benjamin hoffte, daß die massenhafte Verbreitung der reproduzierten Kunstwerke zu einer Internationalisierung führt, zu internationalen Maß- und Wertstäben, zu einer Weltkunst. Und in ungebrochener Begeisterung formuliert er jenen Satz, in dem der Drehpunkt des Scheiterns seiner Hoffnungen liegt: »Das reproduzierte Kunstwerk wird in immer steigendem Maße die Reproduktion eines auf Reproduzierbarkeit angelegten Kunstwerks.«

Fünfzig Jahre später konstatieren wir die unaufhörliche Entwicklung der Apparatur, eine grandiose und durchaus revolutionär zu nennende stetige Umwälzung der Technik, aller zur Reproduzierbarkeit jeglicher Künste notwendigen Geräte. Die Möglichkeiten zur Reproduktion – heute wohl noch lange nicht erschöpft, wie uns jährlich die Messen technischer Neuheiten beweisen – sind erstaunlich und faszinierend, und das nicht nur für die professionellen Hersteller von Reproduktionen.

Die massenhafte Verbreitung und Internationalisierung fand statt in einem auch Benjamin nicht erahnbaren Umfang. Was jedoch zu den Massen kam, was nationale Grenzen und beschränkte Interessen dabei überging und hinwegfegte, ist vorerst nicht die Kunst, auch nicht die technisch reproduzierbare, sondern die Apparatur. Die zur massenhaften Reproduktion notwendigen technischen Geräte wurden immer preiswerter und selbst zu einem Artikel des Massenbedarfs. In den Haushalten der ersten Welt – da man in Nordamerika und Westeuropa von einer dritten Welt zu sprechen pflegt, muß es folglich auch eine erste geben, worunter wir wohl Nordamerika und Westeuropa zu verstehen haben –, in den Haushalten der ersten Welt können wir bereits heute einen Ausrüstungsstandard zur Reproduktion von Ton- und Filmkunst vorfinden, der die technischen Möglichkeiten einer Filmfirma zur Zeit Benjamins weit übertrifft.

Im Benjaminschen Sinn wäre damit eine Grundlage zur Demokratisierung der Kunst gegeben, eine Voraussetzung ihrer Fundierung auf Politik. Die massenhafte Verbreitung der Apparate für die Reproduzierbarkeit auch von Kunst wäre für Benjamin ein zu begrüßender Schritt zur Liquidierung des Traditionswertes von Kunst und der überlieferten Kunstwerke.

In einer Verlängerung seiner Projektion in die Zukunft ließe sich sagen: Wir stehen heute vor dem Beginn einer umfassenden, generellen Demokratisierung aller Kunst, ihrer Produktion wie ihrer Reproduktion. Produzenten wie Konsumenten von Kunst sind nicht weiter voneinander getrennt. Die Entwicklung der technischen Apparate ermöglicht das Ende der Spezialisten. Jeder hat die Möglichkeit, auch die technische, Kunst zu produzieren. Die Kosten für die Technik der Produktion wie der Reproduktion stellen bereits heute (oder doch in nächster Zukunft) kein unüberwindliches Hindernis dar. Das Einmalige, das genialisch Einzigartige, die Aura der Kunst wurde überrollt von technischen Spitzenleistungen, die in ihrer Wirkungsbreite und dem Bedarf nach unbegrenzten Käuferkreisen Demokratie förderten.

So ließe sich, Benjamins Sicht heute aufnehmend, sagen. Zu diesen euphemischen Tönen haben wir jedoch wenig Anlaß. Der Grund dafür liegt, so meine ich, nicht in einer von Benjamin unvorhersehbaren Entwicklung, einem ungeahnten technischen oder gesellschaftlichen Fortschritt, sondern darin, daß auch das Kunstwerk im Zeitalter seiner technischen Reproduzierbarkeit produziert und reproduziert wird in Gesellschaften, die ökonomischen und politischen Bedingungen unterliegen. Kunst wird produziert und reproduziert in der ersten, zweiten und dritten Welt, in Ländern des Sozialismus und des Kapitalismus.

»Das reproduzierte Kunstwerk«, schrieb Benjamin, »wird in immer steigendem Maße die Reproduktion eines auf Reproduzierbarkeit angelegten Kunstwerks.« Die Technik erzwinge die massenweise Verbreitung, sie erzwinge den Fall aller besonderen Interessen, privater oder nationaler, sie erzwinge die Internationalisierung der Kunst.

Wir haben dagegen heute einen anderen Vorgang zu registrieren. Die durch die Reproduzierbarkeit möglich gewordene massenweise Verbreitung des Kunstwerks führte zu einer Internationalisierung marktführender oder -beherrschender Konzerne, die Produkte der Kunst herstellen, reproduzieren und verbreiten. Hollywood ist nur ein Beispiel, benennt nur einen Bereich dieser Art der Internationalisierung. Die USA sind in den Künsten, die für eine technische Reproduzierbarkeit besonders geeignet sind, weltweit derart erfolgreich, daß nicht grundlos in verschiedenen Ländern der Begriff »US-Kulturimperialismus« aufkam. In einigen Ländern (nicht nur in sozialistischen) werden beschränkende Maßnahmen für diesen beherrschenden Kulturimport erwogen bzw. praktiziert, weil der Fortbestand der eigenen nationalen Kultur gefährdet ist.

Hollywood – ich will bei diesem Namen als Beispiel bleiben, weil er weltweit besonders sinnfällig wurde für das technisch und wirtschaftlich progressivste Kino: die serielle Großproduktion; dabei soll nicht vergessen sein, daß diese normgerechten Filme nicht allein in Nordamerika fabriziert werden, ebenso nicht, daß auch in Hollywood noch Filmkunst produziert wird, wenngleich diese wirtschaftlich gesehen bestenfalls die Größe eines Feigenblatts hat –, Hollywood überschwemmte den Globus nicht allein mit seinen Kunstreproduktionen, sondern dadurch auch mit seiner Ideologie und Ästhetik. Hollywoods geschäftlicher Erfolg zwang offensichtlich Filmkünstler sehr verschiedener Länder, Filme herzustellen, die allenfalls den Kunstkriterien Hollywoods genügen. Sich zu unterwerfen, fordert ein Vertrieb und Markt, der diesen Grundsatz aller seiner Geschäfte der profitablen Erfolge wegen fast weltweit praktiziert und erzwingt.

Wenn das reproduzierte Kunstwerk in immer steigendem Maße die Reproduktion eines auf Reproduzierbarkeit angelegten Kunstwerkes ist, so bedeutet das unter diesen Bedingungen, daß die Produktion sich nicht allein den technischen Konditionen der Reproduktion zu unterwerfen hat, sondern auch ihren gesellschaftlichen und ihren politischen. Und jene Kunstwerke, deren technische Reproduzierbarkeit unmittelbar in der Technik ihrer Produktion begründet ist – also vor allem Kino- und Fernsehfilm –, unterliegen diesem Diktat im besonderen Maße.

Die von Benjamin begrüßte Internationalisierung des Films brachte der Filmproduktion in den kapitalistischen Ländern den für internationale Produktionen üblichen Standard: Produktion innerhalb eines marktbeherrschenden Konzerns. Das nationale Interesse wurde internationalisiert, und wo das Interesse Kapital heißt, fielen die beschränkenden Grenzen zugunsten eines unbeschränkten Kapitalinteresses. Die Internationalisierung des Films erhöhte zwangsläufig seinen Marktwert. Und der über nationale Möglichkeiten hinausgehende Wert ist berechenbar, er ist das Verhältnis von Kosten und Profit. Mit seiner Internationalisierung hat der Film eine neue Ästhetik erhalten: den internationalen Erfolg, der nun vor jedem anderen Interesse zu stehen hat. Die von Benjamin erhoffte Fundierung auf Politik bei einer Massenkunst mußte ausbleiben, wo der Profit das Fundament darstellt.

Benjamin setzte auf die Liquidierung des Rituals, des Tradierten, auf das Ende der Aura des Kunstwerks. Die von internationalen Konzernen verwaltete Filmkunst zerstörte tatsächlich dieses Beziehungsgefüge. Doch wurden diese Begriffe auch unbrauchbar, sie wurden nicht verworfen, sondern in einem neuen

Geflecht von Beziehungen und mit teilweise veränderten Inhalten wiederbelebt. Ritual und Aura, Genialität und Einzigartigkeit wurden geläufige Begriffe der Massenkunst, deren jeweilige Namen rasant wechseln, um überleben zu können. Ihre Inhalte entbehren nun jedoch des Geheimnisses. Ihre Anwendung wurde kontrollierbar, da sie den gleichen Interessen unterworfen ist wie die Kunstwerke. Die Zusammenhänge und Beziehungen, ihr ganzes Traditionsgefüge wie die Bedingungen der Originalität schrumpften auf das Reproduzierbare, auf das Verwertbare.

Der arme Poet, das unglückselige Genie – das waren die personifizierten Wahrzeichen einer Kunst, die traditionellen Vorstellungen entsprach. Eine Kunst im Zeitalter der profitablen Reproduzierbarkeit benötigt andere Sinnbilder. Eine Möglichkeit: ein subalterner Mensch in gebeugter Haltung, vor dem Schreibtisch eines Chefs der Reproduktionsindustrie stehend.

Die Reproduktion bestimmt die Produktion des Kunstwerks. Sie bestimmt sie nicht allein – wie Benjamin hoffte – technisch, sondern auch politisch. Die bestimmende Reproduktion ist selbst bestimmt vom Verkauf, vom Erfolg. Die Abhängigkeiten sind eindeutig, offen, geheimnislos. Genialität und Einzigartigkeit, Ritual und Aura wurden tatsächlich unbrauchbare Begriffe für diese Produktion und werden, so sie noch zur Anwendung gelangen, allein zur Etikettierung einer Ware benötigt, die nach völlig anderen Kriterien produziert und reproduziert wird. Die überkommenen Begriffe haben dieser Ware den Hauch einer geistigen Atmosphäre zu geben, deren Abwesenheit in der Produktionsphase der Ware Voraussetzung war. Die überkommenen Begriffe haben dem Konsumenten eine Produktionsweise zu suggerieren, die ihm das angebotene Produkt annehmbar, erträglich und wertvoll macht. Die Begriffe haben die Anwesenheit eines menschlichen Erzeugers, eines Künstlers vorzuspiegeln, da dieser für den Konsumenten von Kunst noch immer unverzichtbarer Bestandteil dieser Art Ware zu sein scheint.

Das traditionelle Etikett hat die Tatsachen zu verschleiern. Der kapitalistische Reproduktionsprozeß hat die künstlerische

Produktion in jenem Bereich, der durch seine Technik besonders eingreifend von der Reproduktionsindustrie bestimmt wird, längst vom Künstler als Urheber und Schöpfer befreit. Kino- und Fernsehfilm sind in ihrer gesamten Produktionsphase damit kontrollierbar und beherrschbarer geworden. Mit der Aura und dem Geheimnis starb das Unvorhersehbare, damit auch das unkalkulierbare geschäftliche Risiko. Kunst wurde zu einer Produktion, die nicht mehr an den Künstler und das Talent gebunden ist, sondern sich vom zufälligen Ingenium befreite und abstimmbar wurde. Sie als demokratisch zu bezeichnen, hindern uns die Eigentumsverhältnisse, denn abzustimmen haben die Eigner der Reproduktionsindustrie und ihre Verwalter. Aus diesem Grund werden über die Ästhetik und Philosophie des Hollywoodfilms uns das Management und die Buchhaltung das Aufschlußreichste sagen können, da sie die entscheidende künstlerische Befugnis haben.

Das Kunstwerk im Zeitalter der Reproduktionsindustrie ist berechenbar geworden. Mit einem geeigneten Instrumentarium ist es zu koordinieren und in jedem Detail vorherzubestimmen – wie jede andere Produktion der Industrie.

Vor mehr als fünfzig Jahren besuchte Luis Buñuel für sechs Monate Hollywood. In seinen Memoiren berichtet er:

»In meinen nicht gerade seltenen Mußestunden hatte ich ein ziemlich seltsames Ding erdacht und gemacht ... nämlich eine synoptische Tabelle über den amerikanischen Film.

Auf einer großen Pappe oder Holzplatte brachte ich, mittels Schnüren leicht zu bewegen, mehrere Rubriken an. Die erste Rubrik zum Beispiel für das Milieu: Pariser Milieu, Western, Gangster, Krieg, Tropen, Komödie, Mittelalter und so weiter. Die zweite Rubrik betraf die Epoche, die dritte die Hauptfiguren und so weiter – es waren etwa fünf Rubriken.

Das Grundprinzip war das folgende: Das amerikanische Kino funktionierte nach einem so mechanischen, festgelegten System, daß, wenn man ein bestimmtes Milieu, eine bestimmte Zeit, bestimmte Figuren auf eine Reihe brachte, dank meines Schnursystems todsicher auch die Hauptgeschichte herauskam.

Mein Freund Ugarte, der über mir im selben Haus wohnte, beherrschte den Mechanismus meiner synoptischen Tabelle aus dem Effeff. Ich muß noch ergänzen, daß vor allem die Auskünfte über das Schicksal der weiblichen Hauptfiguren, die man dank meiner Tabelle bekommen konnte, außerordentlich genau und zuverlässig waren.«

In der gleichen Zeit, in der Benjamin seine Hoffnungen zur Entwicklung der Kunst unter den Voraussetzungen ihrer technischen Reproduzierbarkeit formuliert, entdeckt Buñuel ihren Algorithmus. Von der eigenen Beobachtung offenbar verwirrt, nennt er sie »ziemlich seltsam«. Uns ist dieser Algorithmus geläufiger geworden, da die Reproduktionsindustrie ihn seitdem nicht nur für die USA durchzusetzen versucht und dabei keinesfalls erfolglos ist.

Die neuesten Produkte dieser weltweit reproduzierten Filme und Serien bedienen sich strenger denn je des Algorithmus, ihre Berechenbarkeit unterliegt einer ausnahmslosen Stringenz.

Es bedarf nicht mehr des bösen und erfahrenen Blicks eines Kollegen im Handwerk wie Buñuel, um den Mechanismus zu erkennen. Die Mechanik ist für das Publikum sichtbar geworden. Und das beeinträchtigt keineswegs die Konsumtion dieser Produkte, sondern ist ein Faktor ihrer Wirkung geworden. Das Publikum ist versichert, durch nichts verschreckt, verwirrt oder beunruhigt zu werden. Situationen und Ablauf der Geschichten sowie die Konstruktionen der Personen bewirken ein unendliches Deja-vu-Erlebnis des Publikums.

Das Überraschende, das Ungewisse, die Spannung, das suspense, sie sind der unaufhörlichen Wiederholung untergeordnet. Der Schrecken ist immer vorhersehbar, das plötzlich eintretende Ereignis war lange zuvor bekannt. Gleichförmigkeit und Wiederholung sind die Fundamente dieser Dramatik. Was ermüdend langweilig ist, es ist auch bekannt und vertraut. Das Anheimelnde schafft Genuß und das unaufhörliche Gleichmaß der Bewegung eine bewohnbare Idylle. Die Katastrophe wie das happy-end sind von sich gleichender Gemütlichkeit.

Der Erfolg dieser Kunst ist ihre Berechenbarkeit. Der Konsument kauft keine Katze im Sack, die gewünschten und gern bezahlten Informationen sind ihm längst bekannt. Er kauft die Verlängerung des ewig Gleichen. Diese Berechenbarkeit ermöglicht die Berechenbarkeit der Produktion, sie erzwingt die Automation der künstlerischen Produktion.

Bei einem flüchtigen Blick auf die allgegenwärtigen Fernsehserien erkennen wir die bewußt einfachen Methoden ihrer Dramaturgie, deren sie sich mechanisch und ausnahmslos bedienen. Ihr Ablauf und das Ineinandergreifen der Teile ist so korrekt und überraschend wie der Gang eines Uhrwerks.

Das zentrale Prinzip der Seriendramaturgie ist das der phasenverschobenen Sinuskurven. Die Kurven der Geschichten sind ineinander verschränkt. Ständig beginnen Geschichten (d. h. die Kurve befindet sich bei minus 1), entwickeln sich oder laufen aus (das ansteigende oder abfallende Kurvensegment) oder befinden sich auf dem Höhepunkt der Katastrophe bzw. des happy-ends (die Kurve ist auf ihrem Scheitelpunkt plus 1). Die Kurven der verschiedenen Teilgeschichten sind dabei so ineinander verschoben, daß zu jeder Zeit möglichst alle Kurvenpunkte zwischen minus 1 und plus 1 von verschiedenen Kurven (d. h. Geschichten) belegt werden, so daß immer das Interesse angesprochen ist, das Bedürfnis nach Spannung und Harmonie befriedigt wird, während gleichzeitig neue Kurven (neue Geschichten) vorbereitet oder zu einem Abschluß geführt werden.

Aus diesem Prinzip ergibt sich, daß eine Serie in Abhängigkeit von der Anzahl der Serienteile entsprechend viele Kurven (Geschichten, Spannungsbögen) zu präsentieren hat. Eine Gesamtserie muß daher eine Vielzahl mehr oder weniger zusammenhängender einzelner Geschichten bieten. Und folglich hat jeder Serienteil eine einfache, leicht überschaubare Geschichte vorzustellen, die aus der quantitativen Vielfalt so herausgelöst ist, daß eine einzelne Kurve vor dem Hintergrund eines stets vorhandenen, abrufbaren Netzes von Kurven deutlich wird und vorübergehend vorherrscht, also das Interesse bedient.

Das Kurvenprinzip bedingt den Grundsatz des Nicht-Endgültigen. Alle Katastrophen und happy-ends haben immer nur scheinbar endgültige Schlußpunkte zu sein, die im weiteren Verlauf der Serie beliebig aufgehoben und korrigiert werden können. Die spätere Korrektur muß als – noch nicht erkennbarer – Spielansatz bereits in der sich entwickelnden Teilgeschichte und ihrem scheinbar endgültigen Abschluß vorhanden sein, um der späteren Korrektur den Hauch von Wahrscheinlichkeit zu geben.

Und so wie sich die Kurven der einzelnen Geschichten beliebig fortsetzen lassen, also in der Tendenz endlos sind, sind sie es auch im Anfang: Jede Geschichte kann nach dem gleichen Kurvenprinzip beliebig viele abrufbare Vorgeschichten haben. Die Kurven sind nach beiden Seiten offen und endlos.

Selbst der Tod hat in dieser Endloskurven-Daramaturgie jede Autorität verloren. Wenn eine Auferstehung glaubhaft zu machen ist und das Unwahrscheinliche das Publikum nicht verunsichert, so ist der Tote jederzeit wieder rekrutierbar, die tote Spielfigur wie der tote Schauspieler.

Die Mechanik der Seriendramaturgie zeigt, wie die technische Reproduzierbarkeit rückwirkend eine technische Produzierbarkeit dieses Kunstgenres ermöglichte und bedingte.

Eine ausreichende Kenntnis des formalisierten Ablaufs vorausgesetzt – und das Gesagte umreißt, wie gering diese Kenntnisse sein müssen –, ist es bereits bei dem heutigen Entwicklungsstand der Computer für jeden Programmierer kein Problem, das Programm beliebiger Serien zu schreiben, ja, auch ein einziges Programm für beliebig viele Serien.

Ein ausreichender Apparat von Sprachfloskeln und umgangssprachlich reduzierter Topoi, eine Auflistung standardisierter Konflikte, eine Auswahl gängiger, einschlägig handhabbarer Charaktere mit der ihnen jeweils möglichen (glaubhaften, wahrscheinlichen) Handlungs- und Gefühlsskala, ein wertender Katalog filmischer Schauplätze sowie nach Wirkungen abgestufte Verzeichnisse von Kostümen, Masken, Statussymbolen etc. reichen als Grundstock eines computerisierten Programms zur automatischen Verfertigung von Fernsehserien aus.

Ein hinlänglicher Fundus dieser Informationen vorausgesetzt – und die Serien zeigen, daß die gewöhnliche Norm mit einem Minimum der Möglichkeiten zu erreichen ist –, ist die unendliche Herstellung unendlicher Serienscripte allein eine Frage der korrekten Benutzung des Computers und der eingespeicherten Daten, des Kurvenverlaufs und einer glücklichen Hand beim Randomprinzip, der Nutzung der Zufallszahl. Eine menschliche Kontrolle oder Korrektur würde diese Kunstproduktion nicht nur zeitlich verzögern, sie könnte den optimierten Kurvenverlauf gefährden, also das Kunstprodukt ruinieren. Die Abwesenheit des Menschen gehört also zu den Voraussetzungen dieser Kunst.

Eine Ausnahme ist nur dann zulässig, wenn zusätzliche Daten eingegeben werden müssen, deren vorherige Programmierung zu aufwendig wäre, z. B. die thematische Nutzung heikler Themen, gesellschaftlicher Tabus, seien sie politischer, sexueller, rassischer, militärischer oder religiöser Natur. Diese zusätzlichen Daten sind schwer programmierbar, da sie Veränderungen und Bewegungen der Öffentlichkeit unterliegen und folglich als fixe Werte nur bedingt handhabbar sind. Sie dennoch in das aktuelle Programm mitaufzunehmen, gebietet der Reproduktionsmechanismus. Das schnelle Reagieren auf neue öffentliche Standards beweist scheinbar Ingeniosität, Mut und Avantgardismus der Serie.

Aus all dem folgt, daß die Herstellung heute üblicher und bekannter Fernsehserien durch programmierte Computer nicht mehr nur denkbar ist. Die Möglichkeiten des Automaten, umfassender und schneller als jeder Mensch alle verfügbaren und bekannten Daten zu prüfen und zu verknüpfen sowie den dramaturgisch optimalsten Weg, also die wirkungsvollste Sinuskurve zu finden, prädestinieren ihm zum Schöpfer dieser Kunst. Der Einsatz des Computers für eine durch technische Reproduktion und Marktabsatz bestimmte Produktion ist daher sinnvoll und ökonomisch. Er ist technisch und profitpolitisch erforderlich.

In Kenntnis der heutigen, auf technische Reproduzierbarkeit angelegten Kunst und der modernen technischen Möglichkeiten sowie der allen erkennbaren Folgen eines um Effizienz dieser Produkte kämpfenden Managements wird als Folgerung unabweisbar: Der Computer als Produzent dieser Kunst entspricht dem erreichten Standard unseres Zeitalters.

Es ist nun nur ein kleiner und wohlbegründeter Schritt, wenn ich – auf der Grundlage meiner Beweiskette – die Behauptung aufstelle, daß diese Serienkunst bereits in praxi von Computern produziert wird. Denn da die technischen Voraussetzungen gegeben sind und die Produkte das durch Automation erreichbare Niveau nicht überschreiten, würde ein Zweifel am tatsächlichen Einsatz der Computer die Fähigkeit der kapitalistischen Unterhaltungsindustrie bezweifeln, profitabel zu arbeiten. Es gibt keinen unsinnigeren Vorwurf, den man ihr machen könnte.

Maelzels Schachspieler ging nach Hollywood.

Die alte Konstruktion Ritter von Kempelens von 1768 war, wie Poe schlüssig nachwies, eine Maschine, die ein in ihr versteckter Mensch bediente. Das 18. Jahrhundert, in dem dieser vorgebliche Automat gebaut wurde, und noch das 19. Jahrhundert, in dem dieser betrügerische Vorgriff auf eine nahe Zukunft durch die Welt reiste und sich bewundern ließ, waren noch weitgehend ungekränkt in ihrem Bild des Menschen, dem die Erde untertan ist. Die Hybris des Humanismus, die den Menschen zur Krone der Schöpfung erhob und nichts Gewaltigeres als ihn kannte, war nur zu schockieren durch eine Maschine, die – von Menschen zwar erfunden – eine eigene, unabhängige Intelligenz zu besitzen schien. Maelzels Betrug mußte deshalb als Sensation wirken, weil sein Schachspieler ein endgültiger und technischer Schlußstrich unter die europäische Kultur zu sein schien. Das Wort vom Maschinenzeitalter wurde vor den Maschinen geboren.

Maelzels neuer Schachspieler, mit dem nun Hollywood um die Welt reist, ist wiederum eine Konstruktion, die eine Maschine und einen Menschen in der betrügerischen Absicht koppelte, das

Interesse des Publikums zu fesseln. Die Maschine ist nun tatsächlich in der Lage, die gewünschten Resultate in jeder beliebigen Menge zu liefern, Kunst als unaufhörliche Reproduktion von Kunst.

Der Mensch dieser Maschine ist nicht mehr in ihr versteckt, im Gegenteil, er ist es, der die Maschine zu verstecken hat, den eigentlichen Schöpfer. Die einzige Funktion dieses Menschen ist es, präsent zu sein. Vor den Augen des Publikums hat er vor der Maschine auf- und abzugehen und blinkende Knöpfe zu bedienen, um den Eindruck zu erwecken, daß dieser Automat nichts anderes sei, als ein traditionelles Handwerkszeug, eine technische Verlängerung der menschlichen Hand, dem Hammer und der Säge vergleichbar. Er ist engagiert, um dem Publikum scheinbar zu beweisen, die Maschine liefere die unaufhörlich über sie stürzenden Folgen einer verbrauchs- und verkaufsorientierten Serienkunst allein dank seiner entscheidenden, unentbehrlichen Handgriffe. Seine Anwesenheit hat die ungebrochene menschliche Fantasie und Schöpferkraft zu beweisen. Er hat den Produkten der Maschine jenen traditionellen Schein zu geben, ohne den für das Publikum Kunst nicht möglich ist, nämlich die Aura des Geheimnisses von Schöpfertum und Genialität. Er hat dem Maschinenprodukt jenes menschliche Siegel zu geben, ohne das für den Konsumenten auch die einfältigsten Formen der Unterhaltungskunst nicht annehmbar sind. Und je eindeutiger die Maschine dominiert und ihre Produkte die automatische, serielle Fertigung verraten, um so heftiger hat der ihr zugeordnete Mensch zu agieren. Er hat seine Person zu seinem Potemkinschen Dorf zu machen, hinter dem der tatsächliche Produktionsablauf verschwindet. Er ist die Fassade, die den Verkauf garantiert, das Glamourbild personality.

Hier liegt auch einer der Gründe, daß die interpretierenden Künste in diesem Jahrhundert gewichtiger wurden. Der überlebensgroße Interpret einer Kunst, die er zu präsentieren und deren serielle Fertigung er zu verstecken hat.

Die technische Reproduzierbarkeit der Künste hat ihre Kapitalabhängigkeit nicht bewirkt, aber sie hat diese in einem bisher ungekannten Maß gesteigert und die Verdrängung des Menschen als künstlerischen Produzenten aus der Produktion ermöglicht. Das Kapital kann nun störunanfällig mit Apparaten produzieren, die nach einem einmalig vorgegebenen Programm endlose Verlängerungen zu geben imstande sind. Das Risiko, mit menschlichen Schöpfern zu arbeiten, die von Stimmungen abhängig sind, von einer kaum lenkbaren Psyche, von den unberechenbaren Einfällen ihres Talents, wurde mit dem Einsatz der Maschinen auf Null reduziert. Ein gleichbleibender Service der Computer kann von ihren Herstellern garantiert werden.

Das mit sich identische Produkt der seriellen Fertigung von Kunst, verbunden mit einer nicht für die Produktion, jedoch für den Verkauf notwendigen personality des Interpreten, erreichte einen früheren Jahrhunderten unbekannt großen Markt.

Und diese Produkte formen ihre Konsumenten.

Benjamins Hoffnung auf ein aufgeklärtes Massenpublikum entbehrte schon im zeitgenössischen Ansatz jeder Grundlage. Sie gründete sich auf Zufälligkeiten und fragwürdige Vergleiche (er setzte Chaplin gegen Picasso, um ein fortschrittliches Verhältnis der Massen bedingt durch die technische Reproduzierbarkeit auszumachen; wir dagegen könnten heute – angesichts der tatsächlichen Massenkunst Fernsehen – Fortschritt bestenfalls in einer noch so fragwürdigen Haltung des Publikums dem Surrealismus gegenüber feststellen). Benjamins Hoffnung war getragen von einer ungebrochenen Zukunftsgläubigkeit und von den wirklichen Möglichkeiten im Zeitalter der technischen Reproduzierbarkeit von Kunstwerken. Er abstrahierte allerdings dabei völlig von der Tatsache des Kapitals.

Diese Massenkunst hat nicht nur sich von Kunst und Wirklichkeit entfernt, sondern ihr gelang es, auch ihr Publikum in gleicher Haltung zu erziehen. Mag zum Beginn unseres Jahrhunderts das Verhältnis der Masse etwa zu Picasso das – wie Benjamin schreibt – rückständigste gewesen sein, es war insofern noch progressiv, als es überhaupt noch ein Verhältnis war. Die heutige

Massenkunst absorbiert ihre Massen so vollständig, daß diese die neuen Kunstprodukte nicht einmal wahrnehmen können und folglich nicht einmal zu einem rückständigen Verhältnis der modernen Kunst gegenüber zu bewegen sind.

Der Erziehungs- und Bildungsprozeß der Massen durch die Massenkünste Film und Fernsehen hat Wirkungen auf den gesamten Kunstbereich. Unschwer läßt sich unter diesen Verhältnissen bereits heute bei einem großen Teil der Buchproduktion wie des Theaters hinter der personality eines Schöpfers und Künstlers die profitprogrammierte Maschine entdecken. Die ghostwriters allerdings sind nicht die Computer, sondern die von Marktforschung und Profit diktierten Programme eines möglichst weltweiten Absatzes.

Unter diesen Verhältnissen ist alles nur noch von einer Kunst zu erwarten, die sich der Reproduktionsindustrie entzieht bzw. von ihr als nicht verwertbar angesehen wird. Unter diesen Verhältnissen wird der Elfenbeinturm ein frech-avantgardistisches und revolutionäres Bauwerk und das einzigartige Talent mit seiner Aura von Geheimnis und Genialität zur sozial verantwortungsvollen Gegenposition. Progressiv wird der Rückgriff in eine reiche Tradition, und die traditionelle Haltung zum utopischen Griff in eine menschen- und kunstfreundlichere Zukunft. Denn die technische Reproduzierbarkeit des Kunstwerks ermöglicht unter diesen Verhältnissen keine Liquidierung des Kultwertes und keine praktische Aneignung des Kunstwerkes, sondern allein die Allgegenwart des Marktes.

Benjamins Prophetie trog. Sie gründete allein auf Hoffnungen und auf einem unbedingten Willen zur Hoffnung.

Die technische Reproduzierbarkeit löschte großflächig die Imponderabilien in der Kunst, um dem technischen Gerät die Reproduktion zu ermöglichen. Und die massenweise Verbreitung setzte der zu verbreitenden Kunst eine neue Ästhetik, deren alles umfassender Grundsatz in der Forderung nach Konsens mit dem stets angestrebten Gesamtpublikum besteht. Übereinstimmung und gemeinsamer Nenner, Gleichheit und Gemeinsamkeit, es sind wieder die demokratischen Spielregeln, die Demokratie verhindern.

Die Quantität erbrachte – bevor sie zu einer Qualität gelangen konnte – für das reproduzierte Kunstwerk das bevormundende und beherrschende Interesse des Marktes oder des Staates. Die Möglichkeit demokratischer Teilnahme des Publikums am Kunstwerk und seiner Produktion, die vermittels der größeren Verbreitung statt der Aura den Gebrauchswert zum Kriterium seiner Qualität setzt, bestand zu keiner Zeit. Statt dessen erlaubte die massenhafte Reproduktion den Zentralismus in der Kunst und ermöglichte damit die nahezu vollständige Kontrolle der gesellschaftsbeherrschenden Kräfte in einem Bereich, der zuvor als zu entlegen, verworren und wirtschaftlich bedeutungslos galt.

Für den Markt sind Ästhetisierung der Politik wie auch Politisierung der Kunst zu austauschbaren Programmen geworden. Er ordnete sie sich unter und nutzt ihre Unvereinbarkeit als breite Palette des Angebots. Die letzten Jahrzehnte brachten erstaunliche Wechsel, und erfolgreich reproduzierbar war vorübergehend jede Haltung. Der Markt war nie Purist.

Mit der Möglichkeit der technischen Reproduzierbarkeit entstand für das Kunstwerk die Verpflichtung, massenweise absetzbar zu sein. Der Markt setzte als einzig gültigen Prüfstein für Kunst seinen einzigen Wert: den materiellen Erfolg. »Goethe (Voltaire ...) hat ihn gelobt« war das würdigend-fragwürdige Siegel für Qualität im Zeitalter der handwerklichen Produktion. Nun stehen an der gleichen Stelle und mit gleicher, wenn auch unbezweifelbarer Bedeutung die Zahlen der Produktionskosten des Kunstwerks und seines Marktanteils.

Der Markt kennt keinen Dissidenten, da er allumfassend ist, allgegenwärtig und allmächtig. Was für den Markt nicht existiert, ist nicht. Und alles, was vernünftigerweise existiert, ist auf dem Markt. Jede Verweigerung, jeder Widerstand sind so lange nicht wirklich, wie der Markt sie nicht wahrnimmt. Und sie beginnen zu existieren, sobald die Verweigerung und der Widerstand verwertbar und reproduzierbar werden. Je heftiger und radikaler dabei das Kunstwerk gegen den Kunst-Markt steht, umso gewisser die künftige massenweise Reproduktion. Jede Haltung wird dadurch zur Pose.

Wo statt des Marktes der Staat die technische Reproduktion des Kunstwerks bestimmt und überwacht, werden die Werte des Marktes nicht oder nur eingeschränkt anerkannt.

Im Zeitalter der traditionellen (handwerklichen) Reproduktion von Kunst blieben die Massen von der Konsumtion des Kunstwerks weitgehend ausgeschlossen. Das erleichterte die Großzügigkeit, selbst die Libertinage des staatlichen Zensors. Die staatliche Macht konnte da zum Mäzen werden, wo nur sie selbst und die staatstragenden Kräfte Konsument waren. Das änderte sich in dem Maße, wie Kunst reproduzierbar wurde. Mit der Erfindung des Buchdrucks begann das Absterben des Staates als Mäzen. Anders gesagt, der staatliche Mäzen konnte der massenhaften Reproduktion nicht mehr allein mit förderndem Eingreifen begegnen. Dies wurde nun durch andersartig wirkende Maßnahmen ergänzt, die ihn zum Zensor machten.

Neue oder doch andere Werte wurden nun gesetzt. Und diese Werte wechseln, sie unterliegen selbst – und völlig anders als das stets ungekränkte Geld – gesellschaftlichen Entwicklungen. Gralshüter dieser anderen Werte wurde die Bürokratie, die durch ihre allesumfassende Verwaltung und die beständig veränderbaren Bestimmungen unfehlbar ist. (Für jeden Staat ist Unfehlbarkeit lediglich eine Frage präventiv veränderbarer Gesetze.) Aber die Unfehlbarkeit wacht über ungesicherte, sich wandelnde Werte, wodurch die Lebensdauer der unfehlbaren Urteile stark eingeschränkt ist.

Aber nicht allein der Wechsel der Werte und die verschieden möglichen Interpretationen des Kunstwerks im Verhältnis zu den staatlichen und gesellschaftlichen Normen erschweren die Reproduktion. Es fehlt nicht allein die Eindeutigkeit, erschwerend vor allem ist die nichtmaterielle Existenz der Werte. Der »Tartuffe« ist ein Stück über die Schwierigkeiten einer Gesellschaft, in der das Geld nicht den einzigen und vornehmsten Wert darstellt. »Timon von Athen« dagegen spricht von der Einsetzung des Geldes und der Vernichtung aller anderen Werte. War zuvor der verarmte Edelmann noch immer ein Edelmann, so ist er nun nur noch verarmt. Die Heuchelei war ein Problem des Feudalismus und wird es für jede Gesellschaft, die andere (ideelle) Werte als das Geld setzt. Dem Kapitalismus ist die Heuchelei fremd: Geld ist die einzige Tugend, die man nicht heucheln kann.

Diese Schwierigkeiten begünstigen das Anwachsen der Bürokratie im Sozialismus und fördern die fortgesetzte Delegierung von Entscheidungen. Wo jedes Urteil sowohl unfehlbar als auch in kürzester Zeit hinfällig ist, wird das zwischen den Schreibtischen wandernde Papier, der unerledigte Vorgang zur Staatsräson. Produktion wie technische Reproduktion werden – was immer sie sonst sind – somit zu fortgesetzten Angriffen auf die Bürokratie, da sie unaufhörlich Entscheidungen herausfordern, die hinauszuzögern das Lebenselexier der Bürokratie ist. Eben dadurch wird das Kunstwerk, unabhängig von seinem Inhalt und seiner künstlerischen Tendenz, politisiert und wirkt selbst politisch. Was die Bürokratie zu verhindern sucht, sie erschafft es.

Die technische Reproduktion des Kunstwerks ließ die Bedeutung des Marktes und der staatlichen Bürokratie in dem Maß anwachsen, wie das Kunstwerk massenhaft reproduziert werden konnte. Aber wo der Markt jeden Wert zum Marktwert umfunktionieren kann, steckt die Bürokratie in dem unerwünschten Dilemma, alles zu politisieren.

Da der Markt allgegenwärtig ist, kann nichts wirklich werden, ohne einen alles prägenden Marktwert zu bekommen. Jeder politische Wert hat einen in Geld ausdrückbaren oder überhaupt keinen und damit auch keinen politischen mehr.

Dagegen erhält alles, was die Bürokratie berührt – auch wenn der Eingriff nur in der Absicht erfolgt, das Werk zu entwerten, wertlos zu machen – politischen Wert. Nur was sie nicht wertet, bleibt wertlos. Aber diese Art von Makulierung zu nutzen, ist ihr bei Strafe des eigenen Untergangs verwehrt: Wo sie nicht eingreift, hört sie auf zu existieren.

Das Zeitalter der technischen Reproduktion machte das Kunstwerk zum Medium des Marktes oder der Bürokratie. Die Qualität dieser Medien liegt nicht in der Quantität erreichbarer Konsumenten, denn die größere Öffentlichkeit wird mit den größeren Einschränkungen erkauft. Ihre Qualität liegt in der Radikalisierung der Mechanismen des Marktes und der Bürokratie, denen sie jeden verschämten Schein nahmen. Das massenhafte Erscheinen des Kunstwerkes durch die Möglichkeiten seiner technischen Reproduktion ließ von der Freiheit des Marktes allein den Markt übrig und vom kunstsinnigen Mäzen den Zensor.

Ich teile dennoch Benjamins Hoffnungen. Es sind Hoffnungen trotzend der Erfahrung, Hoffnungen trotz der Geschichte auf die Geschichte. Weil es Hoffnungen sind, zu denen es keine menschliche Alternative gibt.

Als junger Mann erwarb Benjamin auf einer Münchener Paul-Klee-Ausstellung ein Blatt des Malers. Benjamin beschrieb das Blatt zwanzig Jahre später mit den folgenden Worten:

»Es gibt ein Bild von Klee, das Angelus Novus heißt. Ein Engel ist darauf dargestellt, der aussieht, als wäre er im Begriff, sich von etwas zu entfernen, worauf er starrt. Seine Augen sind aufgerissen, sein Mund steht offen und seine Flügel sind ausgespannt. Der Engel der Geschichte muß so aussehen. Er hat das Antlitz der Vergangenheit zugewendet. Wo eine Kette von Begebenheiten vor uns erscheint, da sieht er eine einzige Katastrophe, die unablässig Trümmer auf Trümmer häuft und sie ihm vor die Füße schleudert. Er möchte wohl verweilen, die Toten wecken und das Zerschlagene zusammenfügen. Aber ein Sturm weht vom Paradiese her, der sich in seinen Flügeln verfangen hat und so stark ist, daß der Engel sie nicht mehr schließen kann. Dieser Sturm treibt ihn unaufhaltsam in die Zukunft, der er den Rücken kehrt, während der Trümmerhaufen vor ihm zum Himmel wächst. Das, was wir den Fortschritt nennen, ist dieser Sturm.«

Des Menschen Auge hat's nicht gehört

Von der Magie und den Magiern

In der ehrwürdigen und fantastischen Familie der Geisterseher, in der großen, jahrtausendealten Gemeinschaft der Philosophen, Naturforscher, Schriftsteller und aller anderen Herren und Knechte des menschlichen Geistes waren die Magier, die stets mißtrauisch betrachteten Verwandten, anfangs geehrt, gelegentlich gefürchtet, später verachtet und nicht selten erbarmungslos bekämpft.

Die Magie hatte ihren Ursprung und ihre Aufgabe in der Erklärung der Kräfte und Eigenschaften der Dinge zum Zwecke ihrer Handhabbarkeit, und sie betrieb ihre Kunst gleichermaßen mit wissenschaftlichen, religiösen und künstlerischen Mitteln. Die Naturwissenschaft verdrängte die Magie, indem sie fortschreitend natürliche Zusammenhänge statt der magischen Erklärung setzen und beweisen konnte. Die Naturwissenschaft ist auch ein Kind der Magie, wenngleich sie es heute vorzieht, nur ihre anderen Väter namhaft zu machen; und wie sie unsere Kultur prägt, prägte die Magie eine frühere Kultur. Magie und Naturwissenschaft hatten das übereinstimmende Ziel, die Dinge dieser Welt zu erkennen, die Gesetze ihrer Bewegungen zu erforschen, um die Erde dem Menschen untertan zu machen. Die Antworten fielen verschieden aus, doch ihr Unterschied war der der Zeit, der ungleichen Kulturstufen. Insofern standen sich Naturwissenschaft und Magie nie feindlich gegenüber; eine spätere Erkenntnisform löste eine frühere ab, doch sie diskriminierte sie nicht, sondern ersetzte sie, hob sie auf oder verdrängte sie.

Die frühe Diffamierung der Magie, lange bevor die Forschung in der Lage war, die magische Erklärung der Welt durch eine wissenschaftliche zu ersetzen, erfolgte durch die Religion, genauer gesagt: durch die monotheistischen Kirchen. Als eifrigster

Gegner erwies sich dabei das Christentum, das vorgab, den Aberglauben auszurotten, und durch die gewählten Methoden ebendiesen Aberglauben in Europa nachhaltig kräftigte und neu belebte. Alle monotheistischen Religionen mußten die Magie bekämpfen, da diese selbst ein religiöses System war und zudem ausschließlich polytheistisch. Die Magie war die Naturwissenschaft und Religion einer frühen Stufe menschlicher Kultur, und so wie sich die entwickelnde Wissenschaft der beengenden Hülle ihrer religiös gebundenen Mutter entledigte, so versuchten die neuen, monotheistischen Religionen sich von einer Götterlehre zu befreien, die sich als Naturerklärung verstand.

Die Allmacht der Magie, die sich aus der ursprünglichen Einheit von Naturerkenntnis und Glauben ergab, war endgültig mit dem Ptolemäischen Weltbild zerbrochen worden. Die sich langsam emanzipierenden Wissenschaften verstanden sich immer weniger dazu, die Vereinbarkeit ihrer Forschungen mit den Glaubenssätzen der herrschenden Theologie nachzuweisen. Der Kampf des Monotheismus für einen Gott, dessen Macht unteilbar ist, vernichtete die Magie, aber auch die jahrtausendealte Verknüpfung von Wissenschaft und Religion. Und wenn auch der schließlich sich durchsetzende Monotheismus versuchte, der Wissenschaft wieder die Zügel des Glaubens anzulegen und ihm gelegentlich blutige Erfolge beschieden waren, mit der Magie war das ehemals feste und einende Band endgültig zerstört worden. Der Monotheismus konnte polytheistische Weltanschauungen nur zurückdrängen und ausrotten, indem er unwillentlich die Einheit von Wissenschaft und Glauben zerstörte, auf denen die Allmacht der Magie und der Naturreligionen beruhte.

Die Magie ist in den frühen Kulturen aller Völker anzutreffen. Mit dem sich aus dem Tierreich erhebenden Menschen, mit dem arbeitenden, denkenden und spielenden Lebewesen Mensch, dem die Befriedigung der ursprünglichen Bedürfnisse nicht ausreichte und der für seine weitere Existenz und Tätigkeit der weit vorgreifenden Vorstellungen bedurfte, entstand die Unendlichkeit einer geistigen Welt, die fortan die ihn selbst erweiternde und potenzierende zweite Heimat des Menschen wurde. Das Denken und die Fantasie, Mythos, Magie und Glauben waren die Produkte dieser Welt, wie diese selbst ihr Produkt war.

Der Wissenschaftler und Magier Heinrich Cornelius Agrippa von Nettesheim, ein Zeitgenosse Luthers, stellte die ursprüngliche Magie in seinem Werk »De occulta philosophica« (1510) an die Spitze aller Wissenschaften und menschlichen Tätigkeiten: »Die magische Wissenschaft, der so viele Kräfte zu Gebot stehen, und die eine Fülle der erhabensten Mysterien besitzt, umfaßt die tiefste Betrachtung der verborgensten Dinge, das Wesen, die Macht, die Beschaffenheit, den Stoff, die Kraft und die Kenntnis der ganzen Natur. Sie lehrt uns die Verschiedenheit und die Übereinstimmigkeit der Dinge kennen. Daraus folgen ihre wunderbaren Wirkungen; indem sie die verschiedenen Kräfte miteinander vereinigt und überall das entsprechende Untere mit den Gaben und Kräften des Oberen verbindet und vermählt. Diese Wissenschaft ist daher die vollkommenste und höchste, sie ist eine erhabene und heilige Philosophie, ja, sie ist die absolute Vollendung der edelsten Philosophie. Jede regelmäßige Philosophie wird in Physik, Mathematik und Religion geteilt. Die Physik lehrt die Natur dessen, was in der Welt ist: sie erforscht und betrachtet die Ursachen, die Wirkungen, die Zeit, den Ort, die Art, die Erscheinungen, das Ganze und die Teile ... Die Mathematik dagegen lehrt uns die ebene und die nach drei Richtungen sich erstrekkende Natur kennen, sowie den Lauf der Himmelskörper beobachten ... Die Theologie endlich lehrt uns, was Gott, was der Geist, was eine Intelligenz, was ein Engel, was ein Dämon, was die Seele, was die Religion sei; welche heiligen Einrichtungen, Gebräuche, geweihte Örter, Observanzen und Mysterien es gebe; auch unterrichtet sie uns über den Glauben, die Wunder, die Kraft der Worte und Zeichen ... Es sind also die Physik, die Mathematik und die Theologie die drei mächtigsten Zweige der Gelehrsamkeit, welche die Magie umfaßt, miteinander verbindet und in Ausübung bringt, weshalb diese von den Alten mit Recht für die höchste und heiligste Wissenschaft gehalten wurde.«

Der Traum und die Idee von noch nicht existierenden Dingen, die Verknüpfung von Erscheinungen, um auf ihren Grund und ihr Gesetz zu kommen, das Erforschen von wirkenden, jedoch nicht greifbaren oder sichtbaren Kräften der Natur drängten den Menschen in mythische, religiöse und magische Theoreme, um so ein brauchbares System für eine vorwissenschaftliche Aneignung seiner natürlichen Welt zu erhalten. Und er erschuf sich mit der geistigen Welt einen Himmel und eine Hölle, bevölkerte sie mit den Geschöpfen seiner Fantasie und erfüllte sie mit den personifizierten Ergebnissen seiner Forschungen und Spekulationen. Glaube und Naturerkenntnis waren voneinander abhängig und ergänzten sich im Maß ihres Fortschritts, des Fortschreitens des Menschen.

In der Magie verkörperten sich gleichzeitig die neuesten Ergebnisse der Naturerfahrung wie des spekulativen Denkens und der religiösen Welterklärungen, der Astronomie wie der Astrologie, der Physik und der Metaphysik, der Lehre vom Ackerbau und der Geisterbeschwörung. Wo es der Magie an Erkenntis gebrach, behalf sie sich mit Zaubersprüchen, um – lange bevor die Voraussetzungen dafür gegeben waren und in einem Vorgriff auf eine erträumte Zukunft – dem Verlangen des Menschen zu genügen, sich die Erde untertan zu machen. Eine Magierin der Literatur, die Priesterin Önothea in dem Fragment des Petronius Arbiter, benennt diesen Menschheitstraum mit der Schilderung ihrer Macht: »Alles, was du auf Erden siehst, gehorcht mir. Sobald ich will, vertrocknet das blühende Gewand der Erde oder spendet reichen Erntesegen, sooft ich es wünsche. Wenn ich es will, fließt Wasser aus dem Fels und aus trocknen Klippen sprudeln verschwenderische Quellen. Die reißenden Wogen der Meere gehorchen mir, die Winde legen gezähmt mir ihre Gewalt zu Füßen. Mir gehorchen die Ströme, mir gehorcht der Tiger, der von mir beschworene Drachen weicht nicht von der Stelle … Durch meine zauberischen Kräfte zwinge ich den Fluß, daß er sein Wasser hinauf auf Berge schafft.«

Das fehlende Wissen um die Gesetze der Natur wurde mit dem Zauber ergänzt. Unverständliche, fremde Worte, Zauberlieder und zumeist sinnleere Beschwörungssprüche oder pseudomathematische Figuren und Instrumente, Zeichen und Körper mit vornehmlich drei, sieben oder neun Ecken, fantastische Zeichnungen von Tieren und Fabelwesen sollten die Kräfte der Natur zu den erwünschten Bewegungen nötigen. Eindeutiger wirksam als die Zauberworte und -zeichen waren die heilenden oder narkotisierenden Zaubertränke aus Kräutern und Wurzeln. All dies diente dazu, sich mit den Göttern zu verbinden, über die guten und bösen Geister zu gebieten, um schließlich als ihr Meister zu erscheinen. Der Magier hatte den Anspruch, sich zum Herren der Götter und damit des Schicksals zu machen, um so, frei und allmächtig, furchtlos und furchtbar, selbst der Gott der Erde zu sein, der uneingeschränkte Beherrscher der Natur.

Die Macht der Magie beruhte auf der Beobachtung von erkannten und unerkannten Abhängigkeiten, von zufälligen Zusammenhängen und dem Versuch, aus früher gewonnenen Erfahrungen und angenommenen, wenn auch unsinnigen Prinzipien das erwünschte Resultat zu bewirken. Wenn auf zwei gleichzeitig stattfindende Bewegungen eine dritte folgte, schloß man auf Ursache und Wirkung und hielt daran fest, bis durch weitere Beobachtungen neue Kausalzusammenhänge gesetzt wurden. Trial and error, Versuch und Irrtum war die methodische Grundlage der Magie, die sich nur darin von der Wissenschaft unterschied, daß sie zusätzliche Ergänzungen – religiöse oder irrationale Verbrämungen und Ersatzstücke – unverzichtbar enthielt. Insofern waren Magier wissenschaftliche Priester, die fast ausnahmelos in den frühen Kulturen aller Völker in hohem Ansehen standen. Mit dem Christentum wird die Magie, die zuvor nur durch den vereinzelten Mißbrauch verdächtigt und verfolgt wurde, grundsätzlich diskriminiert. Die Unterscheidung zwischen einer weißen und einer schwarzen Magie – einer höheren und einer niederen, einer Magie der Himmelskräfte und guten Geister und einer der irdischen und höllischen Kräfte und bösen Geister – erfolgte im Bestreben, auch im neuen Weltbild der Magie einen Platz einzuräumen. Doch nun war der Magier nicht weiter die Vorwegnahme menschlicher Möglichkeiten, der formulierte Anspruch auf die Allmacht und die bizarre, fantastische Herrschaft über die Natur, die Magie wurde nun Gotteslästerung, Teufelswerk. Mit dem Monotheismus trat der Teufel in die Welt. Die Gemeinschaft der Geister wurde aufgelöst, das menschliche Denken und die Fantasie polarisiert. Die naturwissenschaftliche Forschung wie die philosophische Spekulation unterliegen den Dogmen der neuen Weltanschauung, und was – unter dem Himmel uneinheitlicher, sich bekämpfender und damit vielfältig und auch widersprüchlich verwendbarer Götter – zuvor wahr oder falsch, entsprechend und zutreffend oder inkongruent und fehlerhaft war, es wird nun »gut« oder »böse«. Das monotheistische Denken machte es dazu.

Das zentristische Denken von einem Gott, dem Allmächtigen und Allgewaltigen, entmündigte die Fantasie des Menschen und kastrierte vorübergehend die Wissenschaft, da sie ihr die Richtung und das Maß ihrer Schritte vorgab, nach denen sie ihre Forschungen zu betreiben hatte. Aus dem grenzenlosen Sohn der Götter, der kraft seiner Fähigkeiten sich die Erde unterwarf, wurde der hinfällige, demütige, aus der Gnade eines ihm unendlich überlegenen Gottes lebende Mensch. Alles, was er künftig zu schaffen imstande war, tat er gemäß einem ihm unbekannten, göttlichen Plan. Jeden seiner Schritte ging er an der Hand eines anbetungswürdigen, einzigartigen Wesens, das ihn lenkte, bestrafte und belohnte und das der eigentliche Schöpfer der geistigen und materiellen Reichtümer des Menschen war. So war der Monotheismus von seiner Grundlage her eine fatalistische Weltanschauung, zu der mit dem Christentum und der nun ausdrücklichen Trennung des irdischen und des himmlischen Reiches, der irdischen und der himmlischen Macht noch die politische Willfährigkeit und Ohnmacht hinzukam.

Der Magier, stets bedrängt von der sich entwickelnden Wissenschaft, die sich von den Glaubenssätzen und sowohl von den

Göttern wie von Gott zu emanzipieren suchte, war nun existenziell gefährdet durch den neuen Glauben, der der Magie jede Berechtigung bestritt.

Georg Conrad Horst, ein Großherzoglich-Hessischer Kirchenrath und Pfarrer zu Lindheim, im 19. Jahrhundert einer der verständigsten und aufgeschlossensten Historiker der Magie, der die Schriften dieser Kunst und Wissenschaft sammelte und einzuordnen suchte, schrieb zum Unterschied der Magie im polytheistischen und monotheistischen Zeitalter: »Die Ansicht des Heidenthums von seiner Zauberei war in ihrer Art consequent, indeß die ganze christliche Zauberwelt Widerspruch und Unsinn in sich ist.

Wenn die Götter selbst unvollkommen, dem Schicksal unterworfen, oft unter sich uneins, oft in ihren Aussprüchen ungerecht, in ihrem Thun beschränkt waren: – welche Kunst konnte dann ehrenvoller an sich, und welche mußte zu gleicher Zeit erwünschter seyn als die, die Macht solcher Gottheiten zu brechen, sich über das Schicksal zu erheben, und so Götter, Menschen, Himmel, Erde zu beherrschen? ... Inconsequent, nichtig, erbärmlich erscheint, damit verglichen, die christliche Zauberei.

Die welthistorische Parallele zwischen Heidenthum und Christenthum drängt sich nun auch in diesem unbedeutend scheinenden, und doch höchst wichtigen Punkt von selbst auf. Es sind keine gesuchten, sondern ganz nahe liegenden Antithesen, worin sie sich ausspricht.

Im Christenthum herrscht ›Gott‹, der Unendliche, Mächtige, und – Alleinige. Alle Zauberei im Christenthum ist daher ein Widerspruch in sich, eine Herausforderung Gottes, ein Verlust der Seele ewiger Seligkeit.

Im Heidenthum herrschen der guten und bösen ›Götter‹ eine Menge. Der heidnische Zauberer ist ein Freund, ein Vertrauter der Götter; der christliche ein Bundesgenosse des Teufels.

Der heidnische Zauberer macht auf die hohe Auszeichnung, der Götter Gewalt nach seinem Sinn zu gebrauchen, Anspruch, und darf sich seiner Kunst rühmen. Der christliche Zauberer ist nur ein Schwarzkünstler, wie sein Gott, der schwarze Höllenfürst, und seine Kunst, die aus der Hölle stammt, ist mit Schmach bedeckt.

Der heidnische Zauberer kann Ansprüche selbst auf die Religiosität machen, denn der Geist der Götter (vergl. Daniel V. 14 f.) ist in ihm. Der christliche Zauberer ist ein Gottesleugner, und seine Kunst Abfall von Gott, Aufruhr gegen den Himmel.

Der heidnische Zauberer ist trotzig und ein Stolzer; der christliche feig und ein Blender.

Mit einem Wort alles zusammen zu fassen: Dort thut ein Gott das Zauberwunder, hier thut's der Teufel. Dort erhebt sich durch Zauberkraft der Mensch über das Schicksal, und macht sich so selbst zu einem Gott. Hier erniedrigt er sich unter das Schicksal, und macht sich von der Hölle abhängig. Endlich, die heidnische Zauberkunst führte zu Ruhm und Ehre; die christliche – auf den Scheiterhaufen.«

In der Sprache der Theologie ist der entscheidende Wandel des Magierbilds erfaßt: Der göttergleiche Mensch der polytheistischen Kultur wird in der christlichen zum ohnmächtigen Geschöpf Gottes, von ihm abhängig oder – so er sich gegen Gott empört – von der Hölle.

Die neuen Priester können die Priester des alten Glaubens, die »heidnischen«, nicht – wie die Naturwissenschaften – mit Beweisen zurückdrängen und aufheben, sie haben keine anderen Mittel zur Hand wie die von ihnen verachteten Magier. Sie setzen Glaubensspruch gegen Glaubensspruch, Zauberei gegen Zauberei, Dogma gegen Dogma. Im Buch Exodus (2. Mose 7, 8–12) werden diese Kämpfe der neuen Ideologen gegen die alten beschrieben: »Jahwe sprach zu Mose und Aaron: ›Wenn der Pharao euch auffordert: ›Wirket doch ein Wunder!‹ dann sprecht zu Aaron: ›Nimm deinen Stab und wirf ihn vor den Pharao hin. Er wird zu einer Schlange werden.‹ Mose und Aaron kamen zu dem Pharao und taten, wie Jahwe befohlen hatte. Aaron warf seinen Stab vor den Pharao und seine Diener hin, und er wurde zu einer Schlange. Da ließ der Pharao die Weisen und Zauberer rufen, und die ägyptischen Zauberer taten dasselbe mit ihren Zauberkünsten. Alle warfen ihre Stäbe hin, und diese wurden zu Schlangen. Aber der Stab Aarons verschlang ihre Stäbe.«

Ausrottbar aber war der Magier noch nicht. Die Naturwissenschaft war bis ins späte Mittelalter hinein nicht in der Lage, ihn vollständig zu ersetzen. Zum anderen war er, im Mythos wurzelnd, die Verkörperung menschlicher Möglichkeiten. Über allen natürlichen und politischen Grenzen stehend, war er die Freiheit und die Macht. Jeder das Individuum bedrückende Zwang konnte durch den Magier gelöst werden. Das abstrakte Paradies, die Herrlichkeit nach dem Tod, fand im Magier seine konkrete, irdische Entsprechung. Er war die Mensch gewordene Legende, die Inkarnation der Gottähnlichkeit, der lebendige Traum seiner Allmacht. Und der Magier war gefürchtet. Auch dies half ihm weiterzuleben. Seine Macht war grenzenlos und somit auch furchtbar und dämonisch. Trotz Verbot und Verfolgung, trotz der tödlich bedrohlichen Ächtung als Häretiker blieb er als hilfreicher oder verderblicher Beherrscher der Geister im verängstigten Bewußtsein der Völker. Vor allem der Mißbrauch seiner Kunst, die den Magier in ein Zwielicht von Heiligkeit und Diabolie brachten, half ihm nun gelegentlich, die Zaubergläubigkeit seiner Zeitgenossen nutzend, den inquisitorischen Verfolgungen durch die neue Ideologie zu begegnen.

Überdies versuchte die Magie, sich dem Christentum zu assimilieren, das sich schnell ausbreitete und – durch wechselnde Bündnisse von der Unmündigkeit und Uneinigkeit der politischen Mächte Europas profitierend – selbst zur politischen Großmacht aufstieg. Nun erschien die Magie, bisher selbst göttliche Kunst, demütig und gottgefällig. Sie trennte sich von den alten »heidnischen« Göttern, der schwarzen Magie, und unterwarf sich mit der weißen Magie den christlichen Dogmen erlaubter Forschung und Praxis.

Johann Nicolaus Martius, ein »Aufgeklärter Med.-Doctor und Practicus zu Braunschweig«, unterteilte in seiner Schrift

»Unterricht von der Magia naturali und derselben medicinischen Gebrauch« (1751) die Magie in mathematische, diabolische und natürliche. Die letztere, die natürliche Magie, besteht aus einem – aus christlicher Sicht – »zugelassenen« und einem »nicht zugelassenen« Teil.

Agrippa von Nettesheim bemühte sich in seinem Werk fortgesetzt um den Nachweis, daß die magischen Künste nur dem Gottgläubigen möglich seien, daß allein Gott die Fähigkeit zur Magie verleihen kann: »Manche aber werden, teils aus Vorurteil und Beschränktheit, teils aus Bosheit und Übelwollen, gegen uns, ob sie gleich die Sache nicht verstehen, den Namen Magie im üblen Sinne nehmen und ausrufen: Dieser lehrt verbotene Künste, er streut den Samen der Ketzerei aus, beleidigt fromme Ohren und erregt bei gebildeten Leuten Anstoß; er ist ein Hexenmeister, ein Mensch, der dem Aberglauben huldigt, der mit bösen Geistern umgeht. Nein, ich bin ein Magier, und ein Magier bedeutet, wie jeder Gelehrte weiß, keinen Zauberer, keinen Abergläubischen, keinen, der mit bösen Geistern im Bunde steht, sondern einen Weisen, einen Priester, einen Propheten. Was zum Nutzen der Menschen, zur Abwendung von Unglück, zur Zerstörung von Zauberwerk, zur Heilung von Krankheiten, Vertreibung von Gespenstern, Erhaltung des Lebens und der Ehre, und zum zeitlichen Wohlergehen, ohne Gott und die Religion zu beleidigen, geschehen kann, wer wollte dies nicht sowohl für nützlich als für notwendig erachten? ... Vor allen Dingen ist zu bemerken, daß wir das Wort Magier in dieser Schrift so verstanden wissen wollen, daß der ein Magier sei und heiße, dem aus göttlicher Gnade geistige Wesen augenscheinlich dienen, zur Erkenntnis der ganzen Welt und der darin enthaltenen Naturen, sie seien sichtbar oder unsichtbar ... Alles ist möglich dem, der glaubt, alles aber unmöglich dem Ungläubigen und Nichtwollenden. Nichts ist hier mehr hinderlich, als die Wankelmütigkeit und Unbeständigkeit des Gemüts, unnützes Treiben, Völlerei, Unzucht und Ungehorsam gegen das Wort Gottes. Deshalb soll der Magier ein gottesfürchtger, frommer Mann sein, standhaft in

Worten und Werken, eines starken und festen Vertrauens zu Gott, vorsichtig und keines Dinges zu viel begehrend, außer der Weisheit in göttlichen Dingen.«

Und sein Zeitgenossen Paracelsus setzte den Magier wieder auf den alten Thron der Auserwählten in unmittelbarer Gottesnähe, nun in der Gnade und Abhängigkeit eines einzigen Gottes und den Platz teilend mit dem hohen Klerus, wenn er in seiner »Philosphia sagax« schrieb: »Nun ist der Anfang der Magie eine Auslegung der unnatürlichen Zeichen, um diese zu erkennen wie Gott sie übernatürlich an den Himmel stellt, und die doch wie natürlich erscheinen. So wurde unter anderem der östliche Stern über Bethlehem erkannt. Ebenso wie Christus auf Erden wie ein Mensch gewandelt hat, so hat auch jener Stern unter anderen Sternen gestanden. Und wie Christus allein von den Seinigen erkannt wurde, so werden die Sterne allein von den Magiern erkannt. Darum sind die Magier die Ausleger solch übernatürlicher Zeichen am Himmel, wie die Apostel Erkennende Christi, und sind dazu gesetzt, das Wort auszulegen, welches Christus spricht: Es werden Zeichen in Sonne, Mond und Sternen usw. So sind die Magier auch Ausleger aller Propheten und der apokalyptischen Offenbarung.«

Trotz aller Wandlungen des Magiebegriffs waren bis zu Beginn der Neuzeit Bestimmungen, Aufgaben und Bestandteile der Magie in ihrem Anspruch, gleichermaßen Wissenschaft und Religion zu sein, unverändert geblieben. Der Magier war ursprünglich ein »Weltweiser«, der die Geheimnisse der Natur zu erforschen suchte und dabei die unterschiedlichsten, zumeist im Orient verbreiteten Philosopheme nutzte. Bis zum Mittelalter war er Astronom und Astrologe, Mathematiker und Nekromant (Toten- und Geisterbeschwörer), Physiker und Zauberer, Chemiker und Goldmacher, Zeichendeuter und Wahrsager. Er beherrschte die Geomantie (Erdwahrsagekunst), die Chiromantie (Handwahrsagekunst), die Physiognomie (Gesichtsausdruckskunst), Hydromantie und Pyromantie (Wahrsagekunst aus Wasser bzw. Feuer), die Berillistica (Anwendung gewisser Steine in

Kristallform), er beherrschte die umwandelnde Magie, die ihn befähigte, lebende Körper zu bilden, und die kabbalistische Kunst, durch die er ungebunden an Natur, Zeit und Raum wirken konnte.

Noch in der Rennaisance finden wir ihn im Vollbesitz dieser Kräfte und Fähigkeiten, wenngleich der Anspruch auf göttliche Gewalt durch das Christentum zerstört und sein Vermögen als Gnade aus der Hand Gottes empfangen wurde. Nun war nur dem alles möglich, der an Gott glaubt, und der Magier war – bei Strafe seines Lebens – genötigt, Gott um die Geheimnisse zu bitten und diese »zum Lob und zur Ehre Gottes, und zu des Nächsten Nutzen« zu gebrauchen. Die Künste der Magier wurden in einen christlichen Mantel gehüllt; ihre archaische, unchristliche Natur lugte allerdings überdeutlich hervor und blieb, wie die folgende Aufzählung der Magierkünste durch Agrippa zeigt, eine unbedeckte, gefährdete Blöße:

»Der höchsten und größten Geheimnisse sind sieben.

1. Alle Krankheiten kurieren und heilen können, innerhalb sieben Tagen, entweder durch Charaktere oder natürliche Mittel, oder durch die oberen Geister, mit der Hilfe Gottes.

2. Leben, so lange es einem gefällt, das Leben auf ein jedes Alter verlängern können, nämlich das natürliche körperliche Leben. Dieses Geheimnis haben die ersten Eltern gehabt.

3. Die Kreaturen, die in Gestalt persönlicher Geister in den Elementen wohnen, zu seinem Dienst haben; desgleichen die Zwerge, Nymphen, Dryaden und Waldmännlein.

4. Mit den Intelligenzen aller sichtbaren und unsichtbaren Dinge reden können, und von einem jeden Ding hören, wozu es verordnet und was es nützt.

5. Sich selbst regieren können, zu dem Ende und Ziel, das einem von Gott vorgesetzt und verordnet ist.

6. Gott, Christus und den heiligen Geist erkennen, das ist die Vollkommenheit des Mikrokosmos.

7. Wieder geboren und verwandelt werden wie Enoch.

Diese sieben Geheimnisse kann der Mensch ohne Beleidigung

Gottes von den Geistern Gottes erlernen, wenn er ein ehrbares und standhaftes Gemüt hat.

Der mittleren Geheimnisse sind auch sieben.

1. Die Verwandlung der Metalle, oder die Alchemie, welche Kunst an sich selbst zuverlässig und wahr ist; sie wird aber sehr wenigen verliehen, und nicht ohne besondere Gnade und Barmherzigkeit Gottes, denn es liegt nicht an jemandes Wollen oder Trachten, sondern an Gottes Erbarmen.

2. Die Heilung der Krankheiten durch metallische Arznei, Edelsteine, den Stein der Weisen und Ähnliches.

3. Astronomische und mathematische Wunder zu verrichten, wie mit etlichen Wasserkünsten; ferner, nach des Himmels Influenz alle Sachen und Geschäfte zu ordnen und was dergleichen mehr ist.

4. Allerlei Wirkungen aus der natürlichen Magie zu vollbringen.

5. Zukünftige Dinge natürlicher Weise vorherzusagen.

6. Alle Künste, wozu Handarbeit gehört, gründlich zu erlernen.

7. Alle Künste, die durch die engelhafte oder geistige Natur des Menschen ausgeübt werden, gründlich kennen zu lernen.

Die sieben geringeren Geheimnisse sind diese:

1. Reich zu werden und viel Geld und Gut zu bekommen.

2. Von einem geringen Stande zu hohen Ehren zu gelangen, und sich und die Seinigen hoch empor zu bringen und große Taten zu verrichten.

3. In Kriegssachen sich auszuzeichnen, große Dinge glücklich auszuführen und in allem der Erste zu sein.

4. Auf dem Lande und in der Stadt ein guter Haushalter zu sein.

5. Ein kluger und geschickter Handelsmann zu sein.

6. Ein guter Philosoph, Mathematiker und Arzt zu sein, der seinen Aristoteles, Plato, Euklid, Hippokrates, Galen etc. wohl versteht.

7. Ein guter Theologe zu sein, der die Bibel gehörig gelesen,

ein Scholastiker, der alle alten und neuen Scribenten in der Theologie kennengelernt hat.«

In Agrippas Zeit fiel auch die Entstehung der Faustsage, des berühmtesten Magiers der neueren Literatur. Aus dem Buchdrucker Johann Faust und dem Taschenspieler Georg Sabellicus, der sich Faust der Jüngere nannte, entstand jene Faustfigur, die uns die Volksbücher überlieferten. Nach neueren Forschungen wurde »Faustus junior« um 1480 geboren und starb etwa 1540. Er stammte aus Kundling in Württemberg (heute: Knittlingen), war bäuerlicher Herkunft und führte Magister- wie Doktortitel zu Unrecht, jedoch zu großem eigenen Nutzen. »Sabellicus« nannte er sich nach einem italienischen Gelehrten. Die ersten Manuskripte von und über Faust entstanden Ende des 16. Jahrhunderts, die ersten gedruckten Bücher erst gegen Ende des 17. Jahrhunderts, wenn auch einige Buchdrucker mit falschen Druckdaten den Eindruck zu erwecken suchten, ihre Bücher seien bereits um 1500 geschrieben und gesetzt worden. Die vielen Zauberbücher des Dr. Faust (»Fausti Höllenzwang«, »Dr. Fausts Großer Höllenzwang«, »Dr. Fausts Dreifacher Höllenzwang«, »Dr. Fausts Großer und Gewaltiger Höllenzwang« usf.) gewannen rasch Verbreitung, und es wurden, zumal für Manuskripte, riesige Summen für sie bezahlt. (Einer der Autoren solcher Faustbücher läßt seinen Faust sehr doppelsinnig sagen: »Die Geister zu bezwingen, / Daß sie uns Schätze bringen: / Das lehre ich. / Wer reich seyn will auf Erden, / Kans durch dies Buch leicht werden: / Das wurde ich.«) Die Faustbücher wurden schnell Spekulationsobjekte. Scharlatane und Hochstapler – ein Übel, an dem die Magie stets und zunehmend zu leiden hatte – traten in unübersehbarer Zahl auf den Märkten auf, bis das Ansehen dieser Kunst durch den Mißbrauch als Jahrmarktzauber heruntergewirtschaftet war und man unter Magie nur noch verbrecherische Machenschaften aus Eigennutz und zum Schaden anderer verstand.

Obgleich nicht nur die Magier, sondern die hervorragendsten Gelehrten der Renaissance sich für die Magie einsetzten und sie mit den Glaubenssätzen der katholischen Kirche in Übereinstimmung zu bringen suchten, war die Entscheidung der Kirche gefallen. Die Hexenbulle »Summis desiderantes affectibus« des Papstes Innozenz VIII. (1484) und der »Hexenhammer« (»Malleus maleficarum«), wie die deutschen Dominikanermönche Heinrich Kramer Institoris und Jakob Sprenger ihre Übersetzung und Auslegung der päpstlichen Bulle nannten, verurteilten die der Magie, der Zauberei und des Umgangs mit dem Teufel verdächtigen Personen zu einem qualvollen Tod. Der Hexenwahn wurde zum Ende des 15. Jahrhunderts durch den Klerus initiiert und herrschte in den folgenden Jahrhunderten auf entsetzlichste Weise in Europa. Nach ungenauen Schätzungen waren es Millionen, die dieses mörderischen religiösen Wahns der Kirche und ihrer Statthalter wegen ihr Leben lassen mußten. Als Hexenwahn nämlich können nicht die magischen und wunderlichen Vorstellungen bezeichnet werden, die sich aus dem Stand der Naturerkenntnis, einer fehlenden Psychologie und dem begreifbaren, weit vorgreifenden Wunsch nach der vollständigen Herrschaft über die Natur ergaben, und auch nicht die betrügerischen Absichten von Scharlatanen, die sich auf Kosten eines unwissenden Volkes zu bereichern suchten. Mit Hexenwahn als unverantwortlicher und gefährlicher Irrsinn sind allein jene Vorstellungen zu bezeichnen, die die herrschende Geistlichkeit dahin brachte, ein ihr unverständliches, manchmal wunderliches oder törichtes Verhalten von Forschern und von unmündigen, einfältigen, in den abergläubischen Vorstellungen der Zeit verhafteten Menschen als ein mit dem Tod zu strafendes Vergehen zu ahnden. Der Teufel wurde in ein System gebracht und damit und durch diese wahnwitzigen Systematiker in die Welt gesetzt. Er war in den Jahrhunderten dieses religiösen Wahns weit wirklicher vorhanden als Gott, Christus oder die Heiligen, denn wer sich auf göttliche Stimmen oder Erscheinungen berief, hatte wenig Aussicht, damit bei der Obrigkeit Gehör oder gar Glauben zu finden, dagegen war der Teufel bei jedem weltlichen oder geistlichen Herrn, vor jedem Gericht eine zugelassene, akkreditierte

Person. Über Wunder, Zauber- und Hexenkünste wurde zu Gericht gesessen, die unsinnigsten Behauptungen wurden als erwiesene Tatsachen registriert und, in diesem Wahn befangen, die früchterlichen Urteile gesprochen und vollstreckt.

G. C. Horst schrieb in der »Dämonomagie«, seiner Geschichte des Glaubens an Zauberei und dämonische Wunder: »Kurz, die Wirkungen von dem Glauben an Hexerei auf das häusliche, bürgerliche und gesamte gesellschaftliche Leben waren in der Hexenperiode weit über alle Vorstellungen hinaus, die wir uns jetzt noch davon machen können, traurig, zerfleischend und empörend ... Zum Beispiel, zwei Weiber zanken sich miteinander, und im Eifer nennt die Eine die Andere eine Drachenh---; ein Scheltwort, das zur Ehre der Menschheit ausgestorben ist, und nur Mitleid, oder Lachen erregen kann, das aber in der Hexenperiode eine bedeutende Rolle spielt. Die Obrigkeit erfährt durch ein drittes altes Waschweib diese Zänkerei, läßt beide Weiber unversehens festsetzen, die Drachenh--- wird auf die Folterbank geworfen, sie gesteht, daß sie eine Hexe sey, bekennt aber auf zwei andere Weiber im Orte, diese kommen, wie sie, auf die Folter und denunziieren andere Sieben, die meisten Familien verlassen nun Haus und Hof und flüchten in andere Dörfer oder in Wälder, nach kurzem Proceß werden vier Weiber verbrannt, die Hälfte der Familien ist zu Grunde gerichtet, Niedergeschlagenheit, Mißtrauen, Verzweiflung herrschen, der Ort ist wie von der Pest verwüstet. Dieß ist ein treues Bild eines Hexenprocesses, wie ich es aus Inquisitionsacten genommen habe.«

Der religiöse Wahn richtete sich mit seinen verheerenden Folgen vor allem gegen die Frau, die im durch die christliche Lehre bestärkten Patriarchat als das Geschöpf der Unreinheit und der teuflischen Verführung angesehen war. In der Frau fand der Teufel das Schlupfloch, um auf die Welt zu kommen, und eine Ideologie, die jeden Mann aufforderte, bei seinem Seelenheil keine Frau zu berühren (Paulus' Korintherbriefe), nutzte folgerichtig die Zeiten des hysterischen Hexenwahns und der Vernichtung der Dissidenten zu einem mörderischen Feldzug gegen das weibliche Geschlecht. In dem Bestreben, das Christentum auszudehnen und zu stärken, bestärkte die Kirche die Denunziation und Heuchelei, den Aberglauben und das Teufelscredo und ließ erbarmungslos und qualvoll die ihr Verdächtigen hinrichten. Der berüchtigte »Hexenhammer«, ein katholisches Gesetzbuch, das zum bürgerlichen erhoben wurde, ein deutsches Hexenprozeßrecht, in dem der Hexenglaube in ein förmliches System gebracht wurde und die Gerichtsverfahren in allen Einzelheiten bis zur Tortur und dem Urteil auf Verbrennen festgeschrieben war, wurde von den nachfolgenden Päpsten sukzessive für weitere Länder sanktioniert, bis schließlich in ganz Europa der Hexenwahn die geistliche und weltliche Obrigkeit beherrschte. Auch in den protestantischen Ländern wurden Hexen ausfindig gemacht, verurteilt und verbrannt, und der Eifer der protestantischen Hexenjäger war nicht geringer als der der katholischen Foltermeister, zumal der Besitz der Verurteilten zum größten Teil den christlichen Inquisitoren zufiel.

In Bamberg wurden in zwanzig Jahren mehrere Hundert Frauen und Männer öffentlich hingerichtet, die man der Zauberei beschuldigte. Der spanische Großinquisitor Thomas de Torquemada verurteilte in den achtzehn Jahren seiner Tätigkeit als Hexenjäger über 100 000 Menschen. Ein Historiker, der Däne Alfred Lehmann, bemerkt dazu in seinem Werk »Aberglaube und Zauberei« (1898): »Wie viele im Laufe der Jahrhunderte ihr Leben als Hexen eingebüßt haben, ist unmöglich zu sagen, aber man hat es während eines Jahres in einer einzelnen Stadt so weit getrieben, daß man tausend Menschen mordete, und als man die Verfolgung einstellte, gab es in Deutschland ganze Landstriche, in denen nur noch zwei Weiber am Leben waren; dabei waren die Männer aber lange nicht immer frei ausgegangen. Alle Sachverständigen sind sich deshalb darin einig, daß die Anzahl der verbrannten Hexen Millionen betragen hat.«

Der Hexenwahn der christlichen Kirchen wütete bis ins 17. Jahrhundert, vereinzelt wurden sogar bis in das 19. Jahrhundert Hexen zu Tode gebracht.

Geistliche, Juristen, Ärzte und Philosophen wandten sich bald nach Beginn der amtlichen Hexenverfolgung gegen diesen Wahn und sprachen sich – zunehmend offener – gegen das kirchliche Dogma aus. Von größter Bedeutung – neben den entscheidenden politischen Veränderungen in Europa und dem daraus folgenden Machtverlust Roms – waren die Fortschritte der Naturwissenschaft, deren Ergebnisse den Teufels- und Hexenglauben immer aberwitziger erscheinen ließen und damit wirksam zur Beendigung des religiösen Wahnsinns beitrugen. Newton und die Dampfmaschine, Descartes und die politische Ökonomie entzogen einer magischen Welt- und Naturbetrachtung den Boden. Der Magier hatte ausgedient. Die Entwicklung der Naturwissenschaften veränderte nachhaltig die gesamte Magie: Sie trennte sich von den Glaubenssätzen und den Zaubersprüchen, Astrologie und Nekromantie verschwanden aus der Kunst der Magier. Diese noch bis ins ausgehende Mittelalter sakrosankten Bestandteile wurden ersatzlos aufgegeben, genauer gesagt: sie wurden durch die entdeckten Gesetze der Natur aufgehoben. Es waren Hilfsmittel einer unwissenden Menschheit gewesen, um sich auf dieser Erde einzurichten; sie waren nicht stimmig, jedoch auch nicht falsch. Sie waren die hilfreichen Krücken eines menschlichen Anspruchs auf die Welt und die gesamte Natur. Falsch und unsinnig wurden sie erst, als die experimentelle Wissenschaft die tatsächlich wirkenden Gesetze erkannte und zu beweisen vermochte.

Wenn auch die magische Wissenschaft durch die Ergebnisse der Naturwissenschaft immer weiter verdrängt wurde und an Bedeutung verlor, war die neue, experimentelle Forschung ein Kind der buntschillernden und oftmals zwielichtigen Magie. Ihr philosophischer Anspruch einte sie, so sehr auch ihre Methoden und Mittel sie unterschied. Die Alchimie bereitete die Chemie vor, die Physik hat ihren Ursprung in der Magia naturalis, Astronomie und Mathematik haben in ihrer Geschichte die alten Magier und Astrologen. Noch Newton, dessen Entdeckungen in der Mathematik, der Optik und der Mechanik ihn zum Begründer der klassischen Physik werden lassen, experimentierte zeit seines

Lebens auch als Alchimist; ebenso Paracelsus, der Arzt und Naturwissenschaftler, und viele der berühmtesten Forscher jener Jahrhunderte.

Die Magia naturalis, in der Frühgeschichte lediglich ein Bestandteil der Magie, wurde zu Beginn und im Verlauf der naturwissenschaftlichen Revolution zum alleinigen Tätigkeitsfeld der magischen Forscher. Nun wurde die Magie zu der Kunst, Kräfte zwischen Körpern wirken zu lassen, deren natürliche Herkunft noch zweifelhaft erschien und also magisch. Ein Vertreter der weißen Magie, Casper Schott, schrieb 1657 in seiner »Magia universalis naturae et artis«: »Natürliche Magie nenne ich eine gewisse verborgene Kenntnis der Geheimnisse der Natur, wodurch man, wenn man die Natur, die Eigenschaften, verborgene Kräfte, Sympathien und Antipathien der einzelnen Dinge erkannt hat, gewisse Wirkungen hervorrufen kann, die diejenigen, welche mit den Ursachen unbekannt sind, seltsam oder gar wunderbar erscheinen.«

Mit dem 18. Jahrhundert endet die Geschichte der Magie. Die letzten Zauberbücher sind nur noch populäre Wissenschaft, die neuere Erkenntnisse, soweit sie im Alltag von unmittelbarem Nutzen sind, unter das Volk bringen und sich dabei der alten Form der Zaubersprüche bedienen, um sich auf diesem traditionellen Weg leichter Gehör zu verschaffen. Sie enthalten kaum noch tatsächliche Zaubersprüche, Beschwörungen, wie sie bis ins ausgehende Mittelalter in der magischen Literatur zu finden waren. Diese letzten Zauberbücher bieten Ratschläge für Haus und Hof, mehr oder weniger nutzvolle Hinweise für Acker- und Weinbau, probate und fragwürdige Hausmittel, etwas Metall- und Gesteinskunde sowie einige Experimente, die den Zeitgenossen zu verblüffen oder zu unterhalten vermochten. Ihre Autoren nutzten die Pharmakologie der Zeit für ihre Zauberbücher und gaben ihrem Publikum damit eine volkstümliche Medikamentenkunde. In diesen Sammlungen von Zauberkünsten ist nur noch wenig von dem Glanz der Magie und der einstigen Größe der Magier zu erkennen. Völlig verlorengegangen ist der große, antizipative Griff auf die Welt, der Anspruch, totale Wissenschaft zu sein, also Naturforschung wie auch Philosophie und Religion.

Jedoch diese letzten Zauberbücher vermitteln uns ein lebendiges Bild eines Alltagsbewußtseins jenseits der herrschenden Ideologie und Kultur. Die Zaubersprüche und Rezepte, die unterhaltenden Kunststücke und nutzbaren Ratschläge geben uns in ihren Themen und ihrer »bezaubernden« Präsentation eine Vorstellung von einer Volkskultur und Tradition, für die eine der Religion verpflichtete Staatsmacht wie die offizielle Geschichtsschreibung nur eins der Schwarzen Löcher der Historie bereithielt.

Andererseits verdeutlichen die Zauberbücher des 18. Jahrhunderts weit mehr als die früheren Schriften der Magie den Zusammenhang von heutigem Aberglauben und vorwissenschaftlicher Naturerfahrung. Ihre Kenntnis kann dazu beitragen, den Ursprung und die Begründungen des Aberglaubens in unserem Jahrhundert bewußt zu machen und als Rudimente einer magischen Weltbetrachtung zu verstehen.

In diesen Zauberbüchern erfolgte der letzte und banale Auftritt jenes vormals geachteten und gefürchteten Beherrschers der Natur und aller Geister, ein Auftritt bereits auf dem Jahrmarkt. Nach ihm kamen, gefördert vom Spiritismus, der um die Mitte des 19. Jahrhunderts auflebte, die Gaukler, Scharlatane und Hochstapler, die Salonastrologen und politischen Okkultisten, die Schwärmer und Schwindler, die sich noch auf die Magie beriefen, aber zur Kriminalhistorie gehören, zur Geschichte des Betruges, des politischen Verbrechens oder der Dummheit. Sie vermochten es, der Magie unwiderruflich den Geruch der Beutelschneiderei, der Lüge und der Häresie zu geben. Der Zauberkünstler Cagliostro und der mit Magnetismus und Elektrizität sein Publikum verblüffende und schröpfende Mesmer, der Teufelsaustreiber Gassner und der Geisterbeschwörer Schrepfer sind die Väter der nun wirksam werdenden »Magie«. Ihre Künste gründeten weder auf Wissenschaft noch auf der Religion, ihr

Kapital war, wie Chledowski sagte, ihr Glaube an die menschliche Dummheit, und dieses Kapital trug hohe Zinsen.

Die Anziehungskraft, die diese »verspäteten« Zauberbücher des 18. Jahrhunderts noch ausüben konnten, wie auch der große Zulauf, den bis in unsere Zeit jene Scharlatane haben, die mit obskuren magischen Wissenschaften ihr Publikum zu verzaubern suchen und vermögen, verweist auf das menschliche Bedürfnis, sich über die Natur und den tatsächlichen Stand unserer Kenntnisse zu erheben. Selbst der Reiz der unschuldigen Zaubererkünste des Zirkus und des Varietés wurzelt in dieser menschlichen Sehnsucht. Es ist die in der Magie verkörperte Forderung nach einem »Reich der Freiheit über dem Reich der Notwendigkeit«, und es ist ein Traum, der den Menschen unaufhörlich zu inspirieren vermochte. Das magische, irrationale und absurde Denken hat in der Geschichte die tatsächlichen menschlichen Möglichkeiten häufig eröffnet und potenziert. Wenn »das Wunder des Glaubens liebstes Kind war«, so war die Magie, der Zauber auch die Projektion einer vorerst unmöglich erscheinenden, künftigen Realität.

Die ursprüngliche Kraft der Magie, ihrer Zaubersprüche und ihrer fantastischen, surrealen und realistischen Weltbilder, die eine Wirklichkeit erfinden, um die existierende erfassen und weiter bewegen zu können, die großen Beschwörungen der Magier, die unseren Verstand übersteigen, um die Möglichkeit zu eröffnen, uns auch dem noch unfaßbaren Bereich dieser Welt zu nähern, für den uns positives Wissen fehlt, den wir uns noch nicht mit rationalen Betrachtungen aufschließen können, sondern vorerst allein durch die unbegrenzten Fähigkeiten der Fantasie, des Mythos, des Märchens, des Magischen – diese Kraft und Fähigkeit sind unbeschadet und uneingeschränkt nur bei einem Mitglied der alten Gemeinschaft der Geisterseher erhalten, dessen besondere Nähe zur Magie immer deutlich war.

Wenn Cicero in seinem Werk »De natura deorum« schrieb, daß man »die Wunder der Zauberer und Ägypter mit den Dichtungen der Poeten in eine Klasse setzen« muß, denn es sind alles

»Fantasiespiele von der nämlichen Art«, so steckt in seiner pejorativen Wertung der Magie auch eine Anerkennung der magischen Kräfte der Poesie. Und wenn G. C. Horst in seiner »Dämonomagie« angesichts der Zauberei und magischen Wunder sich fragte: »Träum ich? Darf ich den Sinnen trauen, oder gehn Sinn und Verstand bei mir irre? Ist was ich höre, sehe, lese, Wahrheit oder Unsinn, Ernst oder Hohn? – Leb' ich in der Wirklichkeit, wo die Gesetze der Natur herrschen, oder in einer Welt, mit der Dämonen und Phantasiewesen ihr Spiel treiben? – –«, so ist man an Shakespeares Sommernachtstraum erinnert, in dem Zettel der Weber nach seiner Begegnung mit der Zauberwelt der Elfen verwirrt erzählt: »Ich habe ein äußerst rares Gesicht gehabt. Ich hatte 'nen Traum – 's geht über Menschenwitz, zu sagen, was es für ein Traum war. Der Mensch ist nur ein Esel, wenn er sich einfallen läßt, diesen Traum auszulegen. Mir war als wär' ich – kein Menschenkind kann sagen, was. Mir war, als wär' ich, und mir war, als hätt' ich – aber der Mensch ist nur ein lumpiger Hanswurst, wenn er sich unterfängt zu sagen, was mir war, als hätt' ich's. Des Menschen Auge hat's nicht gehört, des Menschen Ohr hat's nicht gesehen; des Menschen Hand kann's nicht schmecken, seine Zunge kann's nicht begreifen und sein Herz nicht wiedersagen, was mein Traum war.«

Tatsächlich ist nur in der Poesie die Magie wirksam und zauberkräftig geblieben, und mit der natürlichsten Berechtigung werden mitten in unserem aufgeklärten und wissenschaftlichen Jahrhundert Zaubersprüche gedichtet und Hexenromane geschrieben. Die Verwandlung eines Handlungsreisenden in ein Tier, in einen Käfer, gelang einem Meister der Magie so vollendet, daß sich kein Leser dieser Kafka-Erzählung dem Zauber der glaubhaften Unmöglichkeit entziehen kann. Und ein anderer großer Magier unseres Jahrhunderts, Garcia Marquez, beschwört in seinem Jahrhundertroman der Einsamkeit die fantastischen Möglichkeiten heutiger Magie. Und wie bei einem der persischen Zauberer oder mittelalterlichen Magier beginnt dieses moderne Zauberbuch Lateinamerikas mit der Verkündigung des

Zigeuners Melchiades: »Die Dinge haben ihr Eigenleben ..., es kommt nur darauf an, ihre Seelen zu erwecken.«

Diese Literatur wird als magischer Realismus bezeichnet. Platos und Ciceros Verdikten über die Literatur und Magie folgend, könnte man die gesamte Literatur magischen Realismus nennen, denn die Literatur ist Magie geblieben, Zauberei und Beschwörung. Die »Wunder der Zauberer und Ägypter« und die »Dichtungen der Poeten« sind alles »Fantasiespiele von der nämlichen Art«.

Magie war und ist Ausdruck menschlicher Möglichkeiten, der unbegrenzten Fähigkeiten und der reichen geistigen Welt der Menschheit. Sie ist die mögliche Unmöglichkeit, die erreichbare Unendlichkeit, der erklärte Anspruch auf den göttlichen Thron. Dies ist der Stein der Weisen, den die Magie suchte und den sie auch fand, wie uns ein Wort des Magiers Agrippa von Nettesheim beweist:

»Wer möchte behaupten, daß die Überlieferungen großer und ernster Philosophen, die über solche Dinge schrieben, falsch seien? Nein, es wäre unrecht, sie für Lügen zu halten; nur ist der Sinn ein anderer, als wie die nackten Buchstaben ihn geben. Wir dürfen das Princip so großer Operationen nicht außer uns suchen: es wohnt ein Geist in uns, der sehr gut vollbringen kann, was immer die Mathematiker, Magier, Alchemisten und Necromanten Wunderbares und Erstaunliches zu leisten im Stande sind.«

Leserpost
oder Ein Buch mit sieben Siegeln

Für Christa Wolf

Im April 1825 findet Goethe in seiner Post einen ungewöhnlichen Brief, den er am Abend Eckermann zeigt. Ein junger Student bittet ihn darin »um den Plan zum zweiten Teil des FAUST, indem er den Vorsatz habe, dieses Werk seinerseits zu vollenden. – Trocken, gutmütig und aufrichtig geht er mit seinen Wünschen und Absichten frei heraus und äußert zuletzt ganz unverhohlen, daß es zwar mit allen übrigen neuesten literarischen Bestrebungen nichts sei, daß aber in ihm eine neue Literatur frisch erblühen solle.«

Goethe ist über den Brief nicht nur belustigt. Er äußert aus diesem Anlaß einige mißmutige Gedanken zur Menschheit und seinen Deutschen. Die angebotene Hilfe des »jungen Studierenden« schlägt er aus und beendet ohne Hilfe des unbekannt gebliebenen neuen Sterns der deutschen Literatur in den folgenden sechs Jahren den zweiten Teil des »Faust«.

»Geht nur«, bemerkt er dazu, »und laßt mir das Publikum, von dem ich nichts hören mag. Die Hauptsache ist, daß es geschrieben steht; mag nun die Welt damit gebaren, so gut sie kann, und es benutzen, soweit sie es fähig ist.«

Und er will nichts von dem Publikum hören, nichts von dessen Gebaren und Gebrauch seiner Arbeit, und er teilt den Freunden Zelter, Reinhard, Boisserée und Humboldt mit, er habe das Werk, an dem er sein Leben lang gearbeitet, nun versiegelt und verschlossen, »damit es mir aus den Augen und aus allem Anteil sich entfernte«.

Es sollte geschrieben sein. Alles andere ist für Goethe ohne jedes Interesse.

Und Eckermann berichtet: »Goethe übergab mir heute das

Manuskript des zweiten Teiles seines »Faust«, um es nebst seinem übrigen Nachlaß demnächst herauszugeben. ›Sie lesen es wohl noch einmal‹, sagte er, ›und bemerken wohl, was Ihnen etwa auffällt, damit wir es nach und nach ins reine bringen. Ich wünsche übrigens nicht, daß es jemand anders lese. Sie wissen, ich habe Zelter davon einiges gezeigt; aber sonst kennt es außer Ottilien und Ihnen niemand. Anderen guten Freunden, die nach dem Manuskript fragten, habe ich weisgemacht, ich hätte es mit sieben Siegeln belegt und fest verschlossen. Wir wollen es dabei bewenden lassen, damit ich nicht ferner geplagt werde.‹«

Misanthropie eines älteren Herren? Die Bemerkung Goethes vermag uns zu kränken, da wir nicht nur ausgeschlossen werden, unser uns so wertvolles Urteil bleibt unerbeten, selbst unser uneingeschränktes Lob ist unerwünscht und wird mit einer müden Handbewegung verscheucht wie eine belästigende Fliege.

Selbst Gott, wenden wir ein, läßt sich vom Chor der Engel um seiner Werke loben. Als Antwort kommt nur ein stummer Blick, der uns mit dem Gedanken vertraut macht, daß der lobende Engelchor eine äußerst fragliche Vermutung sei, eine Erfindung von Gottes Eckermann; denn da Gott selbst sein Werk für gut befunden, was bedarf es da fremden Lobes. »Wir wollen es dabei bewenden lassen, damit ich nicht ferner geplagt werde.«

Die Frage, für wen ein Autor schreibt, kennt einige Antworten. Goethes Antwort ist an Schroffheit nicht zu übertreffen. Freundlicher klingen da andere Aussagen, etwa: für die Menschheit, für die Gebildeten, für die Jugend, für die Arbeiterklasse, für die Befreiung der Unterdrückten. Freilich sind diese Antworten im Ton nicht nur verbindlicher, sie sind zugleich in der Sache völlig unverbindlich. Sie haben etwas Obszönes, da sie die herablassende Geste verdeutlichen: der Autor, der sich zu einer Masse neigt, sie so gut zu kennen meint, daß er ihr das ihr Nötige zu reichen vermag; der Prophet und die Schar gläubiger Jünger, der Schäfer und die Schafe.

Ernsthafter und glaubwürdiger erscheinen uns einschränkende Antworten, etwa: für meine Geliebte, für meine Schwester, für meine Freunde, für mich, für meinen Ruhm. Wir sind zwar ausgeschlossen, aber bleiben verwandt im Geist, denn mit Sentiment und Egoismus können auch wir aufwarten.

Unter den letzten Antworten finden wir vielleicht eine mögliche Antwort von Goethe, war er doch glücklich, als er den »Faust« beendete. »Mein ferneres Leben«, sagte er, »kann ich nunmehr als ein reines Geschenk ansehen, und es ist jetzt im Grunde ganz einerlei, ob und was ich noch etwa tue.«

Der Satz verdeutlicht, daß er aus Respekt geschrieben hat, aus Respekt vor dem Leben. Er hat gearbeitet, um die Jahre, die ihm gegeben waren, zu nutzen und nicht zu vertun. Ehrfurcht vor dem Leben, nannte das Albert Schweitzer, und er meinte die Ehrfucht vor dem Leben des anderen, vor jedem Leben. Goethe spricht von seinem eigenen Leben, was, denke ich, keine Einschränkung ist, sondern eine Erweiterung. Nur wenn ich die Zeit, die mir zu leben gegeben ist, als kostbar, unwiederbringlich und von tausend Verlusten bedroht begreife, werde ich auch Ehrfucht vor dem Leben und der Zeit anderer haben.

Aber das Goethesche Desinteresse an jedem Anteil, das Versiegeln und Verschließen seiner Arbeit, die ihn selbst der Welt verschließt, läßt uns eher Hochmut denn Ehrfurcht erkennen, mehr Verachtung als Achtung des anderen. Kalt zeigt er sich sogar den Freunden, um nicht »ferner geplagt« zu werden. Immerhin, einem der Freunde, dem stets und um seiner Arbeit willen sehr hoch geschätzten Wilhelm von Humboldt, begründet er wenige Tage vor seinem Tod die uns verwunderliche Haltung. Am 17. März 1832 schreibt der greise Goethe an den fast zwanzig Jahre jüngeren Freund: »Ganz ohne Frage würd es mir unendliche Freude machen, meinen werten, durchaus dankbar anerkannten, weil verteilten Freunden auch bei Lebzeiten diese sehr ernsten Scherze zu widmen, mitzuteilen und ihre Erwiderung zu vernehmen. Der Tag aber ist wirklich so absurd und konfus, daß ich mich überzeuge, meine redlichen, lange verfolgten Bemühungen um dieses seltsame Gebäu würden schlecht belohnt und an den Strand getrieben, wie ein Wrack in Trümmern daliegen und von dem Dünenschutt der Stunden zunächst überschüttet werden. Verwirrende Lehre zu verwirrtem Handel waltet über die Welt, und ich habe nichts angelegentlicher zu tun, als dasjenige, was an mir ist und geblieben ist, wo möglich zu steigern und meine Eigentümlichkeiten zu kohobieren, wie Sie es, würdiger Freund, auf Ihrer Burg ja auch bewerkstelligen.«

Die Welt, sagt Goethe, hat gewechselt, und an diesem Wechsel hat er keinen Anteil, will an ihm nicht teilhaben. Verwirrt erscheinen ihm Denken und Handeln in dieser neuen Welt, er will sich durch sie nicht verwirren lassen, vielmehr hat er »nichts angelegentlicher zu tun«, als seine Arbeit weiter zu destillieren. Und er befürchtet den schlechten Lohn. Ihn schreckt die Aussicht, daß sein gesamtes Lebenswerk, und dafür steht der »Faust«, unter die Trümmer und den Müll des neu heraufgekommenen Jahrhunderts gerät. Er versiegelt es, weil er Störung fürchtet.

Fünf Tage später stirbt er. Wenige Monate darauf wird der ganze »Faust« postum herausgegeben. Die Welt ehrt ihn, indem sie seine Befürchtungen bestätigt: Für Jahrzehnte stößt das Buch mit den sieben Siegeln auf Unverständnis und teilweise heftige Ablehnung.

Das Werk der Welt zu Lebzeiten zu verweigern, ist, so scheint es nun, weniger der Haltung eines Jupiters geschuldet. Goethe fürchtet vielmehr die Verletzungen, denen er sich durch eine Veröffentlichung aussetzte. Die Neugier auf die Welt ist geschwunden, die Eitelkeiten und Sehnsüchte sind befriedigt. Er kann auf Resonanz völlig verzichten, seine Verdienste kennt er, er muß sie nicht mehr mitteilen.

Ich vermute, Goethe fürchtete, der eingangs erwähnte »junge Studierende« bekäme das fertige Stück zu Gesicht und antwortete ihm. Diese Antworten waren ihm und sind uns denkbar. Goethe kann darauf verzichten und verschließt das Werk. Jener dümmliche Brief – »trocken, gutmütig und aufrichtig« – war für Goethe, meine ich, Anlaß für seine rätselhafte, uns befremdende Entscheidung. Eine Vermutung, die noch einiger erklärender Worte bedarf.

Gewiß, jener Brief offenbart in außerordentlich krasser Art ein Unverständnis für Kunst und künstlerische Produktion. Aber das Unangemessene und Lächerliche sollte uns nicht von dem Verständnis seiner tatsächlichen Bedeutung abhalten, die Goethe möglicherweise zu seinem Entschluß führte. Die Absicht des Studenten, das noch fragmentarische Werk nach den Vorstellungen Goethes zu vollenden, weshalb er eben um jenen Plan zum zweiten Teil des »Faust« bittet, ist ungewöhnlich allein in der radikalen Fortführung einer bis heute üblichen Praxis der Kunstbetrachtung.

Kommentar und Interpretation, das sind die gewöhnlich gewordenen Arten der Annäherung an Kunst. Interpretation und Kommentar sind dabei längst nicht allein eine Domäne der Kunst- und Literaturwissenschaft, sie wurden die gewöhnliche Reaktion eines jeden Kunstbetrachters, ja, sie gelten als Führer zum eigentlichen Verständnis von Kunst. Goethe sieht dies als Unglück an, und er beklagt bei dem Erhalt des Briefes jenes Studenten, »daß niemand sich des Hervorgebrachten freuen, sondern jeder seinerseits selbst wieder produzieren will. Auch denkt niemand daran, sich von einem Werk der Poesie auf seinem eigenen Wege fördern zu lassen, sondern jeder will sogleich wieder dasselbige machen. Es ist ferner kein Ernst da, der ins Ganze geht, kein Sinn, dem Ganzen etwas zuliebe zu tun, sondern man trachtet nur, wie man sein eigenes Selbst bemerklich mache und es vor der Welt zu möglichster Evidenz bringe. – Dieses falsche Bestreben zeigt sich überall, und man tut es den neuesten Virtuosen nach, die nicht sowohl solche Stücke zu ihrem Vortrage wählen, woran die Zuhörer reinen musikalischen Genuß haben, als vielmehr solche, worin der Spielende seine erlangte Fertigkeit könne bewundern lassen. Überall ist es das Individuum, das sich herrlich zeigen will, und nirgends trifft man auf ein redliches Streben, das dem Ganzen und der Sache zuliebe sein eigenes Selbst zurücksetzte.«

Es ist eine stolze und selbstbewußte Klage, die Goethe hier führt und die den aristokratischen Geist verrät: eine Haltung gegen einen kapitalistischen Kunstbetrieb wie gegen einen demokratischen. Goethe verachtet sie und mißtraut beiden, von ihnen erwartet er nichts Gutes und schon gar nicht Kunstwerke.

Grundsätzlich aber spricht er sich – und nicht hier allein – gegen die Interpretation aus. Einhundertfünfzig Jahre später formuliert Susan Sontag Vergleichbares in ihrem »Against interpretation«.

Der Kommentar und die Interpretation zerstören das Kunstwerk, indem sie es zu ersetzen suchen. Post festum erfolgt eine Überschreibung, ein Überschreiben des Textes, ein Übermalen des Bildes. Diese Überschreibung, Übermalung läßt das Werk noch immer hervorleuchten, scheinbar unangetastet, nun jedoch erklärt.

Jener Student versuchte, seinen Kommentar und seine Interpretation präventiv vorzubringen. Er wollte die Arbeit vollenden, und er war davon überzeugt, daß die Kenntnis von Goethes Konzept ihn dafür ausreichend befähige. Im Besitz des Plans wäre er, wie er glaubte, imstande zu dichten. Tatsächlich aber hätte er interpretiert und kommentiert (und seine Hoffnung, damit schreibe er den »Faust«, offenbart lediglich etwas von einem weit verbreiteten Selbstverständnis des Interpreten). Denn was er in Wahrheit mitzuteilen hatte, war der alte, vertraute Satz: Damit will Goethe uns sagen …

Seine Voreiligkeit übersah, daß die Übermalung zuvor als Untergrund das Kunstwerk benötigt. Kommentar wie Interpretation sind nicht zu denken ohne die Existenz des zu kommentierenden, zu interpretierenden Werkes. Diese Metaebene trachtet danach, sich selbständig zu machen, so daß schließlich nur noch die Interpretation, der Streit der Kommentatoren von Interesse ist und das auslösende Werk kaum oder gar nicht mehr zur Kenntnis genommen wird, auf Kommentar und Interpretation keinen Einfluß mehr nimmt.

Goethe beklagt den Zustand. Seine Lösung: die postume Herausgabe seines Werkes. Dieser Ausweg, der für das Individuum Goethe von vollkommener Evidenz ist – mit dem Tod löst jedes

Individuum die Welt auf und jedes Problem –, er ist für uns unannehmbar. Wir suchen nach dem Gesetz, nach der verallgemeinerbaren Formel, da ist Individualismus nicht zu tolerieren.

Susan Sontag bot eine Lösung an: Vernachlässigung des traditionell überschätzten Inhalts eines Kunstwerkes und Hinwendung zu Form und Stil. Die Inhalte, das Thema, der Stoff seien äußerlich, liegen außen, im Inneren stecke der Stil, die Form. Die größere Schwierigkeit, so dürfen wir vermuten, an den inneren Gehalt des Kunstwerkes zu gelangen, ermöglicht größere Kenntnis und adäquate Sicht auf das Werk. Zweifellos muß das Innere eines Werkes uns näher an sein Geheimnis bringen, ist doch die Form, wie Goethe anmerkte, ein Geheimnis den meisten – oder, nach anderer Lesart, ein Geheimnis der Meister.

Ein Unbehagen aber bleibt. Die Entthronung des Inhalts und die verstärkte Hinwendung zur Form als dem wesentlicheren Bestandteil des Kunstwerks, löst nicht das Problem der Interpretation, sondern verschiebt lediglich unsere Kalamität.

Die Betrachtung des strukturellen Prinzips eines Werkes führt uns in Räume, die dem Produktionsraum sehr viel näher liegen als jene der Fakten, der Story oder des Handwerks. Erst mit dem Versuch, der Struktur eines Werkes zu folgen, kommen wir in die Lage, uns nicht von der Oberfläche des Werkes führen und verführen zu lassen, nicht der Botschaft oder Moral zu folgen, die das Werk absichtsvoll, scheinbar oder spielerisch für sich beansprucht. Denn Botschaft und Moral, die wir in jedem Kunstwerk entdecken können – eine Entdeckung, die weitgehend von uns selbst bestimmt ist, wir finden das, was wir suchen –, erhellen uns die Ideologie des Künstlers, sein Jahrhundert, dessen politische Tendenz und künstlerische Moden, häufiger aber nur unsere eigene Ideologie, Tendenz, unsere eigene Befangenheit in der Zeit. Botschaft und Moral führen uns nie zum Kunstwerk, sie sind lediglich Teil der zeitgenössischen Interpretation, sie sind Kommentar der Zeit. Wäre es anders, müßte mit jeder Veränderung der Ethik und jeder gesellschaftlicher Umwälzung und Reform auch der ihnen entsprechende Teil an Kunstwerken nichtssagend werden, da ihre Botschaft und Moral nun ins Leere zielen. Das Erstaunen über die so viele Veränderungen überlebenden Werke führte den Kommentar dazu, der Kunst die ewigen Werte zuzuordnen. Der Wunsch nach Frieden und Freiheit, die Sehnsucht nach Glück und Liebe wurden die Krücken, um ein Überleben des interpretativen Verständnisses zu retten.

Susan Sontag nennt dies die moderne Weise des Mißverstehens, die Rache des Intellekts an der Kunst und an der Welt, die die Welt arm und leer macht und die Kunst manipulierbar und bequem. »Wirkliche Kunst«, sagt sie, »hat die Eigenschaft, uns nervös zu machen. Indem man das Kunstwerk auf seinen Inhalt reduziert und diesen dann interpretiert, zähmt man es.«

Die Interpretation des Gehalts zu verwerfen und sich der Struktur zuzuwenden, erlaubt uns gewiß größere Annäherung und ein Verständnis von Motiven, Einflüssen, Assoziationen, Gesetz und Zufall im Entstehungsprozeß. Aber es ist eine Annäherung an Imponderabilien. Sind die Interpretation des Inhalts und der Kommentar unbefriedigend, weil sie bei den Fakten bleiben und allein das Äußere des Werkes, das allen Sichtbare benennen, so ist bei einer Betrachtung der Struktur unumgänglich, daß nunmehr die Spekulation die Interpretation ergänzt. Von der Struktur des Werkes besitzen wir nur das im Produkt festgehaltene Ergebnis. Unstrittig ist aber, daß die Struktur des Produkts nur ein verkürzter, summierender Teil der Struktur der Produktion ist. Die Produktion selbst muß betrachtet werden, ihre Struktur nur kann die Struktur des Produkts offenlegen.

Aus der Interpretation des Inhalts geraten wir in die Interpretation der Struktur. Die Oberfläche der Fakten verwerfend, schwimmen wir nun in Vermutungen. Die Wahrheit und Schlüssigkeit dieser Interpretationen beruhen auf der Schlüssigkeit und Vollständigkeit des interpretativen Gebäudes; ihre Gültigkeit kreist um sich selbst; das sich über dem Werk erhebende System von Aussagen emanzipiert sich von ihm in dem Maß, wie es sich vervollständigt. Vom Inhalt zur Form überzugehen, erhöht die Schwierigkeit wissenschaftlicher Aussagen und erhöht gegebenenfalls den Aussagewert, sie befreit uns aber keinesfalls von der voluntaristischen Interpretation. Die Interpretation des Inhalts durch eine Interpretation der Form zu ersetzen, ermöglicht lediglich, die interpretierende und kommentierende Auffassung von Kunst spekulativ zu verlängern und zu verbreitern.

Die Ergebnisse dieser neuen oder doch anderen Interpretation ergeben gewiß neue oder doch andere Einsichten, denn das veränderte Herangehen muß notwendigerweise anderes entdecken. Aber wieder ist es Interpretation. Wieder wird dem Kunstwerk Gewalt angetan, wird es zu einem Gebrauchsgegenstand von Kategorien, Theorien, Kommentaren. Nur so ist es erklärlich, daß Susan Sontag trotz ihres heftigen und energischen Engagements gegen Interpretation bei der Betrachtung einzelner Autoren und Werke ebenfalls interpretiert. Sie kommt nicht umhin zu erklären, zu deuten, zu schlußfolgern, zu kommentieren.

Eisslers psychoanalytische Studie über Goethe ist eines jener Werke, die bereits im Ansatz vehement die traditionelle Interpretation verlassen. Das Ergebnis ist eine schlüssige Gesamtsicht – sofern ich den psychoanalytischen Ansatz akzeptiere und damit die spekulative Interpretation. Es wird dann ein Zugang zu Bereichen, für die uns das Werk allein keinen Weg weist. Es eröffnet sich ein Zugang zur Struktur der Produktion wie der diese Struktur bedingenden Voraussetzungen. Oder es sind völlig freie Fantasien und Interpretationen, die durch keine eindeutige Fakten, sondern allein durch Mutmaßungen gedeckt sind, selbst psychoanalytisch fragwürdig, da sie den überkommenen Aussagen nur unbedingte Wahrheitswerte zuordnen können und nicht die relativierenden Werte, die psychoanalytische Fallstudien durch persönliche Kenntnis, durch wiederholtes Befragen usw. erreichen können. Die schlußfolgernden Entscheidungen sind nicht wissenschaftlich zu fällen, sie sind von Interpretationen bedingt, von Haltungen des Urteilenden, Kommentar und Interpretation gehören dann in allen Kunstwissenschaften wie in allen gesellschaftlichen zu den Glaubenssätzen. Theologie wird dann wieder zur Mutter der Wissenschaft.

Ein anderer, weitaus zurückhaltenderer Versuch ist Elias Canettis »Der andere Prozeß«. Der Versuch, dem Roman »Der Prozeß« den Briefwechsel Kafkas mit Felice Bauer zu unterlegen, überzeugt im Ergebnis und ist schlüssig und erhellend. Genauer gesagt: er ist es für mich. Mich überzeugt Canettis Interpretation mehr als Eisslers, unter anderem weil Canetti weniger direkt die Schlüsse zieht und apodiktische Urteile vermeidet. Er überzeugt mich, weil er meiner Interpretation entspricht oder doch nicht widerspricht. Aber selbstverständlich ist es Interpretation, trotz aller Zurückhaltung und äußerst vorsichtiger Argumentation. Auch Canetti spekuliert, und trotz des mich überzeugenden Nachweises und der behutsamen Annäherung bleibt ein Unbehagen, weil ein Kunstwerk aufgelöst wird in erklärende Verweise seiner Herkunft und Entstehung, gedeutet wird durch die Biografie des Autors, seine Ängste, Obsessionen und Hoffnungen.

Wir gewinnen Klarheit über die Produktion, genauer gesagt: mutmaßliche Wahrheit über die mögliche Art der Produktion, und eine gewichtige, nahezu alles umfassende Kenntnis über die Biografie des Autors, über den Autor. Verlustig geht uns dabei das Kunstwerk. Wir sind nun nicht mehr in der Lage, Romane wie den »Wilhelm Meister« oder »Der Prozeß« zu lesen, wir lesen verschlüsselte Nachrichten über einen Autor. Und unsere Bildung, Kultur, unser Kunstverständnis erweist sich in dem Entschlüsseln der privaten Mitteilungen über die Befindlichkeiten, Ängste, Verletzungen einer Person, die Goethe oder Kafka heißt.

Unser Jahrhundert hat kein gewichtiges Kunstwerk seiner Zeit von dieser Betrachtung ausgenommen. Die Röntgenstrahlen zur psychischen und personengeschichtlichen Spurenlese vermitteln uns nicht allein Kenntnisse, sondern auch Annäherungen. Unsere Verklemmungen, Ängste, Unvollkommenheiten, Lädierungen, wir entdecken sie alle im Autor des Kunstwerks wieder. Die Röntgenstrahlen offenbarten uns die Pinselstriche der Produktion, und die Pinselstriche verrieten uns die Person. Wir haben nunmehr das Röntgenbild des Kunstwerks, das uns den Autor erklärt, verloren haben wir das Kunstwerk. Das Geheimnis des Werkes ist gelüftet, unsere Interpretation beweist sich selbst durch ihre Schlüssigkeit, und von dem Werk bleiben die sezierten Splitter, die keine andere Bedeutung haben als unseren Kommentar.

Vor zwei Jahren besuchte ich in Helsinki eine vielgerühmte »Hamlet«-Inszenierung. Ich war eine halbe Stunde früher in das Theater gegangen, um meine Eintrittskarte abzuholen. Im Foyer wartete ich auf den Beginn der Vorstellung und kam dabei mit einem Nordamerikaner ins Gespräch. Er war etwa gleichaltrig und arbeitete seit längerer Zeit in Finnland als Ingenieur für, ich glaube, Wärmetechnik. Im Gespräch erkundigte er sich nach meiner Kenntnis der finnischen Sprache, und ich mußte gestehen, daß ich Finnisch überhaupt nicht verstehe. Er war verwundert, daß ich dennoch ins Theater ging, um mir ein Stück anzusehen, das in finnischer Übersetzung gespielt wurde. Ich verstand seine Verwunderung nicht ganz und sagte, gerade bei diesem Stück seien die Verständnisschwierigkeiten doch nicht unüberwindlich, habe man es doch hin und wieder gelesen und gesehen; ich fürchte also keineswegs, nicht zu verstehen. Ach, Sie kennen das Stück? fragte er überrascht. Sehr zögernd sagte ich Ja, zögernd, nicht weil ich meine tatsächlichen Kenntnisse bezweifelte, eher die Ernsthaftigkeit seiner Frage. Und ich erkundigte mich bei ihm, noch zurückhaltender, um ihn nicht zu kränken: Sie kennen Shakespeares »Hamlet« nicht? Nein, er kannte das Stück nicht, er hatte nie von diesem Stück gehört. Finnische Freunde hatten dem Ingenieur diese Aufführung empfohlen.

Für eine Sekunde war ich fassungslos, dann war ich nur noch neidisch, neidisch auf diesen Mann, der vermutlich so technikbesessen war, daß er selbst Shakespeares »Hamlet« bisher nicht zur Kenntnis genommen hatte.

Ich wußte, ich werde in die Vorstellung gehen, den Kopf angefüllt mit einer Vielzahl von Kommentaren und Interpretationen des Theaters, der Literatur, der Wissenschaft. Ich werde sehen, nur um immerfort zu vergleichen. Ich gehe in die Vorstellung, um Entsprechungen zu finden oder zu vermissen, ich werde zustimmend nicken oder empört den Kopf schütteln. Ich gehe in das Theater, nicht um »Hamlet« wirklich zu sehen – das ist mir auf Grund meiner Bildung nicht mehr möglich –, sondern um diesen »Hamlet« mit meinen von mir erkannten oder anerkannten Interpretationen zu vergleichen, zu überprüfen.

Und ich war auf den Ingenieur neidisch, weil er etwas erleben würde, was mir vor einer Ewigkeit verloren ging. Er würde etwas sehen, wo ich nur etwas bemerken, anmerken könnte. Er wird Hamlet kennenlernen, den klagenden Geist des alten Hamlet, er wird von Beschuldigungen hören und den vielfältigen Unmöglichkeiten, Klarheit zu gewinnen und zu einer richtigen Entscheidung zu kommen.

Ich dagegen werde vielleicht von einem Kostüm überrascht, von der ungewöhnlichen Führung einer Nebenfigur, von einer bedenkenswerten oder bedenklichen Sicht auf Ophelia.

Der Ingenieur wird ein Kunstwerk sehen, ich vielleicht nur eine Interpretation. Er wird etwas erleben, ich dagegen den Kommentaren in meinem Kopf einen weiteren hinzufügen.

Die Interpretationen und Kommentare haben uns die Sicht auf das Kunstwerk genommen. Wenn Kunst die Welt poetisch spiegelt, indem sie künstliche Welten schafft, die von unserer Welt berichten, so sind wir nur noch in der Lage, die Bilder der Bilder der Bilder wahrzuhaben. Second-hand erhalten wir alles, was uns wesentlich ist, also interpretationswürdig. Aus erster Hand erreicht uns allein die keinen Kommentar werte Trivialkunst. Vielleicht ist das auch einer der Gründe für den weltweiten Erfolg des Trivialen. (Die Theoretiker der Postmoderne entdeckten soeben die tieferen Bedeutungen und psychosoziologischen Verästlungen der Trivialkunst; die Zukunft wird es erweisen, ob es ihnen dadurch gelingt, die Unbefangenheit des Konsumenten dieser Kunst zu brechen und den Verkaufserfolg nachhaltig einzudämmen.)

Jedes andere Kunstwerk aber, das also von der Kunstwissenschaft die hohe Weihe ihrer Würdigung empfangen hat, was bereits die erste Kommentierung ist, erfährt das Schicksal aller uns wichtigen Werke: Anlaß für Interpretation zu werden.

Als vor einhundertfünfzig Jahren der Philosoph und Theologe David Friedrich Strauß seine kritische Schrift »Das Leben Jesu« veröffentlichte, schrieb er in der Einleitung: »Wo immer eine auf schriftliche Denkmale sich stützende Religion in weiteren Raum- und Zeitgebieten sich geltend macht, und ihre Bekenner durch mannigfaltige und immer höher steigende Entwickelungs- und Bildungsstufen begleitet: da thut sich früher oder später eine Differenz hervor zwischen demjenigen, was jene alten Urkunden bieten, und der neuen Bildung derer, welche an dieselben als an heilige Bücher gewiesen sind. Diese Differenz ... tritt ... selbst an den wesentlichen Inhalt heran, und ... (wird) dahin streben, entweder das Göttliche als nicht so Geschehenes darzustellen, also den alten Urkunden die historische Geltung abzusprechen, oder das Geschehene als so nicht Göttliches aufzuweisen, also aus jenen Büchern den absoluten Inhalt hinwegzuerklären. In beiden Fällen kann die Auslegung befangen oder unbefangen zu Werke gehen: befangen, wenn sie gegen das Bewußtsein der Differenz zwischen der neuen Bildung und der alten Urkunde sich verblendet, und nur den ursprünglichen Sinn der letzteren zu ermitteln sich einbildet; unbefangen, wenn sie klar erkennt und offen eingesteht, daß sie das, was jene alten Schriftsteller erzählen, anders ansieht, als diese selbst es angesehen haben.«

Unser Unbehagen an der Interpretation und die unauflösbare Differenz formuliert Strauß mit einer uns auch heute noch überraschenden Schärfe. Seine daraus geschlossene Alternative des befangenen oder unbefangenen Herangehens an das zu betrachtende Werk erscheint mir für die Praxis weitreichender und sinnvoller als die von Susan Sontag vorgegebene Verschiebung der Interpretation.

Wie können wir das uns heilige Buch, das Kunstwerk, der fatalen, weil immer verfälschenden Interpretation entziehen? Wie einem Kommentar entgehen, der – wie gut, genau und sorgfältig auch immer – stets ein anderer Text ist, der uns das Werk verstellt und schließlich, alles verhüllend, für uns verbirgt? Wie ist eine Tektur zu vermeiden, in die eingebettet jedes Kunstwerk uns zu einem Buch mit sieben Siegeln wird?

In den letzten Jahrzehnten häuften sich die Selbstkommentare der Autoren. Bei unterschiedlichen Gelegenheiten hören wir die Produzenten von Kunst über die Kunst sprechen, über ihre Kunst und ihre Ästhetik. Werkstattberichte nennt man diese Art von Vorträgen, und der Name legt nahe, daß hier Aussagen zu haben sind, die besonders eng an die Produktion gebunden sind und damit bedeutsame Annäherungen an das Produkt uns ermöglichen.

Aber selbst die Kunstwissenschaft nutzt diese Selbstkommentare mit großer Vorsicht und Zurückhaltung, eher als feuilletonistische Beigabe denn als göttliches Paralipomenon. Und tatsächlich ist auch hier nur Interpretation zu haben, unwissenschaftliche zumal, häufig selbstgerechte, immer selbstbezogene, egozentrische. Wir bekommen allenfalls die Interpretation des Autors, die aber keinesfalls genauer oder gültiger ist als jede andere, die sorgsam und werkgerecht erfolgt.

Überdies fehlt zumeist der objektivierende Vergleich, die selbstlose Haltung des wissenschaftlich Betrachtenden, die klärende Distanz. Nur wenn wir diese Autoreninterpretationen interpretierend nutzen, also eingeschränkt und verändert, bekommen wir jene abstrakte Gültigkeit, die zum Wahrheitsbegriff gehört, den die Wissenschaft von uns verlangt. Aber mit der Interpretation der Interpretation ist eine Annäherung an das Kunstwerk nicht möglich, jedenfalls keine interpretationsfreie. Alles, was ein Künstler uns mitzuteilen hat, steckt in dem Werk, dem Kunstprodukt. Darüber hinaus werden wir von ihm nichts erhalten, was uns dieses Werk reicher, verständlicher oder erschließbarer macht. Es ist verlorene Zeit, dem Künstler – writer in residence, genauer: writer as his own commentator in residence – zuzuhören, verloren für uns wie für ihn. Bilde, Künstler, rede nicht, bemerkte Goethe dazu.

Ist das Unbehagen an der Interpretation aufzulösen durch ein wie auch immer geartetes Ende der Interpretation?

Ein radikales Ende ist das Schweigen. Goethe versiegelte sein Werk, um dieses Schweigen für sich zu erlangen, um den »Faust« der Interpretation zu entziehen. Ein Schweigen, gültig und zu erreichen allein für ihn, für seine Lebenszeit.

Der Ingenieur in Finnland erlangte das Schweigen durch Unkenntnis, durch Ignoranz. Dies ermöglichte ihm ein Kunsterlebnis, das mir versagt war. Er wurde zufällig und völlig überraschend an einem Abend in Helsinki mit einem der schönsten Stücke der Weltliteratur konfrontiert. Und ich hoffe, er hatte Augen, um zu sehen, und Ohren, um zu hören. Seine Naivität war aber nicht natürlich, sondern durch bornierte Abstinenz erkauft.

Tatsächlich kann das Schweigen eine vornehme und stolze Annäherung an das Kunstwerk sein. Es ist vielleicht die würdigste und angemessenste Art, auf Kunst zu reagieren. Jeder, der Kunst erlebt hat, von einem Kunstwerk je berührt wurde, wird dieses Schweigen, das Verstummen angesichts eines ihn überwältigenden Werkes kennen. Dann ist das Schweigen der Ausdruck eines tiefen, sinnlichen Begreifens von Kunst, der Rest, der bleibt.

Aber selbst das Schweigen ist nicht frei von Interpretation. Das Kunstwerk existiert an sich und für sich nur solange, wie es verschlossen, versiegelt bleibt. Wenn es zu einem Werk für uns wird, von uns erlebt wird, wird es durch uns verändert. Das Erleben, das Überwältigtwerden durch ein Werk setzt voraus, daß ich mich zu ihm ins Verhältnis setze und daß ich das Werk in Relation zu mir bringe. Ich werde berührt, weil ich mich sehe, weil ich mich erkenne. Da aber der Künstler von sich erzählte, sich ins Bild setzte, ist mein Wiedererkennen bereits eine nonverbale Interpretation. Das Kunstwerk, das ich betrachte, ist ein anderes als jenes, das der Künstler aus der Hand gab. Er sprach von sich, ich aber sehe mich. Ich habe interpretiert, ich habe mir das Werk übersetzt. Ohne diese Übersetzung bliebe das Werk für sich, könnte mich nicht berühren, könnte ich es nicht erleben.

Wenn also Interpretation die Voraussetzung für das Kunsterlebnis ist, so ist sie unabdingbar an das Kunstwerk, genauer gesagt: an das Erleben von Kunst geknüpft. Was ich mir aneignen will, muß ich mir zu eigen machen, mir entsprechend machen, mir interpretieren. Ohne Interpretation bleibt das Kunstwerk eine Arbeit an sich und für sich; erst die Interpretation, meine Interpretation, macht das Werk erfahrbar, macht es zu einem Kunstwerk für mich. Das Unbehagen an der Interpretation ist also nicht aufhebbar oder gar zu beenden, sondern nur durch ein Bewußtmachen der Interpretation zu kompensieren. Wenn ich bei der Annäherung an das Werk mir beständig vor Augen halte, daß jede meiner Aussagen, ja bereits meine Empfindungen ein interpretierendes Verfälschen sind, wenn ich mir der andersartigen Charaktere des Kunstwerks und der Kunstwahrnehmung bewußt bin (wenn ich also unbefangen herangehe, wie Strauß sagte, und erkenne und eingestehe, daß die Werke anderes erzählen, als wir es sehen), nur dann habe ich die Chance, nicht allein meine Sicht, meinen Kommentar wahrzuhaben, sondern auch das Werk.

Ich plädiere also für Zurückhaltung, für Unsicherheit, für eine zögernde Annäherung. Ich plädiere für die jeder Interpretation vorangestellte und sie abschließende einschränkende Wendung: nach meiner Meinung.

Das ist für eine die Kunst betrachtende Wissenschaft eine unzumutbare Forderung, da sie jede Gültigkeit absichtsvoll und vorsätzlich in Frage stellt. Es könnte aber die ohnehin unumgänglichen Interpretationen und Kommentare dem Kunstwerk entsprechender machen. Die Selbsteinschränkung der Interpretation bräche für uns die sieben Siegel auf, die zuvor das Werk vor Überschreibung, Übermalung, Zerstörung durch Kommentar zu retten hatten. Es befreite uns endlich aus der fatalen Verwandtschaft mit jenem Studenten, der nur auf den Plan für den zweiten Teil des »Faust« wartete, um mit seinem Kommentar loslegen zu können.

Zurückhaltung, sagte ich. Christa Wolf sprach in einem nicht so sehr verschiedenen Zusammenhang von einer notwendigen anderen Sprache, um uns in der verkehrten Welt auszudrücken, zurechtzufinden. »Damit man einander doch wieder etwas sagen und erzählen könnte, ohne sich schämen zu müssen. Die nach dieser Sprache fahnden wollen, müßten aber wohl ein beinah vollkommenes Schwinden ihres Selbst-Gefühls, ihres Selbst-Bewußtseins ertragen können, weil ja all die Muster, in denen zu reden, zu erzählen, zu denken und zu dichten wir gewöhnt sind, nicht mehr verfügbar wären. Sie würden wohl erfahren, was es wirklich heißt: die Fassung verlieren.«

Der Gewinn aber wäre das Erleben von Kunst, und da geht die Fassung uns ohnehin verloren. Nach meiner Meinung und Erfahrung.

Ein deutscher Molière, sehr gallig, sehr bitter und sehr gelehrt

Zur ›Bargfelder Ausgabe‹ der Werke Arno Schmidts

> »Ich erinnere mich an einen Cartoon von Feiffer vor ein paar Jahren, wo ein korrekt gekleideter Herr sich mit einer mündlichen Rezension der Bibel hervortat: eine wohldosierte Mischung aus Lob, Vorbehalten und Einwänden. Für ein definitives Urteil sei es noch zu früh, er warte auf das nächste Buch des Autors.«
> *Giorgio Manganelli, 1984*

Das Leben ist wechselhaft: Mit Joyce hatte ich Pech, mit Schmidt hatte ich Glück. Ich bin mit meinem Schicksal versöhnt, oder sagen wir, es gab ein zufriedenstellendes Remis.

Bevor ich Joyce in die Hände bekam, war ich selbst in die Hände seiner Erklärer gefallen. Die Lektüre von »Ulysses« war folglich für mich schwere, ermüdende Arbeit, waren doch fortgesetzt die weit umfänglicheren Kommentare heranzuziehen, um zu dem einzig gültigen Verständnis des Werks zu gelangen. Ich las wochenlang an dem Buch, die wenigste Zeit davon in ihm.

Meine Freundin griff sich den Joyce und las ihn an einem Wochenende durch, dabei so laut lachend, daß ich immer wieder enerviert fragte, was es denn bei einem so bedeutenden Text zu lachen gäbe. Nach der Lektüre gab sie mir das Buch mit den Worten zurück, es sei eins der komischsten Bücher, die sie je gelesen hätte. Daraufhin belehrte ich sie mit der ganzen Würde meines noch frischen Abiturs, daß sie das Buch erstens viel zu schnell, zweitens mit der falschen Haltung gelesen und daß sie drittens offenbar nicht einen Bruchteil davon richtig verstanden hätte. Und ich begann ihr den Joyce zu erklären, wie ihn seine Erklärer mir erklärt hatten. Auch ihr verging nun bald der Spaß, und sie wollte nichts weiter von meinen Erklärungen hören. Und unbelehrbar hält sie bis heute daran fest, »Ulysses« sei ein sehr komisches Buch.

So weit kann Unwissenheit den Menschen führen!

Mit Schmidt hatte ich, wie gesagt, Glück. Ich wurde auf ihn aufmerksam, bevor seine Erklärer ihn ins Auge faßten und ans Werk (an ihrs wie seins) gingen und einen undurchdringlichen Wall von Interpretationen um ihn errichteten.

Ich las Schmidt mit Vergnügen und Begeisterung, und auch die spätere – sehr späte – Anerkennung des Schriftstellers mit allen mißlichen Begleiterscheinungen (das Heer von Erklärern, Deutern, Auslegern, Interpreten, Kommentatoren ist noch die lieblichste) konnte mich keines besseren belehren: Ich las und lese ihn zu meiner Unterhaltung. Schmidt ist der amüsanteste, komischste und witzigste deutsche Schriftsteller. Der Molière der Deutschen. Freilich, es ist ein sehr deutscher Molière, sehr gallig, sehr bitter und sehr gelehrt. Was in deutschen Ländern gedeiht, wächst immer in die Tiefe.

Der Haffmans Verlag begann im Frühjahr 1986 eine Ausgabe der Werke Arno Schmidts. Die I. Werkgruppe (Romane, Erzählungen, Gedichte, Juvenilia) hat er abgeschlossen und als weitere Werkgruppen die großen Typoskripte, Dialoge und Essays angekündigt. Dankenswerterweise versäumte der Verlag nicht, mir ein Exemplar der bereits erschienenen I. Werkgruppe zu schikken – mit der Bitte, diese »Bargfelder Ausgabe« genannten Bände zu rezensieren.

Der Gedanke, Schmidt zu rezensieren, ist groß, obszön und erheiternd, aber ich fürchte die Rache Schmidts (siehe »Tina oder Über die Unsterblichkeit«) und verwies auf Manganelli (siehe oben), denn dann könnte ich ebensogut ...

Der Verlag bat darauf, nur kurz und vor allem öffentlich mitzuteilen, ob man und jedermann diese Ausgabe kaufen solle. Ich sagte unüberlegt und rasch zu und begriff erst später, daß ich damit eine viel größere Verpflichtung übernommen hatte. Denn wenn ich rezensiere, teile ich lediglich meine Meinung mit und bin für nichts haftbar noch verantwortlich zu machen. Doch wenn ich zu einem Kauf rate oder abrate, geht es um Mark und Pfennig, um deutsche Werte. Vorsicht ist angeraten. Die Frage lautet: Soll man gutes Geld für ein Buch (von A. Schmidt) ausgeben?

Ich will die gewichtige Frage behutsam aufsplittern, um mich der Antwort und der Wahrheit zu nähern. Die erste und einfachste Frage lautet:

Lohnt sich der Kauf der »Bargfelder Ausgabe« für den harten Kern der Schmidt-Gemeinde, die sogenannten Bargfelder Boten?

Das ist, denke ich, lediglich eine rhetorische Frage. Zweifellos haben sich diese Leute längst alle drei Ausführungen der Ausgabe gekauft, die preiswerte broschürte Studienausgabe, die leinene Standardausgabe sowie die numerierte Vorzugsausgabe. (Ich bin nur in der Lage, über die schöne und wirklich billige Studienausgabe zu sprechen, da mich der Verlag – »Ökonomie, Horatio!« – nur in diese blicken ließ. Dabei hätte für meine Zwecke die Standard- oder Vorzugsausgabe völlig ausgereicht; der Name »Studienausgabe« beschämt mich, wann immer ich nach diesen Bänden greife, da ich Schmidt – wie gesagt – lediglich zu meinem Vergnügen lese.) Dennoch will ich für die Bargfelder Boten eine (überflüssige) Kaufempfehlung aussprechen. Ich nenne dafür drei Gründe:

1. Jedem Band der »Bargfelder Ausgabe« ist ein Zeilenzähler beigefügt, der die künftige Korrespondenz mit anderen Bargfelder Boten ungemein erleichtert.

Kritisch anzumerken ist jedoch, daß der Zeilenzähler allzu schlicht und verständlich als »Zeilenzähler« bezeichnet wird. Bei einer Ausgabe, die das Frühwerk des Schriftstellers als »Juvenilia« vorstellt, hätte man wohl einen gewichtigeren Begriff wählen müssen. (Aber Arno selbst ... – Ich weiß, ich weiß. Aber selbst wenn es einem deutschen Schriftsteller einfallen sollte, sich im Familienkreis als, sagen wir, »der Zauberer« anreden zu lassen, ist dies für seinen Verlag noch nicht Grund genug, seine Literatur nun als die Bücher eines Magiers anzupreisen. Oder, um mit Schmidt zu sprechen: »So klein ist Niemand, daß er sich nicht zu Hause ›Grande‹ nennen ließe!«) Möglicherweise ist in der Standard- und Vorzugsausgabe diese banale Verständlichkeit bereits getilgt. Personen mit einer handfesten Halbbildung, wie der Schreiber dieser Zeilen, werden von dem pompösen Titel »Juvenilia« zu der Hoffnung verführt – zumal dieser Teil die Ausgabe beendet und dadurch den Eindruck erweckt, unmittelbar vor »Zettels Traum« geschrieben worden zu sein –, ein neues Hauptwerk Schmidts in die Hand zu bekommen.

Unverständlicher jedoch ist eine Nachlässigkeit, die den Wert des Zeilenzählers stark schmälert. Die Ausgabe ist (bei Schmidt selbstverständlich) mit verschiedenen Schriftgrößen gedruckt, der Zähler berücksichtigt jedoch nur eine. Zweifellos ist es schwieriger, einen Zähler für mehrere Schriftgrößen zu erstellen, aber bei einer Schmidt-Ausgabe geradezu eine Pflicht. Zumal der Meister selbst sich eines solchen Problems gern angenommen und gewiß rasch eine Lösung nebst einer theoretischen Begründung geliefert hätte.

2. Die Ausgabe geht auf die Druckvorlagen des Autors zurück, korrigiert die ihm abgenötigten Korrekturen (wer wird mir mal diesen Liebesdienst erweisen?!), bringt Unveröffentlichtes und veröffentlicht Textvarianten.

3. Sie bringt tiefsinnige Druckfehler, die der Autor, den Herausgebern verpflichtet, gewiß postum autorisieren muß und wird. Ich verweise auf jenes kostbar verrutschte »L« (Band I, 2/1, S. 128, Zeile 22 1/2 – nach Angabe des Zeilenzählers), das gewiß bald die Bargfelder Boten zu einer Neudeutung des Schmidtschen Werkes anregen wird.

Sollte sich jedermann die Ausgabe kaufen?

Sagen wir, wer sich für deutsche Literatur interessiert (die Welt ist groß, und viel ist in ihr möglich), sollte ein paar Arbeiten der bedeutendsten deutschen Schriftsteller – also von Hebel und Lessing bis zu Kafka, Brecht und Schmidt – kennen.

Ja, aber sollte er sie auch kaufen?

Die Ausgabe ist gut und vorzüglich und – da gottlob noch keine Kritische Edition – gut lesbar. Es besteht durchaus Anlaß zur Vermutung, daß diese Ausgabe in wenigen Jahrzehnten auf dem Markt ähnliche Preise erzielt wie heute die bis zum Beginn des 20. Jahrhunderts noch nicht restlos verkauften Exemplare der ersten Gesamtausgabe Goethes und des 2. Teil seines »Fausts«. Wer also einen trockenen Keller hat (bei stockfleckigen Exemplaren zahlt der Antiquar weniger), sollte sie dort stapeln. Ich verweise jedoch darauf, daß dieser Rat ohne Gewähr erfolgt, so daß ich nicht regreßpflichtig gemacht werden kann.

Voraussetzung für die mögliche Wertsteigerung ist jedoch eine zurückhaltendere Verlagspolitik. Vor noch nicht einmal drei Jahren brachte Haffmans die »Zürcher Kassette« von Schmidt, die – von wenigen Ausnahmen abgesehen – die gleichen Werke Schmidts wie die jetzt vorliegende »Bargfelder Ausgabe« enthielt. Wenn der Verlag mit gleicher Hast fortfährt, wird ihm sein Haupthuhn bald – infolge Schlachtung – keine goldenen Eier mehr legen können.

Gehören Schmidts Werke in einen deutschen Bücherschrank?

Die Frage kann und muß ich – nach Kenntnis deutscher Bücherschränke – eindeutig mit Nein beantworten. Schmidt gehört nicht in den eichefurnierten Prachtschrank, sondern – und ich denke, er kann und wird es nicht bestreiten – zu den Verderbern deutscher Sitten und deutscher Jugend. Und die, wie Heine völlig zu recht bemerkt, »besitzen keine Religion (kein Mensch ist vollkommen), sind sogar Atheisten (was gewiß eine große Sünde ist)«.

Falls in deutschen Ländern wieder mal Bücher zu brennen haben, so will ich schon heute mich bei den Herren der Scheiterhaufen mit dem Hinweis einschmeicheln: Vergeßt nicht, die Bücher Arno Schmidts zu verbrennen! Wo Bücher brennen, gehören seine dazu.

Nein, die Pornos aller Couleur und Gesinnungen müssen aus den deutschen Bücherschränken nicht weggeräumt werden, nur um für Schmidt-Bücher Platz zu schaffen.

Sollten die »Bargfelder Ausgabe« auch jene kaufen, die Schmidt schon immer gern gelesen haben, wenn auch nur zu ihrer eigenen Unterhaltung und nicht um des eigenen Unterhalts willen?

In der Frage klingt eine kränkende Unterstellung an. Was soll verwerflich daran sein, wenn man mit Bücherlesen seinen Unterhalt verdient? Insonderheit in Zeiten, wo man mit Bücherschreiben sich ruinieren kann (siehe Schmidt). Auch kann man den professionellen Lesern kaum Undankbarkeit vorwerfen, wie ich bei einem amerikanischen Germanistikprofessor feststellen konnte, dessen Tischgebet andächtig und aufrichtig war und wie folgt lautete: Goethe – unser aller Brötchengeber.

Tatsächlich aber ist die letzte Frage kaum zu beantworten. Die alten Schmidt-Leser werden selbst entscheiden müssen, ob sie weiterhin ihre Regale mit Schmidt anfüllen und um ein paar unbekannter Arbeiten willen nochmals 2000 Seiten kaufen wollen, so daß sie schließlich seine Hauptwerke in verschiedenen Ausgaben vier- und fünffach besitzen.

Verlage sind Wirtschaftsunternehmen und müssen verkaufen, und, da die Ware begrenzt ist, wird sie nicht auf einmal offeriert, sondern in sich steigernden, immer wertvoller werdenden Ausgaben.

Die Verlage besitzen – so sie Autoren unter Vertrag haben, die noch leben oder doch vor einem halben Jahrhundert noch lebten – durch das Urheberrecht eine in der Wirtschaft ansonsten weithin unbekannte, einzigartige Monopolstellung. Gleichzeitig aber verpflichtet das Urheberrecht sie zur Herausgabe ihres Besitzes, eine Pflicht dem vertraglich gebundenen Autor und Werk gegenüber wie dem Leser. Die üblich gewordene Nötigung des Lesers, jeweils mehrere sogenannte Gesamtausgaben eines Autors zu kaufen, falls er an dessen wirklich gesamten Werk interessiert ist und nicht mehrere Jahrzehnte warten kann, bis eine Gesamtausgabe erscheint, die diesen Namen verdient, verstößt gegen die guten Sitten.

Die Verlage kennen den Wert des noch unbekannten Rests und bauen eben auf ihm die neue Verkaufsstrategie auf. Es gibt Wirtschaftsunternehmen, die ihren Kunden Ergänzungskäufe ermöglichen und nicht bei jedem benötigten Teil zwingen, das gesamte Objekt nochmals zu kaufen. Verlage insgesamt haben da eine andere Auffassung von Geschäft und Moral.

Der Schmidt-Leser besitzt von Lessing und Heine eine gute, zuverlässige Gesamtausgabe und kann den Werbungen der Verlage, sich daneben die neueste, alles übertreffende Ausgabe zu stellen, leicht widerstehen. Bei dem Zeit- oder fast Zeitgenossen fällt es ihm weitaus schwerer. Will er auf die sich langsam vervollständigenden Kafka und Brecht nicht verzichten, muß er – um weniger, ihm noch nicht bekannter Arbeiten wegen – zum wiederholten Mal den »Prozeß« und das »Leben des Galilei« kaufen. Und nun beginnen sich in seinem Regal die Schmidt-Werke zu doppeln, da er die alten Ausgaben nicht zum Trödler schaffen will, um der kleinen Randbemerkungen willen, die er vor Jahren bei der Erstlektüre mit einem Bleistift auf den Rand kritzelte und die ihm heute noch kostbar sind, auch wenn er sie nicht mehr entziffern kann.

Die Verlage sollten verpflichtet werden, bei neuen, erweiterten Werkausgaben gleichzeitig Supplementbände der alten Werkausgabe anzubieten. Die früheren Käufer haben ihnen doch genügend Geld gebracht und damit ein Anrecht auf Service erworben.

Und ich hoffe, Haffmans wird Arno Schmidt und seine Leser nicht über Gebühr melken wollen.

So wie ich auch hoffe, die Verlage Aufbau und Suhrkamp werden ihren alten Brecht-Kunden noch einige Supplement-Bände zur alten Gesamtausgabe anbieten und nicht nur die neueste Ausgabe, die wohl 16 Meter Bücherregal beanspruchen wird. (Ich kenne Brecht-Enthusiasten, die – da sie jede veröffentlichte Zeile ihres Meisters besitzen wollten – in den letzten dreißig Jahren von den Brecht-Recht-Besitzern genötigt wurden, so oft auch die »Mutter Courage« zu kaufen, daß sie heute jeder Schauspieltruppe ausreichend Textbücher zur Verfügung stellen könnten.)

Aber hier sind alle Verlage angesprochen, die erwähnten Beispiele bilden nur die aktuelle Spitze eines Eisberges. Die einzig mir bekannte rühmliche Ausnahme ist die Herausgabe der »Amtlichen Schriften« von Kafka in der DDR. Der Verlag verkaufte den Band einzeln und klebte nicht bei dieser sich bietenden Gelegenheit die restlichen Schriften Kafkas daran. (Freilich, man vermied dadurch eine übermäßige, der Volksbildung kaum dienliche weitere Verbreitung von Kafkas Arbeiten.) Ich bitte die Verlage um Erbarmen.

Muß man – so man die anderen Arbeiten Schmidts bereits besitzt – die Ausgabe kaufen um des hier erstmals veröffentlichten Frühwerks wegen?

Sein Frühwerk (wir erinnern uns: Juvenilia) bietet wenig Überraschungen. Es ist unverkennbar Schmidt, wenn auch noch nicht der uns bislang bekannte. Themen, Motive, Gespräche des Frühwerks sind uns aus späteren Arbeiten durchaus vertraut, man erkennt Linien und Ursprünge, es offenbaren sich Anfänge. Aber das Wesentliche Schmidts, sein Stil, Witz, seine Misanthropie und Schärfe fehlen noch. Es ist ein freundlicherer, aber auch unverbindlicherer Autor, der das Frühwerk schrieb. Der große Aufklärer und Experimentator wurde nicht geboren, er erzog sich dazu.

Die wunderbare Erzählung »Seelandschaft mit Pocahontas« verlöre fast alle ihre Poesie, wäre sie im Stil des Frühwerks geschrieben. Der Roman »Das steinerne Herz« wäre barbarisch entstellt, aber noch immer ein großer Roman (für mich der wichtigste der fünfziger Jahre).

Jedoch wenn Sie sich die Ausgabe von Ihrem Buchhändler zeigen und das kleine Büchlein »Deutsches Elend« von Schmidt sowie den Band »In Sachen Arno Schmidt, Prozesse 1 und 2«, gleichfalls im Haffmans Verlag erschienen, darauflegen lassen, so ist das ein Päckchen, das Sie unbedingt käuflich erwerben sollten. (Mein Gott, wie will Haffmans mir diese Zeilen je entgelten?) Denn dann haben Sie nicht nur einen wesentlichen Teil seines Werkes, sondern werden auch begreifen können, weshalb Schmidt immer bitterer, böser und verzweifelter wurde, weshalb sein Werk in eine einzigartige Einsamkeit führte, in die vollständig und alles begreifend ihm keiner folgen kann.

Sie werden einen der besten deutschen Essayisten kennenlernen. Seine Essays sind kurz und prägnant, jeder Satz ein Programm, sie sind böse und auch bösartig, aber beides nie grundlos, sie sind – in den 50er Jahren entstanden – von einem politischen und gesellschaftlichen Urteilsvermögen, daß sie erst Jahrzehnte später begriffen werden, seinerzeit aber auf Unverständnis und Schlimmeres stießen. Was Schmidt zu dem Westdeutschland Adenauers anzumerken hat, wird auch noch heute als allzu keck aufgenommen, wenn auch langsam die Erkenntnis dämmert, daß hier ein klarsichtiger Zeitgenosse am Werke war. Und was er damals zur DDR notierte, positiv wie negativ, hat noch heute grundsätzliche Bedeutung. Ich habe in den folgenden Jahrzehnten von keinem westdeutschen Kollegen gleichermaßen fundiert, klar und souverän, unbeeinflußt von Modeströmungen und politischen Trends einen Text zur DDR gelesen.

Der Band ist schmal, sehr schmal; offenbar ruinierte sich Schmidt ausreichend mit seinem poetischen Werk, es bedurfte nicht noch der die muffigen, selbstgefälligen 50er Jahre verschreckenden und nach dem Staatsanwalt rufenden Bemerkungen zur Zeit.

Die Essays erschienen zumeist in kleinen Zeitungen wie der »Anderen Zeitung« und dem »Studentenkurier« oder blieben unveröffentlicht. Sie erschienen in, wie der Verlag mitteilt, »mittlerweile nicht mehr existierenden Zeitungen und Zeitschriften«. (Horibile dictu, denn auch »Die Zeit« und »Konkret« werden in dem »Verzeichnis der Erstdrucke« genannt, und letztere bat mich soeben – ein Anruf offenbar aus dem Totenreich – um ein paar Worte zu Schmidt; ich sehe mich nun in der unglücklichen Rolle des Sganarelle, der die Höllenfahrt seines Herren Don Juan aufrichtig begrüßt, aber gleichzeitig »Mein Lohn! Mein Lohn!« zu klagen hat.)

Der Prozesse-Band zeigt, Schmidt hat die Zensur gründlich kennengelernt (wie jeder anständige Mensch, wär dazu wohl sein Kommentar), und zwar in einer Hinsicht auf eine besonders radikale und aussichtslose Weise, denn diese Zensur basierte – anders als in den sozialistischen Ländern – auf einer Übereinstimmung von Staatsanwalt und Volk (incl. der freien Presse, man war so frei).

Die überaus deutliche und direkte Zensur der Literatur in Westdeutschland war gewiß an die Zeit Adenauers und des Kalten Kriegs gebunden (haben wir zur Zeit etwas anderes?), aber dem Leser der Schmidtschen Schriften wird dämmern, daß die gewonnene Großzügigkeit einherging mit den »feineren« Eingriffen des Marktes und vor allem mit dem ansteigenden Desinteresse an Literatur und geistigen Werten. Vielleicht ist Zensur hierzulande ein (verunstalteter und perverser) Ausdruck von Interesse an Literatur, und liberale Gesinnung ist in deutschen Ländern nur als Scheiß-egal-Haltung zu haben.

Apropos, sollten Politiker Schmidts Werk kennen?

Das Gesamtwerk Schmidts zeigt u. a. auch, daß er das Schreiben von Essays zwar stark einschränkte, aber sich dennoch fortgesetzt mit öffentlichen Fragen beschäftigte, sich selbst der stets dräuenden deutschen Frage stellte. Freilich sind diese nachfolgenden Überlegungen zur Lage der Nation zersplittert, und erst wenn man die verteilten (versteckten?) Bruchstücke herauszieht und zusammensetzt, zeigt sich der gesellschaftliche Analytiker auch der späteren Jahre. (Die Prozesse dürften jedem ausreichend erklären, warum Schmidt nicht deutlicher und direkter wurde.)

Von seinen letzten, verstreuten Gesellschaftstheorien will ich hier (für jene, die Schmidt nicht vollständig lasen; den Schmidt-Leser und besonders die Bargfelder Boten bitte ich um Nachsicht für das wiederholende und sie ermüdende Referieren) nur zwei seiner politischen Denkanstöße zusammentragen, die nur auf den allersten Blick verwundern oder schockieren dürften.

1. Sein Plan, die deutsche Spaltung durch weitere Spaltung zu überwinden:

Schmidt plädiert für die politische Loslösung und Selbständigkeit aller einzelnen deutschen Staaten. Statt der zwei, stets gereizten, aufeinander fixierten, in böswilligster Zuneigung erstarrten deutschen Demokratien hätten wir fast zwei Dutzend Staaten, die sich alle ein wenig unterschieden, die wechselnde Annäherungen betrieben und von keiner Zentralgewalt zu frustrieren wären. Faktisch würde ein Staatengebilde entstehen, das den gegenwärtigen Zuständen weit mehr entspräche als die derzeitige Aufteilung. Denn was haben heute die Sachsen mit den Berlinern, die Bayern mit den Hamburgern, die Hessen mit den Bremern zu schaffen? Wir besäßen – folgten wir Schmidt – mehrere real existierende deutsche Kapitalismen und Sozialismen, vermutlich für fast jeden etwas. Zwanzig Fußball-Oberligen würden alle Kanäle des Fernsehens ständig mit der deutschen Lieblingskost versehen können. Die Armeen – unverzichtbar, wie der Schmidt-Kenner weiß – würden notwendigerweise farbigere Uniformen bekommen, um sich zu unterscheiden, was angesichts der zerstörten Natur und des Waldsterbens eine dem Auge angenehme Farbe in die deutsche Landschaft brächte. Die Konzerne würden in keiner Weise beschränkt – Grenzen kümmerten sie ohnehin nie –, und sie könnten ihre Geschäfte entsprechend der jeweils gewährten Steuervorteile über die deutschen Staaten verteilen. Die Politiker erhielten beim Besuch der Nachbarstadt die höheren Auslands-Diäten. Und auch die Künstler wären glücklicher, denn der Große Staatspreis mit Band würde nicht mehr nur ein-, resp. zweimal jährlich verteilt werden, sondern etwa 20 Große Staatspreise fänden jedes Jahr ihren glücklichen Gewinner. Und auch das Ausland dürfte beruhigter sein, da dann Aussicht bestünde, daß der dritte Weltkrieg nicht vom deutschen Boden ausgeht.

2. Sein Vorschlag der Verbesserung der deutschen Demokratien durch Einführung der erblichen Amtsfolge:

Nach Schmidt wären dadurch die Geburtsfehler der Demokratie zu beseitigen, vor allem ihre stetige Gefährdung durch den demokratischen Kampf um die Posten bzw. den Erhalt der Posten. Ebendieser Kampf, den die Demokratie erfordert und der sie gleichzeitig bis zur Unkenntlichkeit entstellt, wäre durch die Erblichkeit der Funktionen entbehrlich und würde die Demokratie zur wirklich allen anderen überlegenen Staatsform machen. Schmidts Vision ist eine Vermischung der heute existierenden Staatsgebilde mit feudalistischen Momenten, die jedoch – wie Schmidt unwiderlegbar ausführt – bereits heute uneingestanden praktiziert werden und durchaus üblich sind. Aber nicht allein der Kampf um die Ämter, die Bürointrige, die vollständige Verwendung der Arbeitszeit zum Erhalt der Arbeitsposition wäre mit der Erblichkeit des Amtes ausgeschlossen, es wären dann auch endlich (und erstmals!) langfristige Gesellschaftsprojekte und -reformen ins Auge zu fassen, die sich heute noch verbieten, da es ausreicht, ja, geradezu notwendig ist, nur Gesellschaftsentwürfe zu entwickeln, die in der eigenen Amtszeit zum Tragen kommen (selbst wenn sie eine wirkliche Lösung behindern oder gar für die Zukunft unmöglich machen). Grundsätzlichere Lösungen der wichtigsten Probleme unseres Jahrhunderts, die vielleicht erst nach Jahrzehnten Resultate zeigen, werden durch die jetzige Form der Demokratie verhindert und können erst in der feudalistischen Demokratie, in der der Opa direkt auch für die Tochter und den Enkel arbeitet, begonnen werden. Die Regierenden müßten dann nämlich (und würden's: dem eigenen Fleisch und Blut zuliebe) mindestens so viel Weitblick aufbringen wie der Bauer eines Erbhofes, der bereits heute weiß, daß man eine Wirtschaft nicht über eine Generation hinaus führen kann, wenn man lediglich das Ackerland an Eigenheimbauer verkauft und die Schweine und Kühe vollständig dem Schlachthof überläßt. Heute, wo wir so gefährliche und gefährdete Dinge haben wie Atomenergie und Umwelt, also Phänomene, von deren Existenz man vor 50 Jahren noch nichts wissen konnte, ist eine Politik, die über die Amtsperiode einer einzelnen Person hinausreicht, wahrhaft lebenswichtig und notwendig.

Mit dem Einwand, daß nur in der Demokratie für jedes Amt der beste Mann gefunden werde, setzt Schmidt sich nur en passant und ironisch auseinander, verweist auf »die beste Frau«, die in den jetzigen Demokratien nur Chancen besitzt, wenn sie eine Art Über-Mann ist, und darauf, daß bereits heute 93,2% der Bevölkerung an dieses Märchen nicht mehr glaubt. Auch zitiert er den historischen Einwand, daß die »Mär vom besten Mann« eine Erfindung spanischer Anarchisten der Jahrhundertwende ist, mit der diese die regierenden Königshäuser zu schrecken suchten.

Dem Hinweis auf die Gefahr eines untauglichen, weil debilen Erbfolgers begegnet Schmidt mit der Wahrscheinlichkeitsrechnung: Einem Idioten im Amt stehen noch ausreichend normal verständige bzw. landesüblich befriedigende Beamte zur Seite, so daß bemerkbarer Schaden nicht entstehen kann. Zudem belege die Geschichte, daß als einzige ernstzunehmende Spätfolge eines regierenden Trottels ein Engagement für Kunst zu verzeichnen wäre, was nach Schmidt eine tolerierbare Beeinträchtigung des öffentlichen Lebens des deutschen Volkes sei.

Schmidt war überzeugt, daß für seine feudalistische Demokratie, an anderer Stelle nennt er sie die aufgeklärte Demokratie, alle deutsch und national gesinnten Bürger zu gewinnen seien. Allein von den Jugendverbänden sämtlicher deutschen Parteien erwartete er heftigen und sogar hysterisch-militanten Widerstand.

Schmidts Werk enthält eine Fülle solcher anfangs überraschender, doch bald überzeugender gesellschaftspolitischer Anregungen, Vorschläge und realer Utopien, so daß sein Werk auch professionellen Politikern (was eigentlich unterscheidet den professionellen vom dilettierenden Politiker?) zum Kauf empfohlen werden kann.

Gibt es eine durch Schmidt gefährdete Leserschaft, die sich zu ihrem weiteren Seelenheil seiner Lektüre enthalten sollte?

Schmidts Werk löst nebenbei eine Lieblingsfrage der deutschen, romantisierenden Gefühligkeit. Es offenbart: Talent ist Fleiß, Genie ist ins Maßlose gesteigerter Fleiß, Individualität vorausgesetzt. Der Rest sind zu vernachlässigende Spurenelemente, auf deren Bedeutsamkeit und entscheidenden Anteil bei der Entstehung einer Arbeit allein eine fast kultische Verehrung des Objekts ihrer Liebe benötigende Gemeinde Wert legt. Wer will schon Schreibtischschweiß verherrlichen? Die Vorstellung, der bewunderte Dichter wurde von geflügelten, leicht bekleideten Außerirdischen umschwirrt, während ihm die kostbaren Worte nur so aus der Feder quollen, entspricht weit mehr unserer Geniereligion.

Da half auch nichts, daß die Bewunderten in allen Jahrhunderten immer wieder auf die zu leistende Arbeit verwiesen. Garcia Marquez sprach kürzlich davon, daß er wie ein Buchhalter arbeite. (Von Schmidt kämen dazu vermutlich zwei gallige Einwände, der erste den Fleiß und Arbeitstag eines Buchhalters betreffend, der zweite gälte mal wieder dem Nobelpreis. Jeder hat halt so seine Vorlieben. Da Stockholm Schmidt zu Lebzeiten übersah, sollte das noble Komitee ihn nachträglich und indirekt würdigen, indem es jenen Übersetzer auszeichnet, der die erste wirkliche Übertragung der Schmidtschen Werke in welche Sprache auch immer vorlegt. Eine Aufgabe für Heroen oder Herostraten.)

Und auf die mystischen Gaben pochen natürlich jene Kollegen der Zunft, die ein fröhlicheres Leben lieben und lieber »neidlos« (im Zusammenhang mit Schriftstellern ein zu absonderliches Wort) die größere Begabung des Kollegen anerkennen wollen als dessen Fleiß. Denn diese lag schließlich in der Wiege, und ich bin fein raus, wenn ich mich auf die von mir unbeeinflußbaren Geschenke des Himmels berufen kann statt auf eine für jedermann eigentlich erreichbare Arbeitsleistung.

Die künftigen Gesamtausgaben der Schriftsteller des Medienzeitalters werden zeigen, daß man sich heutzutage einen Namen leichter und amüsanter machen kann. Eine übliche zwölfbändige Gesamtausgabe in Kassette wird dann folgende Aufteilung haben: Bd. 1 (Gedichte, Erzählungen, Romane, Drehbücher, Libretti, Vermischtes, Frühwerk und Nachlaß), Bd. 2 (Statements zur Politik), Bd. 3 (Statements zur Kultur), Bd. 4 (Antworten auf Umfragen), Bd. 5 und 6 (Abdruck aller vom Autor mitunterzeichneten Erklärungen, Petitionen und Anklagen), Bd. 7–9 (die

Interviews des Dichters), Bd. 10–12 (seine gesammelten Äußerungen in Fernseh-Talkshows).

Soll man sich die »Bargfelder Ausgabe« nun kaufen oder nicht?

Mein Gott, kaufen Sie sich die Ausgabe oder kaufen Sie sie nicht, aber lesen Sie Arno Schmidt. Wir haben ihn, als er lebte, übersehen, nicht wahrgenommen, und wenn, dann nur, um ihn mit kleinlichen Prozessen zu überziehen. Dann wurde er Mode, was nur die andere Seite unseres Desinteresses an ihm war. Und nun, da er tot ist, ist er uns völlig ausgeliefert. Nun ist er unser. Jetzt bekommen wir ihn unter unseren Schuh, können wir Maß an ihn legen, unser Maß, können wir uns das Volk dieses Dichters und Denkers nennen.

Wir sollten uns wenigstens einmal anhören, was er uns zu sagen hat.

Der Apfelwein der Madame de Guermantes

Betrachtungen über Poetik-Vorlesungen

Madame de Guermantes neigte, wie Marcel Proust bemerkt, »zu einer Art von Konversation, die alle großen Worte und Bekundungen erhabener Gefühle ablehnt, und entfaltete gerade eine besondere Eleganz darin, in Anwesenheit eines Dichters oder Musikers nur von den Gerichten zu sprechen, die aufgetragen wurden, oder von dem Kartenspiel, das gleich folgen sollte. Diese Enthaltung hatte für einen Dritten, der über diese ihm unbekannte Gewohnheit nicht nachdachte, etwas Verwirrendes, dem ein Geheimnis zugrunde zu liegen schien. Wenn Madame de Guermantes ihn fragte, ob er gern mit diesem oder jenem berühmten Dichter zusammen eingeladen sein würde, so erschien er von Neugier verzehrt pünktlich auf die Minute. Die Herzogin sprach mit dem Dichter über das Wetter. Dann wurde zu Tisch gegangen. ›Mögen Sie Eier gern auf diese Art?‹ fragte sie ihn nun. Angesichts der Billigung, auf die das Gericht bei ihm stieß – wie übrigens auch bei ihr, denn sie fand alles ausgezeichnet, was es bei ihr gab, sogar den abscheulichen Apfelwein, den sie aus Guermantes kommen ließ –, bedeutete sie dem Diener: ›Noch einmal Eier für Monsieur‹, während jener Dritte ängstlich aufpaßte, daß ihm nur nicht entginge, was die beiden eigentlich sich zu sagen hätten, da ja der Dichter und die Herzogin trotz unerhörter Schwierigkeiten möglich gemacht hatten, sich vor ihrer Abreise noch einmal zu sehen. Doch die Mahlzeit nahm ihren Fortgang, die Speisen wurden nacheinander gebracht und abgetragen, nicht ohne Madame de Guermantes Gelegenheit zu geistreichen Scherzen oder amüsanten Geschichten zu geben. Der Dichter aß unausgesetzt, ohne daß Herzog und Herzogin daran zu denken schienen, daß er ein Dichter sei. Bald ging das Dejeuner zu Ende, man verabschiedete sich, und nicht ein Wort war über die Dichtkunst gefallen, die sie alle doch liebten, von der aber infolge einer Zurückhaltung ganz im Geist derjenigen, von der mir Swann einen Vorgeschmack gegeben hatte, keine der Anwesenden sprach. Diese Zurückhaltung war ganz einfach guter Ton.«

Soweit Proust. Und soweit und damit ist alles gesagt, was ohne Magendrücken in einer Vorlesung zur Poetik gesagt werden kann, jedenfalls meinerseits. Wenn ich dennoch nicht umgehend dieses Pult hier verlasse, so ist dies lediglich eine Geste der Höflichkeit Ihnen gegenüber: Sie haben einen Anspruch darauf, von mir unterhalten zu werden, und ich fürchte, Sie bestehen darauf, auch wenn ich nichts weiter zu sagen habe. Denn alles, was ich noch anmerken kann, sind Folgerungen aus dem bereits Gesagten, sind Interpretationen des zitierten Textes, ist nur ein Paralipomenon.

Zu vermelden ist zuerst nicht allein der Tod von Madame de Guermantes. Sie ist nicht nur gestorben, sie ist ausgestorben, was ich persönlich äußerst bedauere: Der Dichter bekommt nun nicht mehr unausgesetzt etwas zu essen. Was man nunmehr von ihm erfahren möchte, ist nicht seine Meinung über den abscheulichen Apfelwein, er soll über die Arbeit reden, über seine Arbeit, über den Arbeitsprozeß, über seine Pläne. Der abscheuliche Apfelwein wurde von etwas viel Abscheulicherem verdrängt: Statt sauren Wein zu schlucken, muß der Autor nun über seine Poetik sprechen. Die Magenschmerzen ließen bei ihm nach, aber nur um Herzschmerzen Platz zu machen.

Einige Jahrhunderte haben Neuerungen in die Literatur eingebracht, den Roman beispielsweise oder die short story oder das Stalinepos. Das ausgehende 20. Jahrhundert hat als literarisches Genre die Poetik-Vorlesung erfunden. Kein zivilisiertes Land auf dieser Erde verzichtet darauf, die Schriftsteller bei der Arbeit zu stören. Die Autoren sollen nicht schreiben, sie werden statt dessen genötigt, Vorlesungen über das Schreiben zu halten.

Vermutlich ist dieses neue literarische Genre das Ergebnis einer Kreuzung von Buch und Fernsehen. Poetik-Vorlesungen haben immer etwas von der Beliebigkeit und der Gedächtnislosigkeit der Talk-Shows. Man redet, um nicht zuhören zu müssen, und man hört ihnen zu, um sie nicht lesen zu müssen. Der Autor redet über seine Poetik, weil diese für einen Roman zur Zeit nichts hergibt, und der geschätzte Zuhörer hofft, daß ihm der im Kunstwerk verborgene Sinn endlich – und zwar verkürzt und direkt – serviert wird. Und beide, der Zuhörer wie der Autor, ahnen um die Vergeblichkeit dieser Mühen.

Poetik-Vorlesungen beginnen weltweit mit der Koketterie, daß der Autor unter dem verständnisvollen Lächeln seiner Zuhörer gesteht, er habe eigentlich gar keine Poetik. Das klingt sowohl bescheiden wie souverän und ist zudem eine Eröffnung, die nichts sagt und somit alles offen läßt.

Allerdings ist diese Eröffnung regelwidrig, denn sie ist falsch. Eine Poetik hat jeder Mensch, der ein paar Sinne besitzt. Jeder sinnliche Mensch besitzt auch einen Sinn für Ästhetik, hat eine Haltung der Kunst gegenüber, ob er darum weiß oder nicht. Jeder Mensch, der auch nur einmal in seinem Leben über ein Buch oder einen einzigen literarischen Satz gesagt hat »Das gefällt mir« oder »Das gefällt mir nicht«, hat damit offenbart, daß er eine Poetik besitzt, also ein Urteil über und eine Haltung zur Literatur. Diese rudimentäre Poetik und Ästhetik ist selbst den Zeitungen nicht abzusprechen. Es mag wahrhaft peinlich und peinigend sein, was gelegentlich dort zu lesen ist, wir müssen aber soviel Toleranz und Objektivität aufbringen, diese Peinlichkeiten als Ästhetik und Poetik einer Tageszeitung zu akzeptieren.

Aus all dem folgt, daß ein Autor gleichfalls eine Poetik besitzen muß. Allerdings gibt es einen entscheidenden Unterschied zwischen ihm und seinen Lesern: Seine Poetik wechselt häufiger und schneller.

Die Poetik eines Schriftstellers ist keine Absichtserklärung, kein programmatischer Entwurf einer neuen, noch zu leistenden Arbeit. Eine Poetik ist das Resultat einer Arbeit, ein Arbeitsprodukt. Die nächste Arbeit, wenn sie anders ist als die vorhergehende, zerstört folglich die eben gebildete und möglicherweise in einer Poetik-Vorlesung verkündete Poetik. Eine unveränderliche

Haltung zu Literatur kann nur der Autor vorweisen, der sich und seine Arbeit nicht verändert.

Wenn ich mich auf Ihren Wunsch, hier meine Poetik vorzutragen, tatsächlich einlassen würde, so könnte ich Ihnen nur einige Theoreme verkünden, die meine letzte und längst abgeschlossene Arbeit betreffen. Aber diese Kunsttheorie ist eben dabei, wie ein Regenbogen dahinzuschwinden, da ich natürlich an einer neuen Arbeit sitze, an einer auch für mich neuen und anderen Arbeit, die meine bisher genutzte Ästhetik auslöscht oder doch gravierend korrigiert.

Und mit dem Maß, in dem diese meine alte Ästhetik korrigiert, verworfen, erneuert wird, wird der Wert der neuen Arbeit gemessen. Es ist das Maß, mit dessen Hilfe zu sehen ist, wie weit die neue Arbeit tatsächlich neu ist oder ob sie doch nur eine Wiederholung ist, von überkommenen Mustern geprägt und alte Erfahrungen nutzend, statt sich neuen Erfahrungen auszusetzen. Und das überkommene Muster, die alte Ästhetik, ist im Handwerk von unschätzbarem Wert, in den Künsten jedoch lediglich der gerade Weg in den Erfolg und die Makulatur.

Die Poetik, die Ihnen ein Schriftsteller erläutert, ist folglich nicht seine, sie war seine. Sie ist das Ergebnis eines mehr oder weniger theoretischen Aufarbeitens einer künstlerischen Haltung, die zu einem künstlerischen Produkt führte, aber auch mit diesem Produkt sich erledigt hat. Alles, worüber der Autor redet, worüber er reden kann, ist in dem Moment bereits Vergangenheit. Die verkündete Theorie ist nichts anderes als eine in Thesen über Literatur formulierte Erinnerung an eine Arbeit. Die neue Arbeit, an der er hoffentlich sitzt, erlaubt den theoretischen Exkurs noch nicht. Die neue Arbeit nämlich macht ihn sprachlos. Alles, was er von ihr und über sie weiß, steht auf dem Blatt Papier, das vor ihm liegt – und das ist noch leer. Jungfräulich nennt man ein solches weißes Blatt Papier wohl, aber so fürchterlich, wie ein weißes Blatt Papier auf einen Autor wirkt, können Jungfrauen gar nicht sein.

Sprachlos, sagte ich, und ich versichere Ihnen, jeder Autor ist zu Beginn einer Arbeit tatsächlich mit Sprachlosigkeit geschlagen. Der Anblick seines Bücherregals mit den Arbeiten geschätzter Kollegen aus Vergangenheit und Gegenwart verstärkt seine Schwierigkeit. Eigene, frühere Arbeiten, deren Anwesenheit er in der Form von Belegexemplaren seines Verlages in seiner Wohnung dulden muß oder die für ihn zum Hausaltar geworden sind, vermögen es nicht, ihm über die Schreibschwäche hinwegzuhelfen. Verwundert sieht er die früheren Arbeitsprodukte, und ihm ist unerklärlich, wie sie entstanden. Mit dem gleichen Recht und Zynismus, mit dem im vorigen Jahrhundert Ärzte ihren Studenten den wahnsinnig gewordenen Nietzsche vorführten, könnten die Psychiater heute Autoren, die eben eine neue Arbeit beginnen, im Hörsaal vorführen als Beispiele ausgeprägter und scheinbar unheilbarer Legasthenie, also der Schwäche oder Unfähigkeit, Wörter zu schreiben und einen sinnvollen, zusammenhängenden Satz zu Papier zu bringen.

Erwarten Sie also von diesem geplagten und schreibunfähig gewordenen Autor nicht auch noch, daß er sich in allgemein verständlicher Rede über etwas äußert, das ihn ins sprachlose Entsetzen trieb. Jeder Autist kann Sie kurzweiliger unterhalten als ein Autor, der sich verzweifelt bemüht, auf ein weißes Blatt Papier auch nur einen Buchstaben zu kritzeln.

Und wenn Autoren dann doch für ein Autorenreferat, für eine Poetikvorlesung zu gewinnen sind und dann durchaus nicht den Eindruck eines Legasthenikers machen, so dürfen wir völlig zu recht daraus schließen, der Autor redet nicht von einer Poetik, mit der er beschäftigt ist, die ihn beschäftigt und sprachlos macht, der Autor spricht vielmehr über etwas, was er längst ad acta gelegt hat. Wenn die Sätze über eine poetische Konfession formulierbar sind, ist der, der sie vorbringt, längst zum Dissidenten seiner eigenen Theorie geworden, zum Renegaten seiner geäußerten Glaubenssätze. Er konvertierte, ohne sagen zu können oder bereits genau zu wissen, wo er geht und wohin er läuft. Das neue Terrain kann er noch nicht benennen, es ist für ihn unbekanntes Land.

Wichtig ist allein, wohin er geht und was er dort und wie er es machen wird. Hat er das unbekannte Land durchschritten und sich mit ihm vertraut gemacht, kann er uns in seinem neuen Text davon berichten.

Er kann sogar darüber theoretisieren, z. B. in einer Poetikvorlesung. Diese ist dann die öffentlich vorgetragene Erinnerung an eine frühere Ästhetik. Hier wird der anderweitig nicht verwertbare Rest, der für ihn künstlerisch banal ist und wertvoll allenfalls für sein historisches Archiv, einem interessierten oder auch uninteressierten Publikum vorgestellt.

Wenn wir den Autor bitten oder sogar nötigen, uns diese Erinnerungen vorzutragen, sollten wir nicht vergessen, daß wir damit auch Arbeit, künstlerische Arbeit verhindern. Wir kehren eine Goethesche Maxime barbarisch um, da wir ihn auffordern: »Rede, Künstler, bilde nicht.«

Aber er muß reden, alle Welt bittet ihn darum. Er hat nicht mehr unausgesetzt zu essen, wie noch bei Madame de Guermantes – wollen wir ihr ein liebevolles Gedenken bewahren –, nun soll er unausgesetzt reden. Nun heißt es nicht mehr: »Noch einmal Eier für Monsieur!«, nun bekommt er nicht mehr Apfelwein, nun bekommt Monsieur lediglich das Wort.

Und was er uns dann sagt, können wir – etwas arg pathetisch und hochtrabend – als seine Poetik bezeichnen, genauer: seine frühere Poetik, eine Ästhetik also, die er abgearbeitet, überwunden und bereits verlassen hat. Die Poetikvorlesung kann keine aktuelle Stunde werden, bestenfalls ein historischer Bericht, denn was der Autor Ihnen sagen kann, interessiert ihn selbst bereits nicht mehr.

Aber kann eine nachgetragene Poetik für uns von Interesse oder Nutzen sein?

Ich denke, wir werden jetzt alle heftig nicken und sagen, eine solche Poetik – eine späte, verspätete Poetik – liefert uns Erhellendes über das gemeinsam mit dieser Poetik entstandene Buch, verrät uns, was in der Kunstform spröde verborgen ist oder sogar bleibt, benennt uns klarer den Sinn und die Form des Werkes, als es die poetische, interpretierbare Sprache des literarischen Textes kann und darf. Klartext statt Poesie also. Das ist dann für Seminararbeiten brauchbar, hilfreich beim Erwerben eines wissenschaftlichen Titels. Statt der alten Formulierung »Damit will der Dichter uns sagen«, können wir nun schreiben: »Der Dichter selbst sagt.«

Dagegen steht jedoch, wie wir wissen, einiges. Vor allem jener Pudding, der sich erst beim Essen erweist. Absichtserklärungen stellen nicht zufrieden, und ein Kochrezept sättigt nicht und sagt uns nichts über die Qualität des Essens. Und wenn ein Autor Ihnen mitteilen würde, seine Ästhetik sei bis aufs i-Tüpfelchen identisch mit der von Shakespeare oder Goethe, ich denke, Sie würden doch zuvor noch einen Blick in seine Romane und Stücke werfen, bevor Sie ihn zum Shakespeare und Goethe unserer Zeit ausrufen.

Die Poetik ist ein Kommentar des Werkes, der nichts erklären kann und der uns, wo der literarische Text sich schwer zugänglich erweist oder sich uns gar verweigert, keinen Zugang erschließt. Und wo wir mittels des Autorenkommentars doch eine Tür zu sehen meinen, werden wir die Erfahrung machen müssen, daß uns diese Tür nicht zu dem kommentierten Text führt, im Gegenteil, sie führt uns in eine Metaebene, in unsinnliche, theoretische Räume, die vom Ziel unserer Bemühungen weit entfernt liegen.

Der poetische Kommentar hat allein einen Wert für den Autor. Er dient zur Selbstverständigung, da der Kommentar den Autor nötigt, sich seiner gegenwärtigen und eben noch gültigen Poetik bewußter zu werden. Diese Verständigung über die Poetik wird ihm helfen, sie zu überschreiten und nach neuen Ufern Ausschau zu halten, nach einer neuen Poetik, die dem neuen Gegenstand, inhaltlich wie formal, angemessen ist und ihn zu transportieren und transparent zu machen vermag.

Sie dient ihm als Hilfs- und Arbeitsmittel, sie ist für ihn ein Spiegel, den er benötigt, wenn er sich rasieren will. Ohne diesen Rasierspiegel drohen ihm schlimme, blutige Schnitte ins eigene

Fleisch oder eine, vor allem für andere sichtbare, schlecht ausgeführte Rasur. Er benötigt dringend den Spiegel, sollte aber vermeiden, über Gebühr und Notwendigkeit sich vor ihm aufzuhalten und hineinzustarren. Zurückhaltung ist angebracht, wenn er sich nicht lächerlich machen will. Jene Zurückhaltung, von der Proust in seiner eingangs zitierten Poetik-Vorlesung sprach und die er ganz einfach den »guten Ton« nannte.

Alles, was ich sagte, war nur ein Kommentar der Proustschen Bemerkungen zur Poetik. Mehr, denke ich, ist nicht zu sagen, nicht von mir. Proust schon hatte sich knapp gefaßt. Noch kürzer war dereinst die Poetik-Vorlesung meines geschätzten Kollegen Kleist. Er gab ihr den Titel »Betrachtungen über den Weltlauf«. Ich erlaube mir, zum Abschluß sein allumfassendes Wort, es sind nur zwei Sätze, zu diesem Thema zu zitieren:

»Es gibt Leute, die sich die Epochen, in welchen die Bildung einer Nation fortschreitet, in einer gar wunderlichen Ordnung vorstellen. Sie bilden sich ein, daß ein Volk zuerst in tierischer *Roheit* und *Wildheit* daniederläge; daß man nach Verlauf einiger Zeit, das Bedürfnis einer Sittenverbesserung empfinden, und somit die *Wissenschaft von der Tugend* aufstellen müsse; daß man, um den Lehren derselben Eingang zu verschaffen, daran denken würde, sie in schönen Beispielen zu versinnlichen, und daß somit die *Ästhetik* erfunden werden würde: daß man nunmehr, nach den Vorschriften derselben, schöne Versinnlichungen verfertigen, und somit die *Kunst* selbst ihren Ursprung nehmen würde: und daß vermittels der Kunst endlich das Volk auf die höchste Stufe menschlicher *Kultur* hinaufgeführt werden würde. Diesen Leuten dient zur Nachricht, daß alles, wenigstens bei den Griechen und Römern, in ganz umgekehrter Ordnung erfolgt ist. Diese Völker machten mit der *heroischen* Epoche, welches ohne Zweifel die höchste ist, die erschwungen werden kann, den Anfang; als sie in keiner menschlichen und bürgerlichen Tugend mehr Helden hatten, *dichteten* sie welche; als sie keine mehr dichten konnten, erfanden sie dafür die *Regeln;* als sie sich in den Regeln verwirrten, abstrahierten sie die

Weltweisheit selbst; und als sie damit fertig waren, wurden sie *schlecht.*«

Leipziger Vorlesung, gehalten am 31. Oktober 1989

2

Die Welt ist kleiner geworden

Zum internationalen Friedensforum »Berlin – ein Ort für den Frieden«

Eine Vorbemerkung zum Motto unserer Begegnung, die ich abkürzen kann, da Stephan Hermlin und Bernt Engelmann bereits dazu sprachen: »Berlin – ein Ort für den Frieden«, das ist, denke ich, keine Aussage oder Behauptung, sondern ein Versprechen und eine Hoffnung. Von Berlin gingen in den letzten 120 Jahren drei Kriege aus, zwei davon Weltkriege. Wir sollten darum nicht verwundert sein, wenn die Welt die Stadt Berlin noch nicht als ein Symbol für Frieden anzusehen vermag. Geschichte ist nicht zu tilgen, aber sie ist zu nutzen.

Eine zweite Vorbemerkung: Einige Beiträge dieses Gesprächs ließen den Eindruck entstehen, daß – wenn die durch Gorbatschow in Gang gekommenen Abrüstungsinitiativen zum Erfolg führen – wir in einer Welt frei von uns bedrohenden Waffensystemen leben werden. Das ist, fürchte ich, eine Täuschung, ein unrealistischer Euphemismus. Wir werden, selbst wenn die Großmächte – wie wir alle hoffen – zu einer Null-Lösung kommen, weiterhin auf einer waffenstarrenden Welt leben. Wir sollten uns da nicht täuschen, uns nicht täuschen lassen und nicht unfreiwillig andere täuschen.

Schriftstellertreffen zur Friedensforschung stehe ich skeptisch gegenüber, und ich schlug entsprechende Einladungen bislang aus. So besorgt, wie wir alle um den gegenwärtigen Zustand der Welt und das, was wir heute Frieden nennen, sind, weiß ich doch nicht, mit welchem Wort oder Gedanken ich nur das Geringste dazu beitragen kann, diesen Frieden zu erhalten oder gar für die Zukunft zu sichern. Ich glaube nicht, daß ich als Schriftsteller eine besondere Möglichkeit habe, den nicht nur denkbar gewordenen globalen Suizid aufzuhalten. Ich glaube sogar, daß ich als

Schriftsteller in diesen Jahrzehnten unseres Jahrhunderts keine größere Verantwortung für den Frieden habe als jeder andere Mensch, da die aufklärerischen Möglichkeiten und Funktionen, die vergleichbare Treffen noch vor Jahrzehnten hatten, in dieser Zeit durch die Massenmedien verloren gingen.

Allerdings scheint es mir nun wieder möglich zu sein, Hoffnung zu haben, ohne als dumm, unbelehrbar oder zynisch zu gelten, seitdem eine Weltmacht begann, der Welt Vorschläge zu unterbreiten, die man noch vor wenigen Jahren als Fantasien allzu blauäugiger Friedensfreunde ansah.

Seit Gorbatschow – und Gorbatschow ist, denke ich, *auch* ein Ergebnis der weltweiten Friedensbewegung und *auch* das endlich erreichte Resultat der Arbeit einer nicht verschreckbaren Intelligenz, nennen will ich hier die sowjetische antistalinistische Intelligenz, eingeschlossen die Künstler und Schriftsteller – seit Gorbatschow haben wir einen greifbaren Ansatz zu einer Hoffnung auf ein Ende der unaufhörlichen, sich bereits verselbständigenden Rüstung.

In den letzten vier Jahrzehnten haben wir die Gefahren der Aufrüstung kennengelernt, wir hier in Europa nur einige ihrer Gefahren. Für die letzten Folgen der Rüstung hat die erste und zweite Welt bislang stets die dritte Welt als Schauplatz gewählt.

Wir werden nun, fürchte ich, mit den Gefahren der Abrüstung konfrontiert. Denn die Rüstung schafft in einem Teil dieser Welt nicht nur Profit, Rüstung bedeutet dort auch Arbeitsplätze, Abrüstung heißt dort Arbeitslosigkeit. Das tägliche Brot ist in diesen Ländern immer noch an die Produktion der Technik für den Weltuntergang geknüpft. Arbeitslosigkeit ist da der reale Schrekken von heute, vor dem der drohende Schrecken von morgen, der dritte Weltkrieg, verblaßt. Das mag uns absurd, verrückt, verbrecherisch scheinen und ist es auch, aber auch das gehört zur Realität unserer noch immer aus den Fugen geratenen Welt. Und überall in der Welt sitzt das Hemd näher als der Rock, selbst wenn dieser Rock Untergang, Genoizid bedeutet. Diese mögliche, um des Friedens willen notwendige Arbeitslosigkeit in der kapitalistischen Welt wird dann direkt zu unserem Problem. Denn Arbeitslosigkeit, die Deutschen sollten es wissen, fördert Rüstung und Krieg.

Die Welt ist kleiner geworden. Die unlösbaren Schwierigkeiten und Widersprüche des politischen Gegners kann die andere Seite nicht mehr triumphierend begrüßen. Sie muß sie als Gefahr für sich selbst begreifen. Es reicht nicht mehr aus, sich für den Gegner berechenbar zu machen, jede Seite muß der anderen förderlich sein, Schaden von ihr wenden, um nicht selbst Schaden zu nehmen. Bei Strafe des eigenen Untergangs. Das werden wir alle als neue, ungewohnte, schwer annehmbare und zu akzeptierende Lektionen lernen müssen. »Ende der Voreingenommenheit gegenüber der anderen Seite« nannte das gestern Mykolas Slukkis. Wir können auch sagen: Hoffnung auf ein Ende des Kalten Krieges. Noch ist der Kalte Krieg der einzige Frieden, mit dem umzugehen und mit dem zu leben wir gelernt haben.

In dieser Welt, die sich offenbar auf den einzig heilversprechenden status quo einrichtete, bleibt das unlösbare Problem der Befreiungsbewegungen. Jede kleinste Veränderung in einem – für unsere übliche eurozentrische Weltsicht scheinbar entlegenen – Winkel der Welt zerbricht augenblicklich den status quo, bringt die Weltmächte zur Konfrontation und die Welt an den Abgrund der Katastrophe. Bedeutet das, nur wenn die unterdrückten Völker auf ihre Hoffnung verzichten, kann die Welt hoffen, weiter zu existieren? Müssen wir künftig vor jeder Bewegung, vor jedem Fortschritt in einem der Länder dieser Welt tödlich erschrecken, da diese Veränderung die gesamte Welt gefährdet?

Vorgetragen am 5. Mai 1987

Die Zensur ist überlebt, nutzlos, paradox, menschen- und volksfeindlich, ungesetzlich und strafbar

Rede auf dem X. Schriftstellerkongreß der DDR

Der verratene Leser

»Die verschiedenen Empfindungen des Vergnügens oder des Verdrusses beruhen nicht so sehr auf der Beschaffenheit der äußeren Dinge, die sie erregen, als auf dem jedem Menschen eigenen Gefühle, dadurch mit Lust oder Unlust gerührt zu werden. Daher kommen die Freuden einiger Menschen, woran andere einen Ekel haben, die verliebte Leidenschaft, die öfters jedermann ein Rätsel ist, oder auch der lebhafte Widerwille, den der eine woran empfindet, was dem andern völlig gleichgültig ist. Das Feld der Beobachtungen dieser Besonderheiten der menschlichen Natur erstreckt sich sehr weit und verbirgt annoch einen reichen Vorrat zu Entdeckungen, die ebenso anmutig als lehrreich sind. Ich werfe für jetzt meinen Blick nur auf einige Stellen, die sich in diesem Bezirke besonders auszunehmen scheinen, und auch auf diese mehr das Auge eines Beobachters als des Philosophen.«

Soweit Immanuel Kant. »Beobachtungen über das Gefühl des Schönen und Erhabenen« nennt Kant diesen Blick. Unser Jahrhundert beließ von diesem Vokabular ungekränkt lediglich das Wort »Beobachtung«. Bei dem »Gefühl«, dem »Schönen und Erhabenen« zögern wir. Wir nennen das Thema sachlicher »Literatur und Wirkung«. Die Aufgabe für den Beobachter und Berichterstatter jedoch ist so unverändert wie die verschiedenen Wirkungen des gleichen, sie verursachenden Gegenstands, in unserem Fall der Literatur, des Buchs.

Und die Wirkungen sind, wie Immanuel Kant bemerkt, sehr viel weniger dem »äußeren Ding«, dem Buch, geschuldet als der

Verfassung des Konsumenten, des Lesers. Die Wirkungen, die Literatur hervorruft, sind fast immer überraschend und häufig unvorhersehbar. Von den Wirkungen läßt sich nur bedingt auf das Buch schließen, aber unbedingt auf den Leser. Schon Immanuel Kant wußte von jenen »wohlbeleibten Personen, deren geistreichster Autor ihr Koch ist und deren Werke von feinem Geschmack sich in ihrem Keller befinden«, jene, die das Bücherlesen und -vorlesen lieben, »weil es sich sehr wohl dabei einschlafen läßt«, und jene, deren emsigste und einzige Lektüre ihrem Kontobuch gilt.

Beifall und Ablehnung, Begeisterung und Langeweile, moralische und politische Wertungen offenbaren einiges über das jeweilige Buch, sie erhellen stets den Urteilenden. Die Literatur erregt die Wirkungen, doch diese bezeugen vor allem die Verfassung des Lesers, des Gemeinwesens. In der vergleichbar kurzen Zeitspanne von nicht einmal vierzig Jahren läßt sich anhand der Wirkungen, die Literatur verursachte oder vielmehr auslöste, ein Bild der wechselvollen Verfassung unseres Staates, unserer Gesellschaft und der lesenden Bürger aufzeigen. Diese Wirkungen unterliegen vielfachen Beeinflussungen, werden modifiziert durch die Medien, die Moden, staatliche und gesellschaftliche Maßnahmen, die das eine hervorzuheben, das andere ungesehen wünschen; dennoch und gerade deshalb erhellt Literatur mit ihren Wirkungen auf eine einzigartige Weise den inneren Zustand einer Gesellschaft und ihrer Bürger.

Gewiß, Bücher verraten ihren Autor, Literatur offenbart weit mehr als ihren Gegenstand ihren Verfasser. Literaten sind Exhibitionisten: Es ist nicht möglich, zu schreiben und sich bedeckt zu halten. Hier liegt eine der Wirkungen von Literatur begründet: Wir fühlen uns hingezogen, gefühls- oder geistesverwandt mit dem oder jenem Autor, das veröffentlichte Werk macht uns selbst einen längst verstorbenen Autor zum nahen Vertrauten.

Bücher haben ihre Schicksale, und diese beruhen allein auf ihren Wirkungen. Die Schicksale der Bücher erzählen von den Lesern, sprechen von ihrem Mut und ihrer Feigheit, ihrem Rückgrat oder Opportunismus, ihrem Kunstverständnis, ihrer Kultur und Bildung. Unabhängig vom literarischen, gesellschaftlichen und politischen Wert eines Buches geben uns seine Wirkungen Auskunft über seinen Leser. Die im Vergleich mit allen anderen Medien so unaufdringlich wirkenden Bücher entblößen ihren Leser.

Ein Buch kann nach unseren Erfahrungen erst einige Jahrzehnte nach seinem Erscheinen klar und sachlich beurteilt werden. Aber bereits mit seinem Erscheinen, mit den ersten Wirkungen, die das Buch auslöst, beurteilt es den Leser, offenbart ihn. Um so erstaunlicher ist daher der leichtfertige, arglose Umgang mit einem so argen Ding wie dem Buch, das mitleidslos und durch die von ihm bewirkte Selbstentblößung überzeugend und unwiderlegbar seinen Leser denunziert. Autoren können mitleidig, arglos, freundlich und nachsichtig sein, Bücher sind es nie. Sie verraten ihren Urheber, und sie verraten – mittels ihrer Wirkungen – den Leser.

Über die Sitzgelegenheiten unserer Verleger

Traditionell thronen Verleger auf den Abrechnungen ihrer Buchhaltung. Das ist ein bewährter, sicherer, jedenfalls unzweifelhafter Sitz. Von ihm aus gestaltet sich der Umgang mit Autoren problemlos: Die schwarzen und roten Zahlen unterstreichen oder widerlegen jede Ästhetik. Wer Bücher verkaufen will, wird den Bestseller nicht nur kaufmännisch, sondern auch literarisch schätzen. Und mit dem absehbaren, bereits eingeleiteten Ende der Verlage in der westlichen Welt, ihrem Verschwinden in wenigen marktbeherrschenden Buchkonzernen, wurde die Buchhaltung nicht allein der Thron des Verlegers, sie wird auch zum einzig maßgeblichen Lektor. Dann wird – eine Neuerung im alten Geschäft des Büchermachens – das Neo-Analphabetentum eine weitere Unterstützung erfahren.

Unsere Verleger sitzen anders auf ihren Stühlen. Sie sitzen allerdings auch auf anderen Stühlen.

Überrascht bemerkte ich, daß unsere Verleger auf Bücherstapeln sitzen. Diese Stapel bestehen nicht aus Ladenhütern, aus unverkäuflicher Ware – der Absatz ihrer Produkte ist die geringste Sorge unserer Verleger –, diese Stapel bestehen aus Büchern der laufenden Produktion.

Bücherstapel sind eine sehr unbequeme und unsichere Sitzgelegenheit. Sie sind instabil, und so kann es keinen verwundern, wenn unsere Verleger, auf ihnen sitzend, gelegentlich wackeln oder – und auch das kam vor – von diesen Büchern zu Fall gebracht werden. Ich plädiere für bessere und stabilere Stühle in den Chefetagen unserer Verlage, möglichst keine Drehstühle, aber gesundheitsfördernde, also rückgratstärkende und auch rückgratschonende Sitzgelegenheiten.

Durch meine Arbeit hatte ich Gelegenheit, mehrere Verleger meines Landes kennenzulernen. Nicht mit allen konnte ich mich gütlich einigen, und es kam auch vor, daß ich mich mit einem überhaupt nicht einigen konnte. Aber alle diese Verleger sind Leute, die ihr Geschäft verstehen, mit Verstand und Herz aufopferungsvoll für ihre Bücher arbeiten, kämpfen und einstehen. Es ist nicht einer unter ihnen, der einer Aufsicht bedarf. Dafür lege ich meine Hand ins Feuer, und ich bin überzeugt, daß die Mehrzahl meiner Kollegen, wenn nicht gar alle, dazu ebenfalls bereit sind.

Das Genehmigungsverfahren, die staatliche Aufsicht, kürzer und nicht weniger klar gesagt: die Zensur der Verlage und Bücher, der Verleger und Autoren ist überlebt, nutzlos, paradox, menschenfeindlich, volksfeindlich, ungesetzlich und strafbar. Ich werde das im folgenden begründen:

Die Zensur ist überlebt. Sie hatte ihre Berechtigung in den Jahren nach dem zweiten Weltkrieg, als der deutsche Faschismus von den Alliierten militärisch vernichtet, aber die geistige Schlacht um Deutschland, um die Deutschen damit noch nicht entschieden war. Damals hatte die Zensur, ähnlich den Lebensmittelmarken, die Aufgabe, den allgemeinen Mangel zu ordnen, das Chaos zu verhindern und die Aufbauarbeit zu ermöglichen. Zudem begünstigte die damalige historische Situation die Existenz einer Zensur, also das, was unsere neuere Geschichtsschreibung mit den seltsam verwaschenen Formulierungen »jene tragischen Ereignisse der dreißiger Jahre in der Sowjetunion« und »zeitweilig aufgetretene Verletzungen der Leninschen Normen des Parteilebens« eher zu verdecken sucht als zu benennen. Die Zensur hätte zusammen mit den Lebensmittelmarken Mitte der fünfziger Jahre verschwinden müssen, spätestens im Februar 1956.

Die Zensur ist nutzlos, denn sie kann Literatur nicht verhindern, allenfalls ihre Verbreitung verzögern. Wir haben es wiederholt erlebt, daß nicht genehmigte Bücher Jahre später die Genehmigung erhalten mußten. Und daher wissen wir alle, daß Bücher, die uns heute noch nicht zugänglich sind, etwa einige der Bücher von Stefan Heym oder die von Monika Maron, in DDR-Verlagen erscheinen werden.

Die Zensur ist paradox, denn sie bewirkt stets das Gegenteil ihrer erklärten Absicht. Das zensierte Objekt verschwindet nicht, sondern wird unübersehbar, wird selbst dann zum Politikum aufgeblasen, wenn Buch und Autor dafür untauglich sind und alles andere zu erwarten und zu erhoffen hatten. Die Zensur erscheint dann lediglich als ein umsatzsteigernder Einfall der Werbeabteilung des Verlages.

Die Zensur ist menschenfeindlich, feindlich dem Autor, dem Leser, dem Verleger und selbst dem Zensor. Unser Land hat in den letzten zehn Jahren viele Schriftsteller verloren, unersetzliche Leute, deren Werke uns fehlen, deren Zuspruch und Widerspruch uns bekömmlich und hilfreich waren. Diese Schriftsteller verließen gewiß aus sehr verschiedenen Gründen die DDR. Einer der Gründe, weshalb diese Leute und ihr Land einander vermissen – das eine weiß ich, das andere vermute ich – heißt Zensur; denn wie die Engländer sagen: »You can take the boy out of the country, but you can't take the country out of the boy.« (Du kannst einen Menschen aus einem Land herausnehmen, aber nicht das Land aus einem Menschen.)

Und der Autor, dem es nicht gelingt, aus seiner Arbeit die ihr folgende Zensur herauszuhalten, wird gegen seinen Willen und schon während des Schreibens ihr Opfer: Er wird Selbstzensur üben und den Text verraten oder gegen die Zensur anschreiben und auch dann Verrat an dem Text begehen, da er seine Wahrheit unwillentlich und möglicherweise unwissentlich polemisch verändert.

Den Leser entmündigt die Zensur. Er kann ihr folgen und die Beschränkungen akzeptieren oder ihr widerstehen und sich ihr mit dem dann nötigen größeren Aufwand entziehen, um das nicht genehmigte Buch zu lesen. In jedem Fall ist seine Wahl von der Zensur bestimmt.

Die Zensur zerstört den Verleger, sie zerstört seine Autorität, seine Glaubwürdigkeit. Sie verbietet es dem Verleger, Verleger zu sein, da sie ihm nicht erlaubt, das Programm seines Verlages zu bestimmen. Welche Weisheit zeichnet eigentlich jene Leute aus, die Druckgenehmigungen erteilen oder nicht, daß sie sich anmaßen, einem ausgewiesenen und befähigten Menschen – denn anders wäre ein Verleger bei uns nie Verleger geworden – Vorschriften zu machen? Die Zensur verkürzt das Vokabular des Verlegers, sie verkürzt es um das gewichtige Wort: *nein*. Ein Verleger muß das Recht haben, nein zu sagen, nein zu einem Manuskript, nein zu einem mit seinem Verlag nicht zu vereinbarenden Programm. Solange aber eine vom Verleger unabhängige und ihn bestimmende Zensur existiert, verbietet sich das Nein eines Verlegers, ist es unsittlich und unmoralisch.

Und die Zensur zerstört den Zensor. Der kunstsinnigste Mensch wird in der Funktion, Genehmigungen zu erteilen oder zu verhindern, zum Büttel. Sein Blick, seine Sinne verengen sich notwendigerweise in dem Bemühen, Mißfälliges aufzufinden. Und wie so mancher Kollege habe ich Beispiele erlebt, wie dieser verengte Blick unsinnige Interpretationen, absurde Verdächtigungen und zweideutige Mißverständnisse produzierte, die eindeutigen Aussagen unterschoben wurden.

Die Zensur ist volksfeindlich. Sie ist ein Vergehen an der so oft genannten und gerühmten Weisheit des Volkes. Die Leser unserer Bücher sind souverän genug, selbst urteilen zu können. Die Vorstellung, ein Beamter könne darüber entscheiden, was einem Volk zumutbar und was ihm unbekömmlich sei, verrät nur die Anmaßung, den »Übermut der Ämter«.

Die Zensur ist ungesetzlich, denn sie ist verfassungswidrig. Sie ist mit der gültigen Verfassung der DDR nicht vereinbar, steht im Gegensatz zu mehreren ihrer Artikel.

Und die Zensur ist strafbar, denn sie schädigt im hohen Grad das Ansehen der DDR und kommt einer »Öffentlichen Herabwürdigung« gleich.

Das Genehmigungsverfahren, die Zensur muß schnellstens und ersatzlos verschwinden, um weiteren Schaden von unserer Kultur abzuwenden, um nicht unsere Öffentlichkeit und unsere Würde, unsere Gesellschaft und unseren Staat weiter zu schädigen.

Die Verleger meines Landes bedürfen keiner beamteten Aufsicht. Hilfe der Behörden benötigen sie allenfalls bei ihrer Suche nach freien Druckkapazitäten und Papier. Sie müssen souveräne Leiter ihrer Verlage sein dürfen, für die Öffentlichkeit arbeitend und öffentlich kritisierbar. Aber sie müssen die Chance haben, wirkliche Verleger zu sein, also nicht Jahr für Jahr und bei jedem inhaltlich und formal wirklich neuen Buch ein Stuhlbeben zu befürchten haben.

Zu einem anderen Problem: In den meisten westlichen Ländern vollzieht sich zur Zeit eine aus wirtschaftlichen Gründen diktierte Konzentration des Verlagswesens und des Buchhandels. Bereits heute ist absehbar, daß in naher Zukunft sämtliche größeren und großen Verlage in jedem westlichen Land sich im Besitz von wenigen Konzernen befinden. Aus heutiger Sicht werden es international wirkende Konzerne sein, so daß der gesamte Buchmarkt in den kapitalistischen Ländern von vielleicht vier oder fünf Konzernen beherrscht wird. Es wird dann noch Bücher geben, aber die Buchhandlungen werden durch Buch-Warenhäuser mit Bestseller-Mentalität, Billigangeboten und Ramschverkäufen ersetzt; aussterben wird der Verleger, ihn ersetzt ein

Buchhalter; aussterben wird die Literatur, die Belletristik, die vom Sachbuch und Bestseller verdrängt wird; aussterben wird ein wichtiger Teil der Kultur, ein so wichtiger Teil, daß die Kultur Westeuropas insgesamt gefährdet sein wird. Diese Entwicklung wird von Klein- und Kleinstverlagen nicht abgefangen werden können, zumal diese Kulturverluste – wie die Erfahrungen der letzten Jahrzehnte zeigen – von der betroffenen Gesellschaft nicht als Verlust begriffen werden. Hier entsteht für die nichtkapitalistischen Länder eine Verpflichtung, sie werden – um der Kultur der Menschheit willen – auch für jene Kultur verantwortlich sein, die das Kapital mangels ausreichender Verwertbarkeit verwirft und vernichtet.

Den sozialistischen Ländern droht dieser Ruin einer Kultur nicht, und es gibt, ungeachtet der Probleme, die bei uns noch ungelöst sind, keinen Anlaß, dies für die Zukunft zu befürchten.

Mich beunruhigt eine andere Erscheinung: Vor mehr als zwei Jahrzehnten gab es bei uns, aus völlig anderen Gründen, eine Konzentration unserer Verlage. Mehrere Verlage wurden zusammengelegt, existieren zum Teil nur noch pro forma und als Bestandteil anderer Verlage; andere Verlage wurden aufgelöst. Ich zweifle nicht daran, daß es dafür wichtige, vermutlich wirtschaftliche Gründe gibt. Aber ebenso unzweifelhaft hat diese Konzentration unsere Verlagslandschaft und damit den Reichtum unserer Literatur reduziert. Die Verlage wurden zum Teil schwerfällige, kaum überschaubare Monopole, ein Alptraum für Verleger, für die ein Verlag ohne ein prägendes Programm undenkbar ist. Die Autoren haben nur noch eingeschränkte Möglichkeiten, einen Verlag zu wählen. Sie können sich kaum gegen einen Verlag behaupten, da sie selten eine Alternative haben.

Am fortgeschrittensten ist dieser Prozeß bei der Dramatik. Den Stückeschreibern, im Ensemble der literarischen Künste unseres Landes aus anderen Gründen ohnehin stark benachteiligt, steht ein einziger Bühnenvertrieb zur Verfügung. Die Dramatiker können nur beten, daß in diesem einzigen Bühnenvertrieb weiterhin gute und vernünftige Leute arbeiten und auch für sie zu arbeiten bereit sind. Die Dramatiker können arbeiten und beten; andere Möglichkeiten haben sie nicht, denn mit einem Monopol läßt sich bekanntlich nicht diskutieren.

Andrerseits hat dieser eine Bühnenvertrieb keinerlei Möglichkeit, ein Programm zu entwickeln, sich zu profilieren. Da er konkurrenzlos arbeitet, ist er verpflichtet, alles zu verlegen. Dem Leiter des Bühnenvertriebs ist mehr als allen anderen unserer Verleger verwehrt, nein zu sagen.

Diese Konzentration des Verlagswesens sollte endgültig gestoppt werden, und wir sollten darüber ins Gespräch kommen, wie wir Teile dieser fatalen Entwicklung rückgängig machen können. Denn wo es bereits nur noch einen Verlag für Bühnenwerke gibt, ist es vorstellbar, daß es eines Tages auch für Prosa, Lyrik, Essay und Kinderbuch nur noch je einen Verlag gibt. Diese Vorstellung sollte nicht nur uns Autoren schrecken. In jedem Dorf, sagte Arno Schmidt, muß es zumindest zwei Garküchen geben; kocht nur eine, wird das Essen bald ungenießbar sein. Ich denke, keiner von uns ist so glücklich, die Schrecken dieser Abart von Gastronomie nicht erfahren zu haben.

Ein Dank an die Presse

Ich danke unserer Presse und unseren Medien für ihre Arbeit, die die Wirkung unserer Literatur maßgeblich ermöglichen.

Die DDR wird gelegentlich als ein Leseland bezeichnet. Und wenn man die Zahlen der Auflagen und Auflagenhöhen liest, wenn man die stets überfüllten Buchhandlungen und sich schnell leerenden Regale sieht, ist man geneigt, dieser Bezeichnung zuzustimmen. Das ist, bei aller erwiesenen Qualität, jedoch nicht das Verdienst unserer Literatur, sie ist nicht besser und nicht schlechter als die anderer Länder. Auch wird bei uns nicht mehr und nicht weniger als in anderen Ländern gelesen. Es werden hier jedoch weit mehr als in anderen Ländern Bücher gelesen. Die korrekte Bezeichnung wäre also: Buchleseland.

Das Verdienst dafür gebührt unserer Presse, unseren Medien. Ihre Zurückhaltung in der Berichterstattung und der verläßliche

Konsens ihrer Meinungen führte dazu, daß kaum ein Bürger unseres Landes mehr als ein paar Minuten sich mit ihnen zu beschäftigen hat. Der Leser wird durch Neuigkeiten nur für kurze Zeit abgelenkt und kann sich dann wieder unseren Büchern zuwenden, von denen er nicht nur Unterhaltung und Geschichten, sondern auch Neues und Wahres erhofft.

In den Ländern östlich und westlich unserer Grenzen beschäftigen Zeitungen, Zeitschriften und Medien das Publikum, halten sie mit Tagesnachrichten von einer sicher gewichtigeren Lektüre, der des Buches, ab. Wir Autoren haben also Grund, unserer Presse dankbar zu sein.

Aber fehlende oder doch unzureichende Berichterstattung und das Ausbleiben öffentlicher Auseinandersetzungen zu unseren öffentlichen Angelegenheiten in Presse und Medien schädigen und zerstören die politische Kultur unseres Landes. Wer sich für unsere Gesellschaft engagiert und für ihre Entwicklung, muß über diesen Verlust tief besorgt sein. Presse und Medien haben nicht nur Nachrichten zu vermitteln: Sie müssen ein Transmissionsriemen sein sowohl zwischen oben und unten wie unten und oben, zwischen Gesellschaft und Staat, zwischen der Masse und der gewählten Leitung. Ist diese Vermittlung einseitig, wird nichts mehr vermittelt, in keiner Richtung. Eine Agitation und Propaganda, die die Massen nur zu belehren glaubt und unfähig ist, sich von den Massen belehren zu lassen, wird erfolglos bleiben müssen. Wer nicht zuzuhören versteht, verlernt erfahrungsgemäß auch bald, sich verständlich zu machen. Wenn Auseinandersetzungen und Entscheidungen hinter verschlossenen Türen stattfinden, kann man für die so getroffenen Entscheidungen nicht mit einem aufgeschlossenen Publikum rechnen. Beste und unzweifelhaft gute Entscheidungen werden durch fehlende öffentliche Auseinandersetzungen und durch den Verzicht auf die Weisheit des Volkes zweifelhaft und schwer annehmbar. Eine einseitig vermittelnde Presse, eine Presse, die nur eine erwünschte Realität vermittelt, die aus der vorhandenen Meinungsvielfalt und von den vorhandenen Lösungsvorschlägen zu gesellschaftlichen Fragen und Problemen allein die ihr opportunen heraussucht und öffentlich macht, beraubt sich selbst der Wirkung, macht Agitation und Propaganda unglaubwürdig, muß die Erfahrung machen, paradox zu wirken. Dann kann – um bei der Literatur zu bleiben – ein Zeitungslob für ein Buch vernichtend sein, ein Verriß aber zu einem Sturm auf die Buchhandlungen führen.

Auch in unserer Gesellschaft gibt es natürlich kontroverse Ansichten und Meinungen zu den verschiedensten gesellschaftlichen Erscheinungen. Sie öffentlich zu machen, sie öffentlich zu diskutieren würde allen helfen, die beste Lösung zu finden, würde die gefundene Lösung akzeptierbarer machen und der Entwicklung unserer Gesellschaft nützen. Die verschlossene Tür aber ist nicht nur ein Symbol für fehlende Öffentlichkeit, sie ist notwendigerweise auch das Zeichen einer verhinderten Öffentlichkeit, einer eingeschränkten Gesellschaft.

Kann es der Gesellschaft, dem Leser oder dem Autor wirklich helfen, wenn die Wirkung von Literatur durch vorgegebene Richtlinien für Rezensionen eines Buches kanalisiert wird? Wem oder was soll es helfen, wenn Rezensionen zu bestimmten Büchern nicht erscheinen können oder wenn Werke der Literatur durch einen zentralen Beschluß nicht rezensiert werden dürfen? Ganz gewiß hilft es nicht der Entwicklung unserer Gesellschaft.

Eine Presse, die nicht öffentlich arbeitet, die nicht von einer realen, sondern von einer erwünschten Wirklichkeit berichtet, verzichtet nicht nur auf die ganze Wahrheit, sie wird insgesamt unglaubwürdig und beraubt sich der Möglichkeit zu wirken. Denn die beste, nachhaltigste und erfolgreichste Propaganda war noch nie die opportune Halbwahrheit, sondern stets die vollständige, kontroverse, manchmal schmerzliche Wahrheit.

Das alte Lied: Literaturwissenschaft und Kritik

Wenn wir über Literatur und Wirkung zu sprechen haben, ist auch ein Wort zur Literaturwissenschaft und zur Literaturkritik am Platz. Aber ich zögere; ich fürchte, mich zu wiederholen. Zu vieles von dem, was vor Jahren und Jahrzehnten, selbst vor Jahrhunderten dazu gesagt wurde, ist nach wie vor gültig und nach wie vor uneingelöst. Geblieben ist auch die auf beiden Seiten, bei Literaten wie Kritikern, zu bemerkende Gereiztheit, sobald einer von ihnen über den anderen spricht. Offenbar sind die Positionen unvereinbar.

Lassen Sie mich deshalb nur an Fühmanns Rede auf dem VII. Kongreß erinnern, an die dort von ihm vorgetragenen sechsundzwanzig Thesen zur Kritik. Und ich denke, wir befinden uns auf der Höhe der Zeit, wenn wir uns bei diesem Thema mit seinen Gedanken befassen.

Zwei Punkte will ich hinzufügen:

Erstens: Autoren wissen, daß sie, was und wie immer sie schreiben, vor allem über sich schreiben. Mit ihrem Blick auf den Gegenstand ihrer Arbeit offenbaren sie vor allem sich selbst. Kritikern ist, meiner Beobachtung nach, entgangen, daß sie, ähnlich den Autoren, willentlich oder auch unwillentlich vor allem von sich erzählen. Literaturkritik, Kunstkritik zu zeitgenössischen Werken kann bekanntlich keine Wissenschaft sein. Eine Wissenschaft hat Normen, Leitsätze, überprüfbare Kriterien, ein System unumstößlicher Wahrheiten, die ab und zu umgestoßen werden. All das, mit Ausnahme des letzten, fehlt selbstverständlich bei der Betrachtung neuer, entstehender Kunst. Gäbe es dafür bereits eine wissenschaftliche Betrachtungsmöglichkeit, könnte man gültige Regeln ableiten, sie einem Computer eingeben und diesem die Kunstproduktion überlassen. Aber diese Regeln und Kriterien fehlen, wir haben sie nur für die Kunstwerke früherer Zeiten, aus denen wir sie ableiteten und mit denen wir lediglich Verlängerungen produzieren könnten.

Bei der Betrachtung neu entstehender Kunst fehlt die Sicherheit, die Wissenschaft zu bieten hat. Der Kritiker zeitgenössischer Werke ist unberaten, und seiner Ratlosigkeit hilft er gelegentlich mit Vehemenz des Urteils auf. Was er verkündet, ist und kann nicht mehr sein als lediglich seine Meinung. Und diese Meinung kann uns manchmal etwas vom Kunstwerk erzählen, immer aber über die Person, über den Kritiker. Die arroganteste, dümmlichste Kritik taugt immer noch als Offenbarungseid des Kritikers. Er erzählt in Inhalt und Stil vor allem über sich selbst. Kritiker haben, anders als Autoren, dies bisher nicht wahrhaben wollen.

Zweitens: In den letzten zehn Jahren fiel mir bei den in unserem Land veröffentlichten Kritiken auf, daß sich die Kritik nahezu ausschließlich mit dem Inhalt der rezensierten Werke beschäftigt. Kritiken, die auch die Form berücksichtigen, sind eine seltene Ausnahme geworden. Ich halte das für eine fatale Beschränkung. Wirklich neue Werke haben auch eine neue Form; wenn man diese vernachlässigt und nicht wahrnimmt, muß das zwangsläufig zu Fehlinterpretationen des Inhalts führen. Eine Inhaltsangabe mit anschließender moralischer Wertung ist alles mögliche, aber keine Rezension. Daß die Form eines Werkes sich schwieriger erschließt als sein Inhalt, ist eine alte Wahrheit; diese Schwierigkeit entbindet jedoch den Kritiker nicht von der Pflicht, es zumindest zu versuchen. Als Beispiel für eine Fehlinterpretation, die sich durch mangelndes Verständnis für die Form zwangsläufig ergab, könnte ich Brauns »Hinze-Kunze-Roman« nennen. Aus aktuellem Anlaß will ich ein jüngeres Beispiel dieser Art Dummheit bei der Betrachtung eines Kunstwerkes anführen:

In den letzten Wochen las ich in zwei Zeitungen Rezensionen des sowjetischen Films »Die Reue«. Das sich bei beiden Kritikern offenbarende Unverständnis für die groteske Form des Films führte sie zu einem totalen Mißverstehen des gesamten Films. Offensichtlich fehlt diesen Kritikern das einfachste Handwerkszeug ihres Berufes. Und es verschlimmert den argen Zustand der Kritik, wenn dann – bedingt durch den fehlenden Sachverstand – mit Worten wie »Geschichtspessimismus«, »ethischer Nihilismus«, »Weltverdruß«, »Denunziation«, »Fatalismus« losgeprügelt wird, also mit den, wie Heiner Müller sagt, »Lieblingsvokabeln verhinderter Zensoren, aus denen sich die akademische Journaille heute wie gestern rekrutiert«. Die Kritik selbst ist grotesk, da sie bei dem genannten Film eben das vermißt, was überreich in ihm vorhanden ist, nämlich: Engagement, Verantwortung für die Gesellschaft, sozialistischer Humanismus, eine wahrhaft kommunistische Haltung bei der notwendigen Aufarbeitung unserer Geschichte. Denn so unerbittlich genau und unbeirrt kann nur ein Künstler arbeiten, der trotz der Verbrechen der Stalinzeit die Hoffnung auf den Kommunismus als einzige humane Alternative nicht aufgab.

Vielleicht gibt es eine Möglichkeit, die Ausbildung unserer Kritiker zu verbessern. Vielleicht könnte ein Befähigungsnachweis das Schlimmste abwehren. Ich denke, es ist nicht ehrenrührig, wenn einer unfähig ist, Kritiker zu sein, es gibt andere Berufe. Jede Volkswirtschaft braucht auch einen Bock, nur sollte sie ihn nicht als Gärtner einsetzen.

Und ich hoffe, daß der Film bald in unseren Kinos vorgeführt wird, denn nicht alle konnten oder wollten ihn im westdeutschen Fernsehen, und nicht alle konnten ihn wie ich im Haus der sowjetischen Kultur sehen. Nach diesen Rezensionen ist der Progress-Filmverleih verpflichtet, ihn einzusetzen; das verlangt die politische Moral unseres Landes, der durch diese Art von Kritik Schaden zugefügt wurde.

Ich wollte jetzt über jene Klippschule sprechen, in die noch immer einige Literaturwissenschaftler und Philosophen, selbsternannte Oberlehrer der Nation, uns, Leser und Autoren, zu setzen versuchen; ich wollte über Harichs Nietzsche-Artikel sprechen. Aber Hermann Kant und vor allem Stephan Hermlin haben gestern dazu das vorerst Nötige gesagt. Wir benötigen nicht das Erbe und die Erben Stalins und Shdanows. Nietzsches Werk bedarf einer kritischen, sehr kritischen Prüfung. Voraussetzung dafür aber ist die überfällige und gleichfalls kritische Ausgabe seiner Arbeiten. Wenn Harichs verspäteter Versuch einer erneuten Säuberung letztendlich dies bewirkt, sei er schon heute bedankt.

Ich will es bei diesen Bemerkungen zur Literaturwissenschaft und -kritik bewenden lassen. Es langweilt mich, die Schelte zu wiederholen und die Gegenschelte anzuhören, nicht weil das eine oder das andere unzutreffend, sondern weil beides lange bekannt ist.

Unsere Gesellschaft hatte und hat einige Schwierigkeiten, mit Widersprüchen zu leben, sie zu akzeptieren. Gewöhnlich werden allenfalls nichtantagonistische Widersprüche anerkannt, also jene, die sich allein unter den Teppich kehren, wenn man sie nur betrachtet. In den letzten zehn Jahren aber hat selbst die Philosophie bemerkt, was dem Volk aus praktischer Anschauung immer bekannt war: Auch die sozialistische Gesellschaft hat wie jede Gesellschaft ihre unlösbaren Widersprüche, die mit der Gesellschaftsform untrennbar verbunden sind und die nur mit der Veränderung der Gesellschaft aufhebbar sind. Wir haben zu lernen, mit ihnen umzugehen, ihre Bewegungen auszuhalten, und mehr noch: diese teilweise schmerzlichen Widersprüche im Interesse der Entwicklung unserer Gesellschaft zu nutzen.

Vielleicht ist das Verhältnis von Literatur und Literaturkritik, von Autor und Kritiker ein allen Gesellschaften eigener antagonistischer Widerspruch. Die Geschichte scheint das jedenfalls zu belegen. Vielleicht müssen wir lernen, damit zu leben, als Hund und Katz. Und vielleicht sollten wir mit diesem mißlichen, aber doch möglichen Verhältnis zufrieden sein. Denn wenn wir nicht mehr wie Hund und Katz miteinander auskommen, schwierig miteinander auskommen, dann bleibt uns möglicherweise nur noch eine Beziehung wie die zwischen Katz und Maus. Das würde dann schnell jeden Widerspruch lösen. Aber da unsere Literaturgesellschaft auch diese Erfahrung machen mußte, sollten wir ein solches Verhältnis wegen dieser Erfahrung für alle Zukunft verhindern.

Über die Stille auf unseren Bühnen

Nun wäre über die Wirkungen unserer Literatur auf unserem Theater zu sprechen. Aber was da zu vermelden ist, sind allein Klagen. Auf jedem Schriftstellerkongreß, in jedem Gespräch mit einem Dramatiker wird der gegenwärtige Zustand als unhaltbar bezeichnet, und Jahr für Jahr klagen stereotyp die Theaterkritiker über das fehlende Engagement unserer Theater für unsere Dramatik. Der unhaltbare Zustand aber dauert an. Unhaltbare Zustände neigen dazu, sich endgültig zu etablieren. Und statt über fehlende Wirkungen zu sprechen, wäre es angemessener, Sie aufzufordern, sich von Ihren Plätzen zu erheben und mit einer Minute des Schweigens unserer Dramatik zu gedenken.

Immer wieder gab es Versuche der Dramatiker, des Bühnenverlages, des Ministeriums, den neuen Stücken eine den anderen literarischen Genres vergleichbare Chance zu geben. Bislang war alles vergeblich.

Im Juni dieses Jahres wurde von Theaterautoren, unter ihnen so namhafte Leute wie Helmut Baierl, Peter Hacks und Heiner Müller, in den Räumen der Akademie der Künste eine Arbeitsgruppe gebildet, die einige »Maßnahmen zur Einleitung einer Genesung des Verhältnisses zwischen DDR-Dramatik und DDR-Theater« erarbeitete mit der Absicht, alle DDR-Dramatiker zu vertreten. Ich zitiere aus diesem Papier eine einzige Forderung, sie erhellt besonders deutlich den gegenwärtigen Zustand: »Bestallung eines verantwortlichen Zensors mit Begründungspflicht; Erlaß einer Zensurprozeßordnung.«

Das heißt, während die anderen Genres einen Fortschritt in der Abschaffung der Zensur sehen, fordern die Dramatiker sie für sich, jedoch eine offene, durchsichtige, beweisfähige, diskutierbare Zensur.

Allerdings befürchte ich, daß selbst eine Zensurprozeßordnung wenig ändern wird, wenn selbst eine erfolgte zentrale Genehmigung für ein Bühnenmanuskript folgenlos bleibt. Die für so viele Stücke unüberwindliche Hürde ist das Theater. Als lokales Kulturhaus untersteht es lokalen Behörden, denen die zentrale Entscheidung wenig bedeutet und die mit lokalem Blick das Manuskript erneut prüfen.

Die Kollegen, die mit dem Theater weniger vertraut sind, bitte ich, sich vorzustellen, ihr gedrucktes, fertiges Buch wird von jedem Bezirk, jedem Kreis, jeder Stadt erneut daraufhin geprüft, ob es in den Buchhandlungen ihres Zuständigkeitsbereiches verkauft werden darf.

Solange nicht der Intendant für seinen Spielplan zuständig ist,

solange Stücke, über die man sich streiten kann, in den verschiedenen Schubläden des Ministeriums oder der Bezirksleitungen oder der örtlichen Behörden oder der Theater bleiben, bis sie zur Unstrittigkeit gealtert sind,

solange ein Intendant mit der Produktion neuer Stücke seine Position gefährdet und nicht wie ein Leiter anderer Produktionsbetriebe genötigt wird, innovativ auch bezüglich der Stücke und Spielpläne zu arbeiten, und es wie bei anderen Direktoren zu seinen Pflichten gehört, die Produktion neuer Stücke durchzusetzen,

solange es dem Intendanten erlaubt und sogar bekömmlicher ist, allein aufs Bewährte zu setzen und die unaufhörliche Verlängerung,

solange nur Stücke, die so lustig wie problemlos sind, ohne Schwierigkeiten auf unsere Bühnen kommen, aber es unüberwindbare Probleme gibt, wenn ein Stück weniger lustig ist oder gar zum Streit anregt,

so lange werden wir vielleicht ein unterhaltsames Theater haben, aber kein Theater als öffentliches Forum, kein Theater der Gegenwart. So lange werden wir weiter Boden verlieren, jenen Boden, auf dem als eine der schönsten und der unzweifelhaftesten Früchte unserer Zivilisation unsere Kultur gedeihen kann. So lange werden die Regisseure die Theaterautoren aufsuchen, um sie nach einer Bühne zu fragen, auf der sie dies oder jenes Stück inszenieren können, da es in ihrem eigenen Theater nicht möglich ist. Aber so lange haben die Theater auch jedes Recht verloren, sich auf die deutschen Dramatiker von Lessing bis Büchner zu berufen, auf jene Dramatiker also, die zu Lebzeiten gleichfalls vom Theater ausgeschlossen waren.

Natürlich, es gibt Aufführungen neuer Dramatik, aber es gibt kein Theater, das sich kontinuierlich für die nationale Dramatik oder einen unserer Dramatiker einsetzt. Das unterscheidet unser

Theater von dem unserer Nachbarländer, und das ist nicht die Schuld unserer Theaterleute.

Theater ist ohne Engagement nicht denkbar, ein öffentliches Engagement, ein politisches Engagement, ein Engagement für die eigene Zeit. Das schließt ein Engagement für die Werke der zeitgenössischen Autoren ein. Keiner unserer Buchverlage, der nicht ein außerordentliches und beispielgebendes Engagement für seine Autoren zeigt, die lebenden wie die toten. Unsere Theater sind einseitiger engagiert.

Die heutige Zurückhaltung der Bühnen gegenüber der DDR-Dramatik und DDR-Dramatikern hat einen Grund in der immer wieder erfolgten Maßregelung und Zerstörung jener förderlichen Verbindungen zwischen Autor und Theater, die es einmal – nicht generell, aber hier und da – in unserem Land gegeben hat. Ich erinnere an Wolfgang Langhoffs öffentliche Entschuldigung im April 1963, ein erschütterndes Zeugnis für ein zerstörtes Engagement. Ich denke, das Theater hat aus verständlichem Selbsterhaltungstrieb dieses Engagement fallengelassen. Die wenigen Theater, die heute noch mit einem Autor verbunden sind, nutzen ihn offenbar nur noch als schmückendes Aushängeschild: Die praktische Arbeit bleibt aus. Das ist kein Engagement für Autoren, man hat sie lediglich engagiert.

Ich möchte noch auf ein juristisch-ökonomisches Problem verweisen, das dem Verband und seinem Justitiar ermöglichen könnte, für die Stückeschreiber tätig zu werden:

Die Theater sind subventionierte Kultureinrichtungen. Die Gesellschaft stellt vermittels des Staates Subventionen zur Verfügung, die er dem Theater als Treuhänder übergibt. Nur durch die Subventionen ist unser Theatersystem finanzierbar, können Intendanten, Regisseure, Schauspieler, Bühnenarbeiter und Bühnenpförtner bezahlt werden. Ich denke, es liegt eine Veruntreuung dieser gesellschaftlichen Subventionen vor, wenn der Theaterautor grundsätzlich davon ausgeschlossen ist.

Ein anderes, jahrzehntelang übliches Unrecht, nämlich eine durch die gleichen Subventionen verursachte Reduzierung der

Tantieme des Autors, wurde vor kurzem durch ein Prämiensystem ausgeglichen. Das System ist fragwürdig und funktioniert nachweislich schlecht, aber es ist ein Versuch, der etwas verbesserte und der selbst verbessert werden sollte. Und da dieses jahrzehntelang übliche Unrecht getilgt werden konnte, sollte auch das andere verschwinden.

Natürlich weiß ich, daß wir nicht vermittels finanzieller Forderungen und mit einem Justitiar das den Theaterautoren zustehende gesellschaftliche Engagement der Theater erzwingen können. Aber es könnte helfen, der Forderung nach diesem Engagement Nachdruck zu verleihen.

Wenn ich ungefragt jungen Dramatikern einen Rat geben darf: Schreiben Sie Prosa, unsere Buchverlage werden sich für Sie engagieren. Schreiben Sie Prosa, oder lernen Sie beizeiten die demütige Haltung des um Almosen bittenden Bettlers.

Last and least: Der Autor

Die Wirkungen und Rückwirkungen von Literatur auf den Autor sind vielfältig und widersprüchlich. Sie bewirken Erfahrungen und das Ende aller Erfahrungen, da mancher Autor nur noch jenen Teil der Welt wahrnimmt, der bereit ist, ihn selbst wahrzunehmen; sie bewirken Selbstbewußtsein und Zweifel an dem Wert der eigenen Arbeit, Kollegialität und Neid, berechtigten Stolz und stets unberechtigte Eitelkeit. Aber das sind jahrhundertealte Wirkungen von Literatur, und darüber müssen wir nicht reden, zumal der große Karl Kraus sie in die bösen und für alle Autoren tröstlichen Worte faßte: Wenn ein Stück Erfolg hat, freut sich einer, der Autor; wenn es ein Mißerfolg ist, freuen sich alle.

Sprechen wir über die besonderen Wirkungen der Literatur auf Autoren in unserem Land. Ich werde von zwei Wirkungen und Auswirkungen sprechen.

Ich sprach vorhin davon, daß man mit einigem Recht die DDR ein Buchleseland nennen kann. In anderen Ländern liest man sehr viel mehr und manchmal, so scheint es, ausschließlich Zeitungen und Zeitschriften. Nur sehr wenige Länder, wie zum Beispiel neuerdings die Sowjetunion, kann man als ein Leseland für Buch und Zeitungen bezeichnen. Es hat sich dort offenbar etwas verändert, was ein höherer Moskauer Funktionär, wie wir kürzlich im Verband hörten, mit den Worten beschrieb: »Man schlägt am Morgen die Zeitung auf und weiß nicht, was drin steht.«

Für Autoren ist es durchaus eine zweischneidige Angelegenheit, in einem Land zu leben, das vor allem Bücher liest. Die schöne Seite ist bekannt, das sind vergleichsweise hohe Auflagen, ständig und schnell vergriffene Bücher, eine hohe Wertschätzung ihrer Urheber, ein – zumindest außerhalb von Presse und Medien – nicht abreißendes Gespräch über Bücher und ihre Themen.

Problematischer ist die hohe und, wie ich meine, zu hohe Bedeutung, die man hierzulande Autoren beimißt. Man neigt dazu, sie – willig oder gegen ihren Willen – auf einen Sockel zu heben und dem Schriftsteller eine übergroße Autorität zu verleihen. Auf einem Sockel aber läßt sich nicht arbeiten, weil auf ihm keine Erfahrungen zu machen sind, ohne die unsere Arbeit nicht möglich ist.

Denn Schriftsteller sind, denke ich, Chronisten. Schreiben ist nach meinem Verständnis dem Bericht-Erstatten verpflichtet. Natürlich ist es die Chronik eines Schriftstellers, sie ist nicht objektiv, sondern sehr viel mehr: Sie ist eingreifend und realistisch und phantastisch und magisch, Poesie eben. Eine Chronik, die von einem Menschen, dem Schriftsteller, und seiner Welt erzählt und nur dann und nur dadurch von Interesse ist. Dafür sind Erfahrungen die Voraussetzung. Und für Erfahrungen ist ein Sockel oder Thron im 20. Jahrhundert bekanntlich ungeeignet, dort macht man Erfahrungen nur aus zweiter Hand, second hand bestenfalls.

Der Sockel, von dem ich spreche, besteht aus massiven Gründen, die auszuräumen überfällig ist. Einmal ist es die fehlende beziehungsweise unzureichende Presse, die das Publikum dazu bringt, vom Schriftsteller das Fehlende zu fordern. Eine Erwartung, die zu erfüllen für die Literatur vielleicht ehrenhaft ist, aber auch ebenso unbekömmlich. Literatur kann und soll und darf nicht Ersatz von Publizistik sein.

Ein anderer Grund ist eine andere Presse, die von Schlagzeilen lebt und daher – da es seit der Erfindung der Presse nur zwei Schlagzeilen gibt, nämlich: Der König ist tot, und: Es lebe der König! – sich unentwegt darum müht, zu krönen und zu köpfen. Und mag für den Autor auch das eine behaglicher sein als das andere, tödlich ist ihm beides. Ein Thron aus Zeitungspapier und den Drähten der Medien ähnelt schon äußerlich einem Schafott.

Der dritte massive Grund ist der unaufgeklärte Leser, der es sich in seiner selbstverschuldeten Unmündigkeit behaglich einrichtete und den Autor benötigt als Chorführer und Mentor, als Unterschlupf und Obdach. Aber wenn wir eine öffentliche Kultur haben wollen, eine Kultur der Öffentlichkeit, müssen wir auf Lebensweisheiten wie »Hannemann, geh du voran, du hast die größeren Stiefel an« verzichten lernen.

Sich einerseits hinter einer anderen Person, einem lebenden oder toten Autor, zu verstecken und andererseits Öffentlichkeit zu fordern – das macht keinen Reim. Das Problem zeigt sich im Zitat: Das Zitieren, das Verwenden fremder Gedanken, beweist sowohl Bildung, Kultur und Belesenheit wie auch geistiges Phlegma. Das Zitat hat unsere Meinung zu kräftigen oder gar zu beweisen, es soll unser schwaches Rückgrat stärken, aber es ist auch der Verzicht auf die eigene geistige Leistung, auf die eigene und offen vorgetragene Haltung. Das Zitat kann eine glänzende Waffe sein, aber der sie gebraucht, will nicht selbst zum Kampf antreten, sondern schickt den Urheber des Zitats ins Gefecht. Und das ist – wenn das Zitat die einzige vorgezeigte Haltung ist – unserer öffentlichen Kultur abträglich und macht Literatur wichtig mit falschen Gewichten.

Eine weitere Bemerkung zur Literatur und ihren Wirkungen auf den Autor wurde mir erst möglich, seitdem der Reiseverkehr auch in westliche Länder für die Bürger meines Landes sich zu normalisieren beginnt. Die bislang erreichten, gewährten oder erkämpften Ausnahmen – etwa für Künstler, für Schriftsteller – sind, was immer sie auch sonst bedeuten, Privilegien. Und Privilegien sind Krebsgeschwüre einer sozialistischen Gesellschaft, denn sie schaffen Klassen, die sich durch Vorrechte unterscheiden, die durch Ausnahmen voneinander getrennt sind, denen durch Sonderrechte eine Verständigung erschwert wird. Privilegien vernichten eben damit jene Öffentlichkeit, die Voraussetzung der Arbeit aller Künstler ist. Sie vernichten damit die Wirkung ihrer Arbeit, und mit der Wirkung zerstören sie letztendlich die Künstler selbst.

Jetzt, da dieses Privileg sich endlich in einem allgemeinen Recht aufzulösen beginnt, ist über eine andere Gefahr unserer Literatur zu sprechen, den Provinzialismus. Nicht alle haben die Fähigkeit und Kraft wie Immanuel Kant, die Welt in ein kleines Königsberg zu holen; sie müssen in die Welt, um sie zu erfahren, um sie erfassen zu können, um sie mit ihrer Kunst sinnlich begreifbar zu machen. Hinderlich sind dabei manche Beschränkungen, auch und nicht zuletzt die ökonomischen. Der Verband sollte alle Möglichkeiten nutzen, die trotz dieser Beschränkungen zur Verfügung stehen, um Schriftsteller in die Welt zu schikken. Aus dem Recht zu reisen muß eine Pflicht werden – im Interesse unserer Literatur.

Und es gibt noch ungenutzte Möglichkeiten. Ich nenne hier nur ein Beispiel: die Villa Massimo in Rom, eine Stiftung aus dem Jahre 1910, die deutschen Künstlern aller Genres einen Italienaufenthalt ermöglichen soll. Nach dem zweiten Weltkrieg konnten jedoch nur noch die westdeutschen Kollegen diese Stiftung nutzen. Ich bitte den Verband, daß er in Zusammenarbeit mit den anderen Künstlerverbänden und der Regierung unseren unverändert bestehenden Anspruch auf diese Villa durchsetzt. Und ich bitte auch die westdeutschen Kollegen und die Künstlerverbände der BRD, uns dabei zu unterstützen. Heute, wo selbst rechte Parteien der BRD den Alleinvertretungsanspruch nicht mehr oder doch sehr viel verschämter für sich in Anspruch nehmen, sollten sich unsere westdeutschen Kollegen aufgefordert fühlen, darüber nachzudenken, ob nicht auch sie davon Abstand nehmen wollen. »Deutschland und DDR« oder gar »Deutschland gegen DDR«, da sind nicht nur falsche Termini zu berichtigen. Der Korrektur der Sprache sollte eine Korrektur der Praxis folgen. Seien Sie uns behilflich, ein vier Jahrzehnte andauerndes Unrecht – nämlich Ihre alleinige und damit stiftungswidrige Nutzung der Villa Massimo – zu beseitigen.

Ein letzter Gedanke zur Förderung unserer Künste. Von der Antike bis zum Kapitalismus gab es, um das bornierte, eingeschränkte Interesse des Staates auszugleichen und die Bewegung der Künste zu gewährleisten, das Mäzenatentum. Ihm verdanken wir einen Teil der erstaunlichsten Kunstwerke, erstaunlich, weil sie gegen die Interessen früherer Staaten standen oder von ihnen negiert wurden. Heute ist das Mäzenatentum in den kapitalistischen Staaten fast verschwunden beziehungsweise degeneriert als Möglichkeit für Wertanlage und Steuerabschreibung. Echte Mäzene sind eine Ausnahme geworden, die Zukunft wird diesen Verlust stärker zu beklagen haben.

In den sozialistischen Staaten kann es, da es kein Privateigentum gibt, auch keine Mäzene geben. Aber es gibt auch keine vergleichbare Einrichtung. Natürlich könnten wir sagen, im Sozialismus ist der Staat der Mäzen, und gelegentlich sagt das auch der Staat. Aber ein Staat hat, wie Lenin sagt, andere Aufgaben, er hat divergierende Interessen zu lenken, sein Gewaltmonopol zum Nutzen des Staates einzusetzen, Interessen und Bedürfnisse des Volkes und der Volkswirtschaft auszugleichen. Jeder Staat, auch der unsrige, und jede staatliche Kultureinrichtung – ein Verlag, eine Filmfirma, ein Museum – hat notwendigerweise beschränkte Interessen. Ein Verlag zum Beispiel zeigt Interesse für ein Manuskript genau so lange, wie er eine Möglichkeit zur Publikation sieht, denn das ist sein Geschäft. Aber immer wird es – und ich will bei dem gewählten Beispiel Verlag bleiben – Manuskripte geben, die nicht zu publizieren sind. Ich will politische Schwierigkeiten bei einem Manuskript jetzt außer acht lassen; für die Publikation dieser Manuskripte sorgt, wie gesagt, mit zeitlicher Verzögerung die Zensur. Aber es gab immer und gibt Werke der Kunst, deren hohen Kunstwert erst spätere Zeiten erkennen und wohl auch erst erkennen können. Das Selbstverständnis einer Epoche eröffnet Möglichkeiten und verschließt ebenso natürlich Möglichkeiten. Weder der Verlag noch der Staat noch das Individuum sind daran schuld, es ist eine Beschränkung der Zeit. Und ihr unterliegen auch wir; ein Schelm, der nur Gutes von sich denkt.

Sollten wir nicht daher, um dieser Beschränkung willen und einer Zukunft wegen, der wir Kunstwerke schulden, da wir Kunstwerke früherer Zeiten geerbt haben, überlegen, ob nicht Bewegungsformen zu finden und zu erschließen sind, die, unserer eigenen Beschränkung trotzend, eine Kunst ermöglichen, für die uns erst eine spätere Generation danken kann. Vielleicht können die Künstlerverbände und die Akademie der Künste ein solches – in Ermangelung eines besseren Wortes nenne ich es: sozialistisches – Mäzenatentum ermöglichen. Daß es uns nötig ist, ist beweisbar: ich will hier und stellvertretend nur den Namen Alfred Matusche nennen.

Literatur und Wirkung – ich denke, wir haben einiges bewirkt und wir haben noch viel zu bewirken. Ich wünsche uns allen dazu Kraft und Mut und Rückgrat.

Gehalten am 25. November 1987

Die Zeit, die nicht vergehen kann oder Das Dilemma des Chronisten

Gedanken zum Historikerstreit anläßlich zweier deutscher 40-Jahrestage

Nationen besitzen in ihrer Entwicklung einen Stand der Unschuld, von dem sie, wie Kinder, nichts wissen. Sie nehmen sie wahr und begreifen sie in dem Moment, in dem sie ihrer verlustig gehen. Doch üblicherweise beharren sie – auch hier vergleichbar der menschlichen Entwicklung – von nun an auf ihrer längst verlorenen Unschuld. Diese mangelnde Selbsterkenntnis ist unfähig, die eigene Schuld zu sehen, und ist daher anrührend und gefährlich: Sie hat den Reiz ursprünglicher Tugend und die bedrohliche Hemmungslosigkeit des mörderisch Selbstgerechten. »Jedes Volk«, sagt Nietzsche, »hat seine eigne Tartüfferie und heißt sie seine Tugenden. – Das Beste, was man ist, kennt man nicht, – kann man nicht kennen.« Wir fügen, mit den späteren Erfahrungen, hinzu: Das Schlimmste, was man ist, kennt man nicht, denn es ist unerträglich, sich wirklich ins Gesicht zu sehen.

In einem uns sehr fernen deutschen Jahrhundert gab es eine Selbstdefinition unseres Nationalcharakters, die in dem Wort »Deutschland ist Hamlet« kulminierte. Der Satz erhellt viel vom Selbstverständnis der Deutschen, ihrem Anspruch und der philosophischen Grundierung: jung und schwarzgewandet, einsam und unverstanden, edel und beneidet, gerecht und bedroht, zögernd gegenüber Feinden und ihnen deswegen schließlich ausgeliefert.

Eine Revision dieses Bildes ist unnötig. Die letzten achtzig Jahre haben es unauffindbar hinweggewischt. Weder wir noch unsere Nachbarn denken heute bei Deutschland an Hamlet. Es gibt andere, unabweisbarere Assoziationen, die freilich kaum freundlichere Farben aufzuweisen haben. Die Nation auf den Begriff zu bringen, ist schwieriger geworden. Daß es zwei Staaten einer deutschen Nation gibt, ist dabei nur eine der Schwierigkeiten, wenngleich es beiden deutschen Staaten aus sehr verschiedenen Erwägungen schwerfällt, dies zu erkennen und auch anzuerkennen.

Ein Staat, die DDR, hat sich damit abgefunden, mit einem anderen Staat durch eine gemeinsame Geschichte und nationale Bindung nolens volens verknüpft zu sein, und beharrt lediglich darauf, der fortschrittlichere Teil zu sein. Er setzte langfristig auf den Systemvergleich, auf den Vergleich zwischen einem von Markt, Profit und Ausbeutung beherrschten und einem von Ausbeutung freien Staat, versehen mit einem dichten sozialen Netz für die gesamte Bevölkerung. Sein unlösbares Dilemma: der Sozialstaat ermöglicht allen ein sorgloses Leben, unbesorgt allerdings auch um die eigene Leistung. Mit dem Profitsystem wurde die Arbeitslosigkeit abgeschafft, mit der Arbeitslosigkeit jedoch auch jedes wirksame Leistungsprinzip und damit die effektive Arbeit. Aus der Arbeiterklasse wurde eine Kaste von Berufsbeamten, unkündbar, schlecht bezahlt, frustriert und uninteressiert an der eigenen Arbeit. Das soziale Netz wurde zur Hängematte, aus der nicht der erwünschte, sondern ein völlig anderer Systemvergleich gezogen wird: Die soziale Sicherheit, ohnehin angegraut als eine Forderung aus dem 19. Jahrhundert, verblaßt vor den leuchtenden Farben der Konsumgesellschaft.

Der andere deutsche Staat, die Bundesrepublik, schuf mit den alten kapitalistischen Mitteln ein funktionierendes Wirtschaftssystem auf der alten Basis: Heil den Siegern und Weh den Besiegten. Als Staat hält sie dagegen, demokratischer zu sein, kann sich mit der anderen deutschen Existenz nicht abfinden und übt sich im pars pro toto: Unterderhand und wenn keiner es bemerkt, setzt sie sich für Deutschland. Wird sie bei der Schwindelei ertappt, belächelt sie die Kleinlichkeit des Hinweisenden. Aber ist es tatsächlich nur eine »läßliche Verkürzung«, wenn Westdeutschland sich als »Deutschland« begreift, wenn als »Deutscher« sich allein der westdeutsche Bürger angesprochen sehen will?

In den letzten Jahren, bis zum Oktober 1989, vermieden es

beide deutsche Staaten, über ihr altes Lieblingsthema »Eine Nation – zwei Staaten« zu reden. Das benachbarte Ausland nahm es mit Erleichterung zur Kenntnis. Es war die Erleichterung von Bewohnern eines Hauses, in deren Nachbarwohnung der laute Streit endlich einmal verstummt.

Derzeit wird das Ruhebedürfnis unserer Nachbarn wieder einmal strapaziert. Der scheinbar unendliche und unaufhaltsame Flüchtlingsstrom war eben dabei, auf beiden Seiten der Mauer einen neuen Kalten Krieg auszulösen. Auf der einen Seite, in der DDR, sollte der Kalte Krieg die ansonsten einen Offenbarungseid erfordernden Verluste erklären und für die Zukunft verhindern. Auf der anderen Seite sprach und spricht man ausgerechnet jetzt von der Wiedervereinigung, die zu keinem Zeitpunkt illusorischer war. Wiedervereinigung ist ein Agreement, ein Kompromiß von Geben und Nehmen. Zur Zeit aber sieht sich Westdeutschland durch nichts veranlaßt, der DDR irgend etwas zuzugestehen, und die DDR dürfte kaum in der Lage sein, noch mehr ihrer Substanz an Westdeutschland abzugeben, ohne sich völlig aufzugeben.

Selbstverständlich ist ein künftiges Agreement der beiden deutschen Staaten, das zu einer Konföderation oder auch zu einer Vereinigung führt, denkbar. Eine der Voraussetzungen dafür jedoch ist, daß beide Partner der Übereinkunft als Souveräne verhandeln. Daß die westdeutsche Seite das Thema in dem Moment auf den Tisch legt, in dem die DDR erhebliche Schwierigkeiten mit ihrer gesellschaftlichen und staatlichen Identität hat, stimmt bedenklich: Mit der Wiedervereinigung der Nation kann zum gegenwärtigen Zeitpunkt nur die Einverleibung der DDR gemeint sein. Damit aber droht zumindest die Gefahr eines erneuerten Kalten Krieges. Die Journaille hatte im Spätsommer 1989 bereits auf beiden Seiten aufgerüstet und schon vorsorglich die Vernunft zum Schweigen gebracht.

Die Berliner Mauer zeigte im Spätsommer 1989 eine – nach 28 Jahren zu erwartende – Materialermüdung und fiel im November in sich zusammen. Der Bau der Mauer sollte Probleme lösen und baute unlösbare auf. Der Abriß der Mauer löste ein unlösbares Problem und schuf neue. Die Geschichte schätzt die Ironie: Ein gordischer Knoten wurde mit einem Streich durchschlagen, der Knoten muß dennoch und nun nachträglich entknüpft werden, was nach der schlagartigen Lösung des Knotens nicht einfacher geworden ist.

Die größere Schwierigkeit, zu definieren, was deutsche Nation ist, rührt aus der Geschichte und dem aktuellen Umgang mit ihr. Der sogenannte Historikerstreit vor zwei, drei Jahren machte das manifest, aber er zeigte nur eine der Spitzen jenes Eisberges.

Hamlet ist als Bild, als Metapher für Deutschland untauglich geworden. Ich bezweifle sogar, daß diese Tragödie und dieser Held je ein geeignetes Bild für uns abgegeben haben. Doch es ehrte natürlich eine Kulturnation, sich in einem großen Stück der Weltliteratur gespiegelt zu sehen.

Um beim Versuch, nach einem für die deutsche Nation geeigneten Topos zu suchen, die dramatische Literatur nicht ganz aufzugeben, biete ich zum Ersatz ein anderes Bühnenwerk zur Selbsterkenntnis, Selbstfindung oder Sinnstiftung an. Es besitzt nicht den gleichen hohen Wert im tradierten Kulturverständnis, dafür aber einen hohen Gebrauchs- und Unterhaltungswert. In einem Zeitalter, in dem über die Kultur die Medien und die Journalisten befinden, hat dies einen entscheidenden zeitgemäßen und praktischen Vorteil: Es besitzt mit seinem Unterhaltungswert noch sein Existenzrecht. Denn Kultur, die nicht zu amüsieren versteht, wird durch die Demokratie der Einschaltquoten liquidiert.

Das Stück, das ich zur Identifikation anbiete, ist eine Posse mit Musik. Die Vermutung, daß nach Mozart und Hitler ein dritter Österreicher, Nestroy, in deutsche Dienste genommen wird, ist naheliegend, aber falsch. Der Autor ist Eugene Labiche, ein Franzose; das Stück heißt: »L'Affaire de la Rue de Lourcine«. Der Inhalt, mit dürren Worten nacherzählt: Zwei Schulkameraden, die sich gegenseitig herzlich verachten, treffen sich nach

Jahren bei einem Bankett der ehemaligen Internatsschüler. Der reichlich genossene Alkohol bewirkt, daß sie sich am nächsten Morgen kaum noch an den vorangegangenen Abend erinnern können. Verschiedene Indizien weisen sie zu ihrem großen Erschrecken immer wieder darauf hin, daß sie offenbar, vom Alkohol ihrer Sinne beraubt, gemeinsam eine junge Kohlenträgerin ermordeten. Diese Entdeckung, mehr aber noch die Furcht, als Urheber der Greueltat entlarvt zu werden, läßt sie sowohl verzweifeln als auch mörderische Pläne in ihnen reifen. Vergeblich versuchen sie, sich gegenseitig und die Zeugen ihrer Untat umzubringen, bis sie endlich aus ihrer Umgebung und der Zeitung erfahren, daß alles nur ein Mißverständnis war. Alle Indizien für den Mord bekommen nun eine andere, freundliche Erklärung. Die beiden Schulkameraden, die eben noch bereit waren, mörderische Konsequenzen aus ihrem Verbrechen zu ziehen, sind wieder unschuldig. Die Posse endet mit dem Lied: »Ja, Verbrechen lohnt sich nicht / Und hätt' mans auch begangen. / Wir zwei beide warn es nicht / Mehr können Sie nicht verlangen. / Ists vorüber, lacht man drüber / Lachen ist gesund.«

Zwei Vier-Jahrzehnt-Feiern in den deutschen Landen liegen hinter uns. Happy birthday, es darf wieder gelacht werden. Geschichtsschreibung ist eine Frage der Erklärung, Schuld nur ein signifikanter Mangel an Begründung, Recht und Unrecht in der Geschichte eine Frage des überzeugenden oder geschickten Disputs, der Scholastik.

Wenn der Sieger sich vor der Geschichte nicht zu verteidigen braucht, so bedeutet dieser zynische Satz auch, daß der Verlierer den Historiker als Anwalt benötigt.

»Eine Vergangenheit, die nicht vergehen will«, dieses Motiv stand über der letzten westdeutschen Diskussion zum Nationalsozialismus. Eine ungewöhnliche Situation sei es, hieß es da (bei Ernst Nolte), wenn »eine Vergangenheit ... sich gegen ihr eigenes Wesen sperrt, Vergangenheit und eben nicht Gegenwart zu sein, eine Vergangenheit, die sich nicht damit begnügt, daß die

Menschen sich ihrer erinnern, sie erforschen, sie rühmen oder beklagen, sondern die ›wie ein Richtschwert über der Gegenwart aufgehängt‹ ist.«

Es überrascht, einen solchen Gedanken ausgerechnet bei einem Historiker zu finden. Die Alliteration (Vergangenheit – vergehen) soll dabei offenbar einen Zusammenhang zeugen, der tatsächlich nicht herzustellen ist. Ich jedenfalls bezweifle, daß es das Wesen der Vergangenheit ist, nicht Gegenwart zu sein. Im Gegenteil: Vergangenheit ist der unveränderbare, sichere und weitgehend auch gesicherte Teil unserer Gegenwart, freilich auch der durch seine Unveränderbarkeit, durch die Unmöglichkeit jeder nachträglichen Korrektur beunruhigendste und verstörendste Teil unserer Gegenwart. Denn Vergangenheit vergeht nicht, kann nicht vergehen, so wie die Toten nicht sterben und kein zweites Mal begraben werden können.

Vergangenheit ist die aktuelle Chance von gestern. Wir haben sie genutzt oder vertan, sie ist unkorrigierbar geworden, aber auch unvergänglich. Wir müssen mit ihr leben, sie gehört zu unserem Leben, zu unserer Gegenwart wie zu unserer Zukunft. Daß dies keine leere Maxime ist, kein folgenloser Stammbuchvers, zeigt uns die Gegenwart.

Zukunft ist die (erhoffte oder gefürchtete) Bestätigung unserer Arbeit, ein künftiges und schon heute gültiges Maß, wie Gegenwart bewältigt und gestaltet wird. Gegenwart ist die zu nutzende Chance, die Zeit für einen einmaligen Auftritt, und sie vergeht, um dann für immer unvergänglich zu sein. Zukunft und Gegenwart vergehen, sind vergänglich – die Vergangenheit ist es nicht. Sie ist eine unveränderbare Größe, unkorrigierbar und insofern unmenschlich, weil sie sich nicht mehr im Bereich menschlichen Wirkens und Eingreifens befindet. Von Menschen gestaltet, hat sie – selbst unvergänglich – den vergänglichen Menschen aus sich entfernt, anders gesagt: Sie manifestiert seine Arbeit, ist sein Produkt, das nun als unveränderbares Monument unsere Gegenwart beeinflußt. Die Vergangenheit ist die Bühne, auf der wir zu unserem einmaligen Auftritt in der Gegenwart gerufen sind.

Ihre unveränderliche Beständigkeit ist der Grund, warum die Vergangenheit uns fortgesetzt beschäftigt, beunruhigt, uns in Erklärungen, Deutungen und Interpretationen verstrickt.

Die zweite Hälfte unseres Jahrhunderts hat uns eine Fülle scheinbar oder auch tatsächlich unlösbarer Probleme geliefert. Einige von ihnen werden, das wissen wir heute bereits, für den Menschen von existenzieller Bedeutung sein. Die Gelassenheit, mit der eine darüber unterrichtete Menschheit reagiert, könnte erstaunen. Und die Verwunderung müßte grenzenlos sein, wenn gleichzeitig und statt dessen in den verschiedenen Nationen und politischen Systemen heftigst geführte Kontroversen über die Vergangenheit, über die korrekte Sicht und Bewertung des Vergangenen einsetzen. Offenbar sind Gegenwart und Zukunft für den Menschen weniger bedrohlich als die unkorrigierbare Vergangenheit.

Gewiß sind bei Betrachtung und Bewertung der Vergangenheit die Interessen von Beschuldigten und Anklägern im Spiel, weist die eine Seite so vehement auf Irrtümer und Verbrechen wie die andere bestrebt ist, die unstrittigen Leistungen in den Vordergrund zu rücken, das Unentschuldbare zu banalisieren und das Unerklärbare in einen erklärenden Kontext zu bringen. Ebenso gewiß ist, daß der Streit über die Geschichte ein Streit über vollendete oder doch abgeschlossene Handlungen ist, wogegen jede Diskussion über Gegenwärtiges und Zukünftiges immer spekulativ sein muß, da aus stattfindenden Bewegungen extrapoliert wird.

Vor allem aber, denke ich, sind gegenwärtige und künftige Probleme, auch wo sie scheinbar nicht zu bewältigen sind und innerhalb unserer Erkenntnis- und Handlungsmöglichkeiten kein Lösungsweg aufzufinden ist, allein dadurch weniger fürchterlich und schreckend für uns, weil sie sich noch in den Zeitfeldern befinden, in denen wir vorhanden sind und eingreifen können. Erst wenn die Gegenwart vergangen ist, wird das ungelöste Problem zur nicht mehr korrigierbaren und unvergänglichen Katastrophe.

Nur die Vergangenheit kann – im Unterschied selbst zu unserer Zukunft – nicht mehr vergehen. Mit meinem Feind kann ich mich versöhnen, ihn kann ich am Fest des Jom-Kippur um Verzeihung bitten, sofern er noch Teil meiner Gegenwart ist, sofern ihn mein Haß nicht getötet und zu meiner unvergänglichen Vergangenheit gemacht hat. Denn dann kann es keine Versöhnung mehr geben, und er ist ein Teil der – wie Marx sagt – »Tradition aller toten Geschlechter, die wie ein Alb auf den Häuptern der Lebenden« lastet. Unlösbar und unvergänglich, verstörend und zerstörend.

»Lachen ist gesund«, mahnt uns die Posse. Die notwendigen Voraussetzungen dafür nennt – wir bleiben in der Unterhaltung – ein beliebter deutscher Sangestitel: Glücklich ist, wer vergißt, was doch nicht zu ändern ist. Lothar Baier bemerkt dazu: »Als hätte der manchmal unerträglich hellsichtige Nietzsche vorausgeahnt, was heute vor unseren Augen geschieht, heißt es in ›Jenseits von Gut und Böse‹: ›Das habe ich getan, sagt mein Gedächtnis. Das kann ich nicht getan haben – sagt mein Stolz und bleibt unerbittlich. Endlich – gibt das Gedächtnis nach.‹ Stolz und Gedächtnis liegen jetzt miteinander im Streit, nicht irgendwelche Historikerschulen.«

Beim Nachdenken darüber, was ausgerechnet Historiker dazu bewegen konnte, auf das Vergehen der Vergangenheit zu insistieren, kommen mir mehr Zweifel als erhellende Erklärungen. Von den Parteiungen in jedem Historikerstreit abgesehen, die sogar zu einem Streit zwischen Gedächtnis und Stolz führen können, vermute ich, daß der Wissenschaftler das Vergehen einklagt, um seiner Wissenschaft willen. Der Gegenstand des Historikers ist a priori nicht alleiniger Gegenstand seiner Wissenschaft, sondern Allgemeingut, öffentliche Angelegenheit, res publica. Die Weihen seiner Profession räumen ihm kein Ausschließlichkeitsrecht ein. Er hat in seinem Fach eine Öffentlichkeit zu dulden, die ihm nicht erlauben will, seine Wissenschaft ausschließlich als Wissenschaft zu behaupten.

Der Mathematiker, der Naturwissenschaftler kennt solche Berührungsängste nicht; im Gegenteil, hier ist es die Öffentlichkeit, die vor der Berührung zurückschreckt, ihm die alleinige Verfügung überläßt und so unkritisch wie verständnislos die Ergebnisse seiner Arbeit betrachtet. Der Mathematiker, der Naturwissenschaftler hat – zumal in unserem Jahrzehnt, das aufgrund der Fakten- und Erkenntnisexplosion alle wissenschaftlichen Disziplinen in winzige Forschungsbereiche aufsplittern mußte – nur noch einen äußerst eingeschränkten Kommunikationsbereich. Das interessierte Publikum, das seine Arbeitsberichte verstehend zur Kenntnis nehmen kann, ist nicht selten mit dem weltweiten Versenden von zehn Belegen zu befriedigen.

Die Geistes- oder Gesellschaftswissenschaften können die Ergebnisse ihrer Arbeit einem ungleich größeren Publikum vorlegen. Gelegentlich werden solche Arbeiten, zumal die von Historikern, geradezu spektakulär aufgenommen. Neueste Forschungen dieser Wissenschaften erfreuen dann auch Verleger und Buchhändler, die von der Physik und Chemie allenfalls Standardwerke zu vertreiben bereit sind.

Der Laie, der als schweigender Interessent willkommen ist, von diesen Wissenschaften aber als Dilettant gescholten wird, sobald er sich zu Wort meldet, verweist auf eine Beschränkung und eine Chance der Geistes- und Gesellschaftswissenschaften. Der Versuch, ihn ausgrenzen zu wollen, ist töricht und allen Jahrhunderten mißlungen. Öffentliches Interesse wird sich stets stärker erweisen als jegliches Bemühen, einen Gegenstand der Öffentlichkeit dem Fachgelehrten vorzubehalten. Die betroffenen Wissenschaftler sollten hier eine Chance ihrer Wissenschaft erkennen und um die tatsächlichen Gefahren wissen (und sie von den eingebildeten und gelegentlich behaupteten zu trennen verstehen). Eine Front zwischen berechtigten Historikern und unberechtigten Dilettanten errichten zu wollen, zeugt von einem durch Fachinteressen verursachten Unverständnis der res publica.

Geschichtsschreibung ist als reine Wissenschaft nicht zu haben; sie war stets von ideologischen Prämissen abhängig, von ihrer Gesellschaft und dem politischen Umfeld. Diese Abhängigkeit unterscheidet sie nicht von anderen Geisteswissenschaften, allerdings waren – durch den Forschungsgegenstand bedingt – die Versuche einer bewußten Einflußnahme durch das Umfeld stets energischer und massiver.

Im Historikerstreit wurde noch ein weiteres Dilemma der Geistes- und Gesellschaftswissenschaften signifikant. Es äußerte sich in einem Vorwurf, mit dem der Gegner zugleich als lächerlich, anmaßend und zeitfremd gezeigt werden sollte. Dieser Vorwurf lautet »Sinnstiftung von und durch Wissenschaft«. Er wurde von jeder Seite als Beschuldigung erhoben und von jeder beschuldigten Seite als besonders infam zurückgewiesen. Die Beschwörung der Geschichte tauge nicht als nationaler Religionsersatz, hieß es da. Oder: Wissenschaft besitze prinzipiell keine normative Kompetenz. Oder: Geschichte und Geschichtsbewußtsein dürfen nicht für die Bildung nationalen Bewußtseins genutzt und zur Konsolidierung des Nationalgefühls oder gar politischer Macht mißbraucht werden. Beschwörend wurde vor einer Geschichtsschreibung mit dem Zweck trans-rationaler Verankerung, einer tiefer grundierten Identität und kollektiv vermittelter Sinnstiftung gewarnt.

Ich halte solche Bedenken für gerechtfertigt, und ich teile sie sogar als Betroffener. Denn nicht nur an die Geschichts- und Gesellschaftswissenschaft, auch an die Literatur werden immer wieder derartige Ansprüche gestellt. Der Autor, der ja *auch* ein Historiker ist, ein Schreiber von Geschichten mit einer vergleichbaren Zielstellung, nämlich Chronist der Zeit zu sein, allerdings mit anderen, nicht-wissenschaftlichen Mitteln, ist gleichfalls mit solchen zusätzlichen Forderungen konfrontiert, die literaturfremd und sogar literaturfeindlich sind. Und auch die Literatur kann mit Beispielen aufwarten, wo Schriftsteller aus den unterschiedlichsten Gründen ihr Metier verließen (polemisch gesagt: verrieten), um dem Publikum, einer herrschenden Clique zuliebe, solche Fürchterlichkeiten zu verabreichen.

Sinnstiftung und Religionsersatz. Wir sind uns schnell einig, daß es nicht die Aufgabe der Geschichtsschreibung und der Literatur sein kann und darf, dem Staat und der Kirche beizuspringen. Der Dissens, die abweichende Meinung, die ja immer eine Abweichung von der herrschenden Meinung ist, wird von uns verlangt, um ein einseitiges, erstarrtes Bild zu korrigieren. Ein Chronist, also auch der Chronist seiner Zeit, ist als Religionsstifter untauglich, da für ihn das erste Gebot jeder Religion nicht gilt, nämlich, andere Götter nicht anzuerkennen. Der Chronist muß dem anderen Gott Gerechtigkeit widerfahren lassen, er hat die Tugenden und die Untugenden beider Götter zu nennen. Er hat nicht zu huldigen, er *darf* vielmehr den Blick nicht senken, um alles wahrnehmen und aufzeichnen zu können. Und das ohne Haß und Eifer, also gelassen und unparteiisch. Das ist, seit es Geschichtsschreibung und Literatur überhaupt gibt, die Pflicht des Chronisten, des Historikers wie des Literaten. Eine Pflicht, die eingelöst zu haben nur ein Narr oder Spitzbube für sich behaupten kann.

Nicht Sinnstiftung und Religionsersatz, vielmehr ein Prüfen und Bezweifeln des Sinns, ein kritisches Durchleuchten der Gottheiten ist gefordert. Nicht die Umarmung durch den Staat, durch die Herrschenden hat der Chronist zu fürchten, wenn er die gestellte Aufgabe einigermaßen befriedigend löst, eher den Scheiterhaufen für sich und seine Schriften.

Und dennoch bleiben Sinnstiftung und Religionsersatz reale Gefahren der Geschichtsschreibung und Literatur. Wenn noch der Chronist selbst sich an seine Pflicht hält, seine Arbeit ist nicht gefeit, in dieser Weise mißbraucht zu werden. Der Historiker wie der Literat haben solche möglichen Folgen ihrer Arbeit zu bedenken. Der Naturwissenschaftler hat seine Unschuld spätestens mit der Atombombe verloren. Für den Historiker heute ist – nach Auschwitz, nach den Rassentheorien der Nazis, nach ihrer Geopolitik, nach dem Mißbrauch fast aller Wissenschaftsdisziplinen für die Zwecke der nationalsozialistischen Neuordnung Europas – die Pose reiner Wissenschaftlichkeit mehr als nur eine unmoralische Haltung, sie ist ein Verbrechen. Keinem Historiker oder

Literaten ist es gegeben, einen Mißbrauch seiner Arbeit durch die Herrschenden wirksam, also auch über seinen Tod hinaus, zu verhindern. Aber der Gefahr muß er eingedenk sein. Er muß wissen, wie kurz der Weg ist vom Elfenbeinturm zum Schreibtischtäter.

Historiker wie Literat haben es mit einem Publikum zu tun, das ihre Schriften nicht nur kritisch aufnimmt, sondern auch mit Gläubigkeit. Die unkritische Haltung huldigt dem kenntnisreichen Wissenschaftler oder dem begabten Poeten, und mit der Huldigung verkürzt sie das eigene kritische Bewußtsein bis zur Selbstaufgabe. Dann wird die Schrift des Bewunderten ein Glaubensartikel. Versuchen wir, dieses Dilemma zu negieren oder zu leugnen, werden wir sein Opfer. Wir sollten statt dessen versuchen, es zu erkunden, um damit leben und arbeiten zu können. Und das bedeutet auch, daß der Chronist, unabhängig von seinen Zielsetzungen, durch seine Arbeit das Geschichtsbewußtsein stärkt und dadurch helfen kann, ein Nationalbewußtsein zu konsolidieren.

Geschichtsschreibung ist auch Aufklärung, aber nicht nur Aufklärung. Und selbst die aufklärende Geschichtsschreibung kann mit normativer Kompetenz versehen werden. Dann kann die Arbeit des Historikers durchaus – und selbst gegen seinen Willen – zur Konsolidierung auch politischer Macht gebraucht oder mißbraucht werden.

Der Chronist sollte seine Lage begreifen. Einem bestehenden Dilemma entgeht er nicht, indem er die Augen verschließt und sich zusätzlich noch die Hände davor hält. Das Kind, das im nächtlichen Wald laut singt, um seine Furcht und die Finsternis zu vertreiben, ist gewiß für jedes fühlende Herz ein anrührendes Bild. Wir wollen dem Kind glauben, daß sein Gesang ihm den Weg durch den Wald erleichterte und die beängstigende Dunkelheit besiegte. Aber wir sollten dennoch nicht übersehen, daß es im Wald trotz des lauten Gesangs finster blieb.

Im Historikerstreit ging es um die »Einzigartigkeit der nationalsozialistischen Judenvernichtung«. Ich will mich in diesem Streit nicht zu Wort melden, sondern notiere lediglich ein paar Anmerkungen *über* diesen Streit.

Daß darin ein Satz wie dieser unwidersprochen blieb: »Alle Schuldvorwürfe gegen ›die Deutschen‹, die von Deutschen kommen, sind unaufrichtig, da die Ankläger sich selbst oder die Gruppe, die sie vertreten, nicht einbeziehen und im Grunde bloß den alten Gegnern einen entscheidenden Schlag versetzen wollen« (Ernst Nolte). Der Satz hat seine Merkwürdigkeiten.

Erstens, der Satz ist beweisbar. Denn wenn Nolte im gleichen Artikel davon spricht, daß »die Deutschen aus der Geschichte Lehren ziehen«, und gleichzeitig einräumt, »falsche Lehren können sie freilich immer noch ziehen«, so spricht er von einer Schuld der Deutschen (falsche Schlußfolgerungen aus der Geschichte zu ziehen), jedoch rechnet Nolte sich selbst nicht zu diesen Deutschen, sondern will »im Grunde bloß den alten Gegnern einen entscheidenden Schlag versetzen«.

Allerdings ist es, zweitens, denkbar, daß ein Schuldvorwurf gegen die Deutschen von einem Deutschen ausgesprochen wird, der sich dabei von den beschuldigten Deutschen nicht ausschließt. So in dem Nolte-Satz, das Dritte Reich habe »den größten und opferreichsten Krieg in der Geschichte der Menschheit begonnen und verschuldet« und daher müsse »zumal für die Deutschen die Erinnerung unauslöschlich sein«. Nolte weist hier den Deutschen eine Schuld zu (die Erinnerung muß unauslöschlich sein), er schließt sich selbst jedoch nicht aus, und ich denke, trotz Noltes Verdikt, ist sein Satz aufrichtig.

Drittens, ein Professor für Neuere Geschichte, auch für die Neuere deutsche Geschichte, wird nicht umhin kommen, Sätze über die Deutschen zu formulieren und auch – wenn es seine Forschungsergebnisse verlangen – von einer Schuld der Deutschen sprechen müssen. Ist damit ein solcher Professor tatsächlich a priori unaufrichtig? (Andrerseits wird jeder Freund der Sophistik und der Antinomien Noltes Verdikt zu schätzen wissen, lautet doch dessen Quintessenz: Ein deutscher Geschichtsprofessor sagt, alle deutschen Geschichtsprofessoren sind unaufrichtig, wenn sie über ›die Deutschen‹ reden. Wenngleich anzumerken ist, daß der Satz nicht allzu originell ist, da er doch einem klassischen Muster folgt: Ein Kreter sagt, alle Kreter lügen.)

Die merkwürdigste Konsequenz des Satzes besteht, viertens, darin, daß – so man ihm folgen will – die westdeutschen Historiker sich künftig nur noch mit der Geschichte anderer Länder beschäftigen dürfen, mit der der Sowjetunion beispielsweise. Ein Schritt in diese Richtung, die Auseinandersetzung mit dem deutschen Faschismus durch die Auseinandersetzung mit dem Stalinismus zu ersetzen, wurde im Historikerstreit versucht.

Mir selbst jedoch sind andere und ältere Chronistenpflichten heilig: jene, die vom Balken im eigenen Auge spricht, oder die da heißt: »Mögen andere von ihrer Schande sprechen, ich spreche von der meinen.«

Ebenso unwidersprochen blieb der ungeheuerliche Satz Noltes: »Die Rede von der ›Schuld der Deutschen‹ übersieht allzu geflissentlich die Ähnlichkeit mit der Rede von der ›Schuld der Juden‹, die ein Hauptargument der Nationalsozialisten war.«

Bei diesem Satz fällt es mir schwer, Contenance zu wahren. Die Schuld der Deutschen wurde selbst im Historikerstreit nicht bestritten, Auschwitz wurde nicht geleugnet. Die faschistische Parole von der ›Schuld der Juden‹ entbehrte jeder Grundlage. Sie war in Deutschland ein Produkt von Intoleranz und eines jahrhundertealten Antisemitismus, und sie bereitete den Weg nach Auschwitz.

Wenn Ernst Nolte eine Ähnlichkeit zwischen der tatsächlichen Schuld der Deutschen und der von Faschisten behaupteten ›Schuld der Juden‹ sieht, so heißt das entweder, die ›Schuld der Deutschen‹ hat den gleichen Aussagewert wie die ›Schuld der Juden‹, die Deutschen wurden also verleumdet und Auschwitz war eine Erfindung der Alliierten. Oder es heißt, die ›Schuld der Juden‹ ist der Schuld der Deutschen ähnlich, dann hätten die Juden die ihnen angelasteten und zugeschriebenen Greueltaten tatsächlich begangen und Auschwitz wäre die Kopie eines Verbrechens, welches die Juden zuvor an den Deutschen verübt haben. Einen anderen und nicht-faschistischen Sinn macht dieser Satz nicht.

Anmerken muß ich auch meine Verwunderung, daß keiner der am Streit beteiligten Historiker die nach meiner Ansicht nach grundsätzliche Besonderheit dieses Massenmordes benannte. Man stritt mit Zahlen von Ermordeten, man verglich die Mordarten und fragte tatsächlich ernsthaft, ob ein qualitativer Unterschied zwischen Gaskammer und Genickschuß bestehe. Es fiel die Behauptung, daß nur der »technische Vorgang der Vergasung« eine Besonderheit der Nationalsozialisten gewesen sei. (Der Stil ist der Mensch, sagt Buffon. Die Wissenschaft erlaubt es nicht, Rücksichten zu nehmen, erwidert der Historiker.) Man spekulierte über Kausalitäten, über Auschwitz als vorweggenommene Antwort auf die Stalinschen Lager. Für die Einzigartigkeit bzw. grauenvolle Normalität in unserem Jahrhundert wurde George Orwells »1984« zitiert, auf Pol Pot verwiesen und Rassenmord mit Klassenmord verglichen. (Offenbar gibt es eine gewisse Neigung von Historikern zu Alliterationen, Stabreimen etc., sonst müßte ihnen doch aufgefallen sein, daß die Vernichtung der Juden durchaus ein Rassenmord war, daß bei den Stalinschen Verbrechen die Klassenzuordnung völlig willkürlich erfolgte und die tatsächlichen Motive verdecken sollte. Die Stalinsche Vernichtungsaktion als Klassenmord zu bezeichnen, ist unsinnig und historisch unhaltbar; es wäre eine Einschätzung, die durch Stalinsche Normen determiniert ist.)

Den meiner Ansicht nach entscheidenden Unterschied übersah man jedoch: Das russische Volk und die Völker der Sowjetunion hatten keinen Bruder Stalin. Das kambodschanische Volk kennt keinen Bruder Pol Pot. Wir, die Deutschen, aber haben einen Bruder Hitler. Aus diesem Grund wird die deutsche Geschichte, werden wir nie völlig aus dem Schatten Hitlers heraustreten können. Nicht nur die führenden Eliten Deutschlands waren beteiligt oder duldeten Hitler, es war das deutsche, nationalsozialistische Volk. Die nach 1945 erfolgte Entnazifizierung sollte diesen Umstand nicht völlig aus unserem Gedächtnis gelöscht haben. Für die Völker der Sowjetunion und Kampucheas wird ihre Vergangenheit unauslöschlich bleiben, und die Opfer des Terrors werden in ihrer Erinnerung immer wieder lebendig werden, lebend im Gedächtnis der Lebenden. Das deutsche Gedächtnis aber ist eins der Täter. Um unser aller Bruder Hitler willen ist uns unser Gedächtnis eine Qual geworden. Wir können uns unseren Erinnerungen und der Verantwortung der Deutschen für diesen Völkermord stellen, wir können sie verdrängen, wir können sie leugnen (»Das kann ich nicht gewesen sein, sagt mein Stolz«), wir können sie hinweginterpretieren, wir können sie mit den Nachkriegsleistungen der Deutschen verstellen. Wir können unsere Erinnerungen als typisch deutsche Schuldbesessenheit zu desavouieren suchen oder sie mit Stammtischweisheiten (»Einmal muß Schluß sein«) zur Räson bringen. Aber wir wissen – und heute, nach über vier Jahrzehnten mit Gewißheit –, auch diese Vergangenheit, besonders diese Vergangenheit vergeht nicht. Die historische Identität beeinflußt und prägt unsere gegenwärtige. Es wächst kein Gras über Auschwitz, und in unserem Gedächtnis wird keine einladende Grünanlage an jener Stelle anzupflanzen sein. Diese Erinnerung wird bleiben, als eine Erinnerung an eine deutsche Schuld – oder verdreht als ständiger Rechtfertigungszwang oder Gefühl der Kränkung durch unberechtigte Schuldzuweisung. Oder auch vollkommen auf den Kopf gestellt: als Ursache einer Wiederbelebung der Naziideologie, als Neofaschismus, um die bedrückende Last der Erinnerung radikal abzuwehren.

Eine Geschichtsschreibung, die diese historische Identität übersieht oder übersehen will und dann die Leichen zählt, um quantitative Vergleiche anzustellen, schreibt nicht Geschichte, sondern verdrängt sie. Mit Zahlenvergleichen verdrängt sie, daß es kein Jahr Null gab und geben kann. Es gab 1945 kein Jahr Null, wie es auch 1933 kein Jahr Null gab. Vielmehr ist es eine deutsche Geschichte, die zum Jahr 1933 führt und für die Deutschland, das deutsche Volk einzustehen hat. Der geschichtsverdrängende Versuch, aus dem deutschen Nationalsozialismus einen Hitlerismus zu machen, die Geschichte einer nationalen Untat allein der Person Hitler anzulasten, um Deutschland und das deutsche Volk von der Schuld freizusprechen, ist unsinnig und fatal: Es gibt unleugbar eine Geschichte der Deutschen, die zu Hitler als erwünschter und gewählter Konsequenz führte.

Der Versuch, die Einzigartigkeit der Judenvernichtung durch Vergleiche mit dem Stalinschen Massenmord und dem der Clique Pol Pots zu leugnen, brachte im Historikerstreit das Gegenargument der verschiedenen Kulturstufen auf, wonach ein mitteleuropäisches Land politisch und kulturell nicht mit asiatischen Ländern und Kulturen verglichen werden könne. Dies wiederum rief den Vorwurf des Hochmuts hervor, »einer Herrenvolkgesinnung, verborgen unter einer Demutsgeste«.

Der tatsächliche Grund für die Unvergleichbarkeit wurde auf beiden Seiten erstaunlicherweise nicht gesehen und benannt. Denn tatsächlich verhielt sich das hochzivilisierte, auf der Höhe der mitteleuropäischen Kultur stehende Land barbarischer und »asiatischer« als die asiatischen Länder. Wenn der Vorsitzende des »Verbandes der Historiker Deutschlands« (parenthetisch gesagt: wenn Fußballfans in der BRD von einem Spiel ›Deutschland gegen DDR‹ sprechen, kann ich nachsichtig lächeln; wenn westdeutsche Historiker so denken und sprechen – und die Bezeichnung »Verband der Historiker Deutschlands« verrät es –, quält mich Sorge um ihre fachliche Kompetenz, und mich beunruhigt der Gedanke, daß ein Kongreß der Verbände beider deutscher Staaten dann wohl notwendigerweise als ein Kongreß von Historikern Groß-Deutschlands bezeichnet werden müßte) –, wenn also der Verbandsvorsitzende Christian Meier völlig korrekt schreibt: »Zum Geschichtsbewußtsein der Deutschen muß immer das Bewußtsein der Beispiellosigkeit der Verbrechen gehören, die wir in jenen zwölf Jahren begangen haben«, dann ist zur Vergleichstheorie anzumerken, daß die Völker der Sowjetunion und Kampucheas, wann immer sie über die Massenmorde in ihren Ländern sprechen, im Unterschied zu den Deutschen niemals sagen müssen: »die *wir* in jener Zeit begangen haben«. Hitler war und bleibt der Bruder der Deutschen. Stalin und Pol Pot waren nicht die Brüder, sondern die mörderischen Tyrannen ihrer Völker.

Natürlich, auch Stalin und Pol Pot waren keine Einzeltäter, auch hier führt Psychohistorie zur privaten Personengeschichte statt zur Geschichtsschreibung. Aber sie und ihre Cliquen konnten die Schwäche ihrer Staaten, ihre völlig unzureichende (oder nicht bestehende) Demokratie, ihr unterentwickeltes, zerstörtes oder gar nicht bestehendes Kontrollsystem von Herrschaft zur Errichtung ihrer Tyrannei nutzen. Eine noch fast feudale Gesellschaftsstruktur ermöglichte es ihnen, zur Herrschaft zu gelangen und ihr eigenes, wehrloses Volk nach beliebigen Anklagen und Beschuldigungen auszurotten. Dadurch, daß diese Vernichtungsaktionen im Namen einer Idee erfolgten, hat jeder, für den Sozialismus und Kommunismus Alternativen zum kapitalistischen System darstellen, an einer historischen Last und Verantwortung zu tragen. Auch wenn der Stalinismus und die Herrschaft Pol Pots grausame Karikaturen dieser Idee waren, eine völlige Verkehrung ihrer Werte, sind Sozialismus und Kommunismus nie nachhaltiger und wirksamer geschädigt und nie grundsätzlicher in ihrer Existenz bedroht worden als eben durch Stalin und Pol Pot.

Hitler kam auf einem anderen Weg zur Macht. Sein Programm hatte er im Jahrzehnt vor seiner Machtergreifung dargelegt, und es war ein Programm, das er nach 1933 auch durchführte. Der Historiker weiß und kann belegen, daß Hitlers Ziele auch vor 1933 Anhängern und Gegnern bekannt waren und zu heftigsten Auseinandersetzungen führten. Dennoch und deswegen kam Hitler auf einem »rechtsstaatlichen« Weg an die Macht, seine Machtergreifung war legitimiert durch die Zustimmung der überwältigenden Mehrheit des Volkes, und er nannte sich nicht völlig zu Unrecht Führer der Deutschen. Der größere Teil des deutschen Volkes hatte sich für ihn als Führer in die Zukunft entschieden.

Im Frühjahr 1945 gab es gewiß weniger Anhänger Hitlers als

Mitte und Ende der dreißiger Jahre, aber auch dann noch erlebte das deutsche Volk in seiner Mehrheit eine Niederlage und nicht eine Befreiung. Das Wort ›Befreiung‹ ist in diesem Zusammenhang ein Euphemismus, geboren aus Entgegensetzung, gültig allein für eine Minderheit von Nazigegnern. Hitler war und bleibt unser Bruder. Ein Vergleich des nationalsozialistischen Völkermordes mit den quantitativ wohl nicht geringeren Morden der Stalin- und Pol Pot-Cliquen ist nicht nur für einen Historiker unzulässig. (Anmerken will ich hier nur, daß auch die Verbrechen Stalins und Pol Pots nicht gleichzusetzen sind: die Unterschiede sind zu gravierend. Vergleiche in der Geschichtsschreibung erklären grundsätzlich wenig oder nichts. Jeder Vergleich liefert lediglich griffige Erklärungen oder entschuldigende Interpretationen; ein Vergleich bedient eher Emotionen, als daß er aufklärende und erhellende Analyse leistet.)

Im Historikerstreit gab es den Vorwurf eines ungeduldigen Versuchs, unser geschichtliches Bewußtsein zu normalisieren. Dahinter steckte die Furcht (und der Vorwurf) der Bagatellisierung des nationalsozialistischen Verbrechens. Hier stimme ich jedoch einem Mann wie Ernst Nolte vollkommen zu, wenn er sagt, daß eine »gründliche Bestandsaufnahme und eindringliche Vergleiche die Singularität des Dritten Reiches nicht beseitigen, aber sie ... trotzdem als einen Teil der Menschheitsgeschichte erscheinen lassen«. Setzen wir etwas bescheidener statt der ›Menschheitsgeschichte‹ ›deutsche Geschichte‹, denn ich denke, die Menschheit wird keinen übermäßig gesteigerten Wert auf dieses Erbe legen, für das die Deutschen einzustehen haben.

Das Dritte Reich und seine Verbrechen aus der Normalität der deutschen Geschichte zu entlassen, ist, möglicherweise ungewollt, der Versuch einer Geschichtsklitterung. Wir haben damit die Möglichkeit, die Jahre 1933–1945 aus unserer Geschichte herauszunehmen, sie wie eine schwere Krankheit, als eine »dämonische Zwischenepoche« abzutun, sie durch Hitler oder den Hitlerismus zu erklären, also Psychohistorie zu treiben. Damit setzt auch die historische Haftung für Auschwitz aus. Damit haben wir uns für diese Jahre eine geminderte Zurechnungsfähigkeit attestiert, eine zeitweise Unfähigkeit, Recht und Unrecht zu unterscheiden. Oder wir lassen gar eine einzige Person, Hitler, für alles haften, während dem deutschen Volk gewissermaßen eine historische Abwesenheit aus seiner Geschichte bestätigt wird.

Ich plädiere für eine Normalisierung des geschichtlichen Bewußtseins auch im Hinblick auf den deutschen Faschismus. Die Einzigartigkeit der Verbrechen sollte nicht verhindern können, auch diese Zeit vollständig in das deutsche Geschichtsbewußsein aufzunehmen. Eine Normalisierung des geschichtlichen Bewußtseins unter Ausschluß des Nationalsozialismus kann weder eine Normalisierung noch ein geschichtliches Bewußtsein erzeugen. Freilich, die Einbeziehung der NS-Zeit hat Konsequenzen für die Normalisierung: Der deutsche Faschismus hat die deutsche Geschichte nachhaltig und unvergänglich verändert. Die Normalisierung kann heute nur noch mit veränderten Normen erfolgen, mit Normen, die die vollständige Geschichte der Nazizeit als unsere deutsche Vergangenheit erfassen können.

Ausgangspunkt des Historikerstreits waren Noltes Bemerkungen zur Einzigartigkeit der Naziverbrechen. Er relativierte sie, indem er einen Kausalzusammenhang andeutete zu den Verbrechen Stalins, indem er die Judenvernichtung als eine Reaktion auf eine tatsächliche oder eingebildete Bedrohung durch die Sowjetunion, als einen Präventivmord darstellte. Der verständlichen Erregung über diese Thesen begegnete er mit Unverständnis und verwies auf sein Buch »Der Faschismus in seiner Epoche«. Nolte fühlte sich zutiefst mißverstanden, da man ihm Ansichten unterstellte, die darauf hinausliefen, daß er sich selbst widerlege.

In der Tat offeriert er in seinem erwähnten Buch eine andere Sicht. Es gibt Übereinstimmungen mit den umstrittenen Thesen, es gibt aber auch gravierende, nicht zu übersehende Unterschiede. Möglicherweise wurde Nolte mißverstanden, und seine – allerdings durchaus mißzuverstehenden – Äußerungen zielten auf etwas anderes, was allerdings in der Diskussion völlig übersehen wurde. Möglicherweise trat hier der Historiker als Zeitgenosse auf, wollte ein Geschichtsforscher aus der Kenntnis der Geschichte unüberhörbar eine Warnung an die Zeitgenossen richten.

Erinnern wir uns an die Zeit, in der jener Streit begann: In diesen Jahren fielen die Worte des Vergleichs von Goebbels und Gorbatschow, gab es die Formulierung, die Sowjetunion sei »das Reich des Bösen«. Möglicherweise – es ist dies nur eine Vermutung – wollte Nolte, ohne in fatale Polemik oder billigen Antiamerikanismus zu verfallen, behutsam an fürchterliche Folgen solcher unbedachten oder gar bedachten Äußerungen erinnern. Ob dann sein Beispiel glücklich gewählt war, ist fraglich, aber sein Hinweis ist nicht einfach vom Tisch zu wischen.

Es gibt tatsächlich bedenkliche Übereinstimmungen. Nach Nolte läßt sich ein Motiv für die Judenvernichtung und die nationalsozialistischen Verbrechen auf ein Gemisch von fiction und non-fiction zurückführen. Er führt in diesem Zusammenhang den 1948 geschriebenen Roman »1984« von Orwell an, ein »verschollenes Büchlein von Melgunow« sowie die Informationen, die Hitler über die Stalinschen Lager hatte.

Eine Formulierung wie »das Reich des Bösen« scheint gleichfalls das Ergebnis von fiction und non-fiction zu sein, nimmt man Romane wie Tolkiens »Der Herr der Ringe«, die verschiedensten Filme und Fernsehserien zumal US-amerikanischer Provenienz, Informationen, Vermutungen und Gerüchte über die Taten der russischen Zaren, über Personen wie Rasputin und Stalin. In der Formulierung »das Reich des Bösen« steckt die Angst vor einer Bedrohung, das Verlangen nach Schutz, nach Abwehr, nach Vernichtung nicht allein der Bedrohung, sondern auch des Bösen. Sie ist ein Appell, im Namen der Humanität »das Reich des Bösen« zu zerstören.

Es ist möglich, daß Nolte warnen wollte, daß er nicht unsinnige Parallelen herstellen, aber doch, wie es sich für einen Geschichtsforscher geziemt, mit einem historischen Vergleich vorsichtig an die Folgen des Aberwitzes solch irrationaler Äußerungen erinnern wollte. Denn die Geschichte lehrt uns, daß keine Aufklärung, kein geschichtlicher Beleg, kein logisches Argumentieren eine irrationale Empfindung aufheben kann. Wo sich ein solcher Irrationalismus festsetzt, arbeitet er wie ein Krebsgeschwür und zersetzt das Rationale vollständig, bis schließlich der gesamte Organismus davon beherrscht wird und damit zu irrationalen Handlungen befähigt ist.

Zu Beginn des Streits gab es den hoffnungsvollen Satz, es sei »zu erwarten, daß neue Überlegungen sowie differenziertere und zugleich auf breiteren Grund gestellte Einsichten den zerredeten, in häufig bloß noch rituellen Formen abgehandelten Gegenstand auch moralisch neu zugänglich machen«. Diese Hoffnung wurde gewiß von vielen Beteiligten geteilt. Ein Disput von Fachleuten, auch wenn er polemisch geführt wird, bringt erhellende Einsichten zur Beförderung der Humanität. So war es wohl durchaus zulässig, sich die freundlichen Früchte dieses Streites schon vorab vom Baum zu pflücken.

Zwei, drei Jahre später sind gewiß Veränderungen, nicht nur in der westdeutschen Gesellschaft, zu bemerken, selbst ein teilweise radikaler, »moralisch neuer Zugang« zur Zeit des Nationalsozialismus, der hoffentlich keinen der am Streit Beteiligten beglückt. Die Früchte des Streits sehen offenbar anders aus als erhofft. Meine unfreundliche, aber unpolemische Frage lautet, ob die Historiker für diese wohl nicht erhofften Früchte auch eine Mitverantwortung zu übernehmen bereit sind. Ich denke, die Intelligenz eines jeden Landes ist für dessen geistiges Klima, eingeschlossen das geschichtliche Bewußtsein des Volkes, mitverantwortlich, auch dann und besonders dann, wenn in der Breite bereits ein falsches Bewußtsein zu registrieren ist. Und die Intelligenz in beiden deutschen Staaten ist, aus der geschichtlichen Verantwortung für die finsterste Zeit Deutschlands heraus, in der auch der größte Teil der deutschen Intelligenz versagte, besonders gefordert.

Vor wenigen Jahren schrieb der Düsseldorfer Publizist Thomas Neumann, die beiden deutschen Staaten und Gesellschaften betrachtend: »Wenn ein Vergleich von Gesellschaft zu Gesellschaft unternommen werden sollte, fände sich Vergleichbares allein in der Tatsache, daß die neuen Gesellschaften zu eilig die Vergangenheit glaubten ablösen zu können, mittels Verdrängung in der einen, mittels Entgegensetzung in der anderen. Mehr ist aber vergleichend nicht herauszuholen. Die Fehler sind einander nicht kritikfähig.« Ganz offenbar und sicher gut begründet gab es da noch die Hoffnung, daß das Vergleichbare eine fast zu vernachlässigende Größe sei, wohl mehr für Historiker von Interesse und allenfalls bei Betrachtung der Gründungsjahre der beiden deutschen Staaten.

Über die Verdrängung der Nazizeit in der Bundesrepublik wurde auch in der Bundesrepublik viel gesagt; grundsätzliche Kritik wurde ebenso laut wie Überlegungen über die Notwendigkeit dieser Verdrängung für einen Integrationsprozeß, um diese Bundesrepublik aufzubauen.

Die DDR setzte auf die Entgegensetzung. Es gab dafür viele und gute Gründe: Die KPD war eins der ersten Opfer der Nazis, die führenden Leute des neuen Staates kamen aus der Emigration oder aus den Gefängnissen und Lagern der Nazis. Im antifaschistischen Selbstverständnis gab es von Beginn an keinen Zweifel, selbst in den Hoch-Zeiten des Kalten Krieges konnte die westdeutsche Propaganda in diesem Terrain nichts ausrichten. Im Gegenteil, hier gab es fatale Entscheidungen in der Bundesrepublik, die der Verdrängung sogar im Wege standen und die nicht nur in der DDR erhebliche Zweifel am antifaschistischen Engagement der Bundesrepublik aufkommen ließen. Ich will hier dafür stellvertretend nur zwei Namen nennen: Globke und Kiesinger.

Bei der Gründung beider deutscher Staaten gab es jeweils kleine Ungenauigkeiten, wenn auch grundsätzlich verschiedene. Und es gab gewiß die Hoffnung in beiden Teilen, daß der jeweilige kleine Geburtsfehler sich verwächst. Vier Jahrzehnte später haben wir das Gegenteil zu registrieren: Die kleinen Unkorrektheiten des Anfangs haben sich zu unübersehbaren Menetekeln ausgewachsen, denen man auf beiden Seiten offensichtlich so fest entschlossen wie hilf- und fassungslos gegenübersteht.

Ich will nur von meinem Land sprechen.

Die Entgegensetzung als Haltung bei der Staatsgründung erfolgte gewiß nicht nur aus ideologischen Gründen. Ich denke, es waren vor allem pädagogische Erwägungen, die es ratsam erscheinen ließen, den Staat ausschließlich auf ein antifaschistisches Fundament zu gründen. Gewisse, als progressiv verstandene historische Bewegungen und Personen wurden in das Erbe mitaufgenommen. Die restliche, nicht so eindeutig angenehme Vergangenheit blieb vorerst ausgespart.

In den letzten zwei Jahrzehnten gab es da gravierende Veränderungen. Das ›Erbe‹ Genannte wurde umfangreicher, auch widersprüchlicher und für einige gewiß irritierend, auf jeden Fall aber reicher und vor allem: es wurde realistischer. Denn ein historisches Erbe läßt sich nicht selektieren. Unsere Vergangenheit, persönlich wie gesellschaftlich, ist weder auszuschlagen noch gibt es da etwas auszuwählen: Wir sind Erben auf Gedeih und Verderb.

Die Entgegensetzung war für den Beginn der DDR sicher hilfreich. Sie erbrachte eine Identität, die in den schweren Anfangsjahren, in einer Zeit, in der der Staat politisch und wirtschaftlich mit der vor allem von der Bundesrepublik betriebenen Isolierung, der Nichtanerkennung zu leben hatte, existenziell wichtig war. Aber Entgegensetzung führt letztlich auch zu einer Verdrängung, da sie das, dem sie sich entgegensetzt, negiert. Gewiß waren es die lautersten Beweggründe, waren es Hoffnungen auf Demokratie und einen gesellschaftlichen Fortschritt, der ein neues Auschwitz für immer ausschließen sollte, wenn das uns verderbliche, uns verderbende deutsche Erbe ausgeschlossen blieb. Die Jugend wurde strikt in einer antifaschistischen Tradition erzogen. Der DDR war und ist viel anzulasten, ein Versäumnis im antifaschistischen Engagement des Landes schien ausgeschlossen.

Um so schockierender war es, nicht nur für den Staat, auch für die Gesellschaft, für den einzelnen Bürger, neofaschistische Neigungen auch bei einem Teil der DDR-Jugend registrieren zu müssen. Der noch immer anhaltende Schock manifestierte sich in Ratlosigkeit. Anfangs reagierten Staat und Gesellschaft mit Bagatellisierung, man sprach von einzelnen, untypischen Erscheinungen, von dummen Jungs, von verführten Irren, von einer Staatsverdrossenheit, die sich in Provokationen Luft machen will. Für alle Erklärungen gab es mehr oder weniger einleuchtende Begründungen. Es ist nur ein kleiner Teil der Jugend, um den es dabei geht. Es wird von einer Beeinflussung durch Medien des Auslands gesprochen, durch westdeutsche Rundfunk- und Fernsehsender, doch diese Schuldzuweisung ist heute mehr denn je unglaubwürdig, die Beschuldigung, faschistische Propaganda zu betreiben – was diesen Sendern damit de facto unterstellt wird – unsinnig.

Einen Staat, der an seiner antifaschistischen Haltung nie einen Zweifel aufkommen ließ, mußten faschistische Parolen und Haltungen nachhaltig provozieren. Die Staatsmacht greift rasch und unzweideutig zu, wo und wann immer sich die »Faschos« bemerkbar machen. Aber für jeden Staat der Welt kann es nur ein Provisorium sein, wenn er vorhandene Schwierigkeiten zu beseitigen sucht, indem er sie hinter Gitter bringt. Die Wurzeln der Probleme einer Gesellschaft reichen stets tiefer; tiefer als der Arm der Polizei reicht.

Ich gestehe, daß ich die Ratlosigkeit meiner Gesellschaft gegenüber dieser Entwicklung teile. Allerdings, überraschen konnte diese Entwicklung nicht.

Bislang hielt ich es für eine große Tugend meines Landes, das es ihm – wie ich meine, im Unterschied zu Westdeutschland – nicht gelang, so etwas wie ein Nationalbewußtsein zu entwickeln. Ich hielt es für eine – nicht angestrebte – Tugend, weil deutsches Nationalbewußtsein sich stets nicht nur als besonders stolz, sondern auch als aggressiv erwiesen hat, nicht nur eine Gemeinschaft schuf und beschwor, sondern auch die militante Bereitschaft, das Andersartige abzulehnen und auszugrenzen, weil es stets die Intoleranz und Arroganz gegenüber dem Fremden benötigte. Heute fürchte ich jedoch, daß eben dieser fehlende oder doch unzureichende nationale Stolz von einem Teil der Bevölkerung ausschließlich als Mangel empfunden wird, der zu kompensieren ist. Und wer ein Ungleichgewicht auszugleichen sucht, gerät dabei leicht ins Maßlose, wird ausschweifend. Der Exzeß ist eine Folge tatsächlicher oder eingebildeter Verluste, er vermeldet einen Defekt.

Und die ausgesparte Seite der deutschen Geschichte ist der geeignete Platz und ein brauchbares Instrumentarium für den Exzeß. Wenn der Entgegensetzung etwas entgegengesetzt werden soll, so bietet sich bei antifaschistischer Tradition und Haltung einer Gesellschaft und eines Staates der Faschismus geradezu an.

Die militärische Niederlage des Dritten Reiches war vollständig. Die alliierten Mächte konnten einige der Verantwortlichen zur Rechenschaft ziehen, Deutschland teilen und es ermöglichen oder erzwingen, daß die neu zu errichtenden deutschen Staaten in Entgegensetzung zum oder doch Abkehr vom Faschismus entstanden. Die Auseinandersetzung der Deutschen mit ihrer eigenen Vergangenheit, die Befreiung von der faschistischen Ideologie war aber allein durch den Sieg der Alliierten nicht geleistet. Auch die Beseitigung ökonomischer und sozialer Strukturen, die zum Faschismus geführt oder ihn begünstigt hatten, reichte, wie es sich heute zeigt, nicht aus, um die Nachfolgestaaten des Dritten Reiches völlig von der faschistischen Ideologie zu befreien. Entgegensetzung hier und Verdrängung dort brachten nur einen zeitweisen Aufschub.

Paradoxerweise ermöglichte es der militärische Sieg der Alliierten und ihre Anwesenheit als Besatzungsmacht, daß die geistige Auseinandersetzung mit der faschistischen Ideologie oberflächlich blieb. Denn die Anwesenheit der Alliierten und die gegen die alte Macht eingesetzten neuen deutschen Regierungen brachten die faschistische Ideologie in Deutschland abrupt zum Schweigen. Dieses wurde umgehend als Beweis einer demokratisch-antifaschistischen Gesinnung gebraucht und ausgestellt. Der heftige Wechsel der Gesinnung wurde zustimmend registriert. Die Eile bestürzte nicht, statt Argwohn herrschte Erleichterung. Eine neue ökonomische Ordnung hier gab die Gewähr für die völlige Ausrottung der faschistischen Wurzeln. Ein neuer demokratischer Konsens dort zeigte an, daß die – ohnehin »artfremde« – Krankheit folgenlos überstanden war.

»Der Schoß ist fruchtbar noch«, warnte Brecht, aus dem Exil kommend und mißtrauisch deutschen Boden betretend. Und Thomas Mann, für ein neues Quartier in Deutschland nicht mehr zu gewinnen, sprach sogar von der »faschistischen Epoche des Abendlandes, in der wir leben und trotz des militärischen Sieges über den Faschismus noch lange leben werden«.

Die beiden deutschen Staaten sind auch in ihrem Verhältnis und Verhalten zur jüngsten deutschen Vergangenheit unterschieden, und die Probleme und Aufgaben in der immer noch anstehenden Auseinandersetzung mit ihrer Geschichte sind keineswegs identisch. Aber ich stimme Thomas Neumann zu: Daß sie »zu eilig die Vergangenheit glaubten ablösen zu können«, darin sind beide Gesellschaften vergleichbar.

Es war ein Glaube in der Hoffnung, daß die Vergangenheit – wenn sie schon nicht zu bewältigen ist – langsam vergeht. Aber sie kann nicht vergehen. Die Vergangenheit, der wir uns nicht stellen, wird nicht nur nicht vergehen, sie droht zurückzukehren. Die neuen Juden sind bereits ausgemacht, und auch in meinem Land sind es die Ausländer. Den Bodensatz einer nationalistischen Ideologie gibt es noch immer, und keiner von uns sollte sich da von Zahlen beruhigen lassen. Beunruhigen sollte uns vielmehr, daß der deutsche Stolz unerbittlich blieb und das deutsche Gedächtnis eben dabei ist nachzugeben.

Vorgetragen an der Folkwangschule Essen, 29. Mai 1989; überarbeitet

I Saw Stalin Once

ZEIT-Museum der 100 Bilder

Sich über den Zustand einer Gesellschaft zu unterrichten, gibt es vielfältige Möglichkeiten. In den deutschen Landen war es stets aufschlußreich, sich die publizistischen Arbeiten ihrer Historiker zu Gemüt zu führen. Ein anderes, gleichfalls nicht völlig untaugliches Verfahren ist es, die Spiele einer Gesellschaft zu betrachten.

Eins dieser Gesellschaftsspiele besteht darin, daß Antwort zu geben ist auf die Frage: »Was würden Sie mitnehmen, wenn Sie allein und auf einer einsamen Insel ...?«

Ich liebe diese Spiele und Fragen nicht. Mich stört die Spekulation, mehr noch die fürchterliche Beschränkung. Ich beabsichtige nicht, auf einer Insel zu leben, und schon gar nicht allein. Und ich habe keinerlei Neigung, es mir auch nur vorzustellen. (Ich fürchte, daß demnächst auch noch mein Zahnarzt fragt: Welche Zähne dürfen gezogen werden, welchen möchten Sie behalten?)

Ich will auf keins meiner Bilder, Bücher und Bilderbücher verzichten. Denn das eine gibt mir das, das andere jenes, und nur alle zusammen geben mir, was ich wirklich benötige.

Aus der Verlegenheit, kein einzelnes Bild nennen zu können (weil es so viele ausschließt, die ich nicht missen möchte), hilft mir der Gedanke, daß das »ZEIT-Museum der 100 Bilder« auch ein Zeitmuseum von Bildern sein soll. Und so entscheide ich mich für das Bild »I Saw Stalin Once When I Was A Child« von Komar und Melamid.

Über das Gemälde kann ich wenig sagen, über die Maler nichts. Daß zwei Autorennamen unter dem Bild stehen, verwundert und verwirrt mich, da ich mir nur schwer vorstellen kann, wie zwei Maler gemeinsam an diesem Bild arbeiteten. Ich kann auch nichts über den offiziellen künstlerischen Rang des Bildes sagen. Ich weiß nicht, wie die Kunstgeschichte und Galeristen das Bild einordnen, ob es als erstrangig gilt oder zu jenen Bildern gehört, die auf einer Versteigerung bereits für fünf oder sechs Millionen Dollar ihren Besitzer wechseln.

Ich nenne das Bild für die Galerie des ZEIT-Museums aus einem naiven, fast analphabetischen Grund, ich benenne es um seines Sujets willen. Das Bild, eine Abbildung Stalins, ist für mich ein Bild meiner Zeit, meines Jahrhunderts.

Es ist ein in warmen Farben gehaltenes Gemälde, fast ein Genrebild. Eine freundlich wirkende Erinnerung aus der Kinderzeit, ein Blick im Vorübergehen, Vorüberfahren. Ein unvergeßliches und vermutlich unauslöschliches Erleben, dessen Bedeutung von Anfang an unstrittig war, wenn auch die Bedeutung wechselte, sich extrem veränderte. Ich vermute, das Bild ist eine Erinnerung an einen winterlichen Spätnachmittag in Moskau, ein Rest von Tageslicht oder eine Straßenlaterne läßt die Farben leuchten und den Mann im heute altertümlich wirkenden Auto erkennen. Ein freundlicher älterer Herr wirft einen aufmunternden Blick auf das Kind, der neben der Herzensgüte auch ein mildes Verständnis der für das Kind bedeutenden Begegnung ausstrahlt. Ein Staatsmann, ein Vater der Nation lächelt das Kind (und die späteren Betrachter des Bildes) an, ein gütiges Väterchen. Das Auto, für uns ein Oldtimer-Gefährt, unterstreicht die herzliche Wärme, die großväterliche Güte, die Bratapfel-bruzzelnde-Geborgenheit.

Es ist das Bild eines Mannes, der die Hoffnungen unseres Jahrhunderts prägte und seine Verbrechen, einen grenzenlos scheinenden Aufbruch und ein mörderisches Ende und verzweifeltes Erwachen. Ein Mann, der wohl wie keine andere Person für unsere Zeit stehen kann.

Bedeutsam ist das Bild gewiß nicht im Handwerklichen, malerisch ist es kaum originell. Hier ist es eher traditionell und folgt dem Kanon seiner Kunst. Man könnte, wenn man das Entstehungsjahr liest, sogar von »akademischer Malerei« sprechen, wenn nicht gar von Trivialkunst. Und doch ist dem Gemälde ein

Komar/Melamid, I Saw Stalin Once When I Was A Child

provozierender, provokanter Zugriff eigen, eine verstörende, vielleicht auch ärgerliche Sicht. Es scheint ein entlegener, abgelegener Blick auf Stalin zu sein, ein Blick, der von nichts weiß, der sich allein auf die kindliche Sicht berufen kann und nichts hinzulernte seit den Tagen der Kindheit.

Wir könnten eine erstaunliche Ignoranz feststellen und kopfschüttelnd am Bild vorübergehen. Aber irgend etwas zwingt uns, dann nochmals den Kopf zu wenden, zurückzugehen, davor zu verharren. Etwas verwirrt uns an diesem Bild: diese bewußt gesuchte Kleinheit, der winzige Ausschnitt, das kleine Autofenster, hervorgehoben durch die ihn breit umrahmende Leinwand, ein Format, das dem tatsächlichen Format widerspricht und den Betrachter verführt, eher eine Miniatur zu registrieren; diese Belanglosigkeit des Vorgangs, eine scheinbar austauschbare, amüsierende und nostalgische Erinnerung, mit dem lieblichen Reiz von Spitzendeckchen auf dem großelterlichen Vertiko. Die Freundlichkeit des Bildes kollidiert mit dem Schrecken, der in uns gespeichert ist. Die sehr verschiedenen Stalinbilder in unseren so sehr verschiedenen Köpfen – sie sind wohl stets in der Farbe des Blutes gemalt.

Wie müßte ein Stalin-Bild sein, das wir akzeptieren? Wir wissen, ein großes Gemälde kriegerischer Metzelei kann diesen Schrecken nicht auf eine Leinwand bannen. Die Technik der Kriegsblätter Goyas könnte nicht den alles umfassenden, den alltäglichen Schrecken benennen, der die psychische Vernichtung vor der physischen verlangt, der das Opfer zwingt, sich selbst das Urteil zu sprechen. Ein Maler Franz Kafka kommt uns vielleicht in den Sinn, der das Gewöhnliche, die Banalität der mörderischen Maschinerie aufzeichnen könnte. Aber hier, wissen wir bald, würde ein wichtiges Moment verschwinden, ohne den das Ganze unvollständig und damit unbegriffen bliebe. Die maßlose und getäuschte Hoffnung würde fehlen, unsere Hoffnung oder die der anderen. (Und das Blut und die Hoffnung der anderen, so bemüht sich unser Jahrhundert uns noch immer zu lehren, sind lächerlich und wertlos.)

Und langsam begreifen wir, daß wir alle einst Stalin so gesehen haben, wie Komar und Melamid es festhielten. Unabhängig von all dem, was wir wußten, was wir dachten, unabhängig von unserer Haltung, unserem Glauben, unserer Ideologie, wir sahen ihn wie jenes Kind, wie der heimliche Autor des Bildes. Ob wir Hoffnung oder Abscheu, Bewunderung oder Verzweiflung, Haß oder Verehrung oder auch nur Desinteresse bei seinem Anblick fühlten, stets sahen wir nur dieses freundliche Gesicht. Und die scheinbare Beschränkung des Bildes auf diese Oberfläche läßt uns nun verstehen, daß die Kollision von Bild und unserem geschichtlichen Wissen ein begreifendes Korrespondieren bewirkt. Wir werden von den Malern genötigt, an diesem Bild weiterzuarbeiten, an dem Bild Stalins, an dem Bild des uns aus einer beeindruckenden Staatskarosse freundlich zulächelnden Staatsführers, an dem Bild von unserem Jahrhundert. Und schließlich kommt in unseren Blick das uns unbekannt gebliebene Schicksal jenes Kindes, das sich – am Abend nach der Begegnung vielleicht noch mit Stolz, später möglicherweise mit einer sein Herz zusammenpressenden Furcht – fragte, ob auch Er sich des Kindes erinnert. Ob auch Er nicht vergißt und sich entsinnt: I saw a child once when I was Stalin.

ZEIT-Magazin, 11. 8. 1989

3

Die fünfte Grundrechenart

Rede im Ost-Berliner Schriftstellerverband
14. September 1989

Für Gustav Just

»Man ist für das Leben nicht eingerichtet«, sagte der Philosoph Bobrowski, »man hat seine Natur, seine Sinne, in der Stadt fünf, auf dem Land sieben . . ., aber das reicht nicht. Da kommen einem nun mancherlei Dinge zur Hilfe: dem Menschen schlechthin Hilfsbereitschaft oder Rücksicht, dem Gesetzesbrecher Strafe und Isolierung, dem Beamten Vorschriften und Anordnungen. So findet man sich zurecht.«

Aber auch das reicht noch nicht, fügen wir hinzu, es war notwendig, den Menschen gründlicher zu schulen, wozu ein landesweit einheitliches Schulsystem und einige Universitäten zur Verfügung stehen. Und wenn das noch nicht ausreicht, so kann man den Schwer-Belehrbaren anschließend mehrmals zu Schulungen schicken.

Dort lernt er beispielsweise die vier Grundrechenarten, deren Gültigkeit sich freilich vor allem auf die Schule beschränkt. Später – im richtigen Leben, wie es so heißt – erfährt er den schmerzlichen Widerspruch von Theorie und Praxis und lernt die fünfte Grundrechenart anzuwenden, die eigentlich die erste ist, da sie alle anderen umfaßt.

Die fünfte Grundrechenart besteht darin, daß zuerst der Schlußstrich gezogen und das erforderliche und gewünschte Ergebnis darunter geschrieben wird. Das gibt dann einen festen Halt für die waghalsigen Operationen, die anschließend und über dem Schlußstrich erfolgen. Dort nämlich wird dann addiert und summiert, dividiert und abstrahiert, multipliziert und negiert, subtrahiert und geschönt, groß- und kleingeschrieben nach Bedarf, wird die Wurzel gezogen und gelegentlich auch schlicht gelogen. Diese fünfte Grundrechenart dient dazu, den Vorschriften und Anordnungen zu genügen und dennoch der Strafe und Isolierung zu entgehen. Anwendung findet diese Rechenkunst im Privaten wie im Volkswirtschaftlichen, und auch diese Kunst kennt ihre Lehrlinge, Stümper und großen Meister.

In einer Geschichtsbetrachtung, die dieser Grundrechenart huldigt, wird mit Auslassungen, Vernachlässigungen und scholastischen Rösselsprüngen gearbeitet, es wird verschwiegen und geglättet, um aus dem Labyrinth der Geschichte möglichst fleckenlos und schnell zu jenem Ausgang in die Gegenwart zu gelangen, der dem gewünschten Selbstverständnis am nächsten kommt.

Fast jeder Staat der Erde hat Schwierigkeiten mit seiner Vergangenheit und ist daher bemüht, sie für die Gegenwart zu schönen, um sich mit Stolz seiner Geschichte zu versichern und das nationale Bewußtsein zu stärken. Mit dem Slogan *Love it or leave it* reagierte in den USA eine irritierte und genervte Öffentlichkeit, als nach dem Krieg in Vietnam einige Landsleute allzu heftig und nachdrücklich die jüngste Geschichte ihres Landes befragten.

Der deutsche Wortschatz weist dafür die Denunziation »Nestbeschmutzer« auf, eine sehr deutsche Vokabel: Es wird nicht nach der Wahrheit gefragt, sondern eine Bedrohung des gemütlichen deutschen Heims signalisiert. Was da vor Beschmutzung gerettet werden soll, sind die Sofakissen, auf denen man es sich gemütlich machte und die auf jenem Gras liegen, das endlich über die Vergangenheit gewachsen ist.

Geschichte interessiert uns um der Gegenwart willen. Geschichtsbetrachtung ist stets ein Benennen des augenblicklichen Standorts. Die Wertungen der Geschichte sind von aktuellen Interessen nie frei und wirken auf die gegenwärtige Gesellschaft ein. Der westdeutsche Historikerstreit von 1986, in dem auch eine Um- und Neubewertung des Faschismus und seiner Verbrechen und der Ursachen des Zweiten Weltkrieges versucht wurde, hatte – so behaupte ich – Auswirkungen auf die westdeutsche Gesellschaft. Nach diesem Streit, der die Medien und die Öffentlichkeit stark beschäftigte, gelang es einer Partei, die als rechtsradikal und sogar faschistisch eingeschätzt wird, in der Gesellschaft Fuß zu fassen. Vor dem Streit, als die Schuld des deutschen Faschismus in der BRD noch nicht umstritten war, führten vorhandene vergleichbare Parteien in der westdeutschen Gesellschaft nur ein Schattendasein. Ich erwähne dies, um auf den Zusammenhang einer Gesellschaft mit ihrer Betrachtung der Geschichte, zumal der jüngeren Geschichte, zu verweisen.

Unter dem Schlußstrich unserer, uns aus Schule und Zeitung sattsam bekannten Geschichtsbetrachtung, unter dem Schlußstrich, über den sich dann das als wissenschaftlich, objektiv und gesetzmäßig bezeichnete Gebäude von Fakten, Folgerungen und Bewertungen aufbaut, um den endgültigen und bereits zuvor gezogenen Schluß zu beweisen, stand und steht das kräftige Wort vom »Sieger der Geschichte«.

In Schule und Universität, in unseren täglichen Zeitungen wurde und wird uns Geschichte nie anders vermittelt: Alles Vorhergehende war ein notwendiger und zielgerichteter Weg des historischen Weltgeistes, um zu diesem Staat und zu dieser Gesellschaft zu führen, zu uns. Wir sind, das war das Ziel der langjährigen Unterrichtung, die Sieger der Geschichte. Das damit verbundene Sieges- und Glücksgefühl wird nicht allein durch ein paar Widrigkeiten des Alltags konterkariert; verwunderlich ist die fehlende Dialektik dieser Geschichtsschreibung, die sich überdies auf die Dialektik beruft. Geschichte nämlich kennt keinen Abschluß, sie ist ein unendlicher Prozeß – Unendlichkeit dabei verstanden, wie sie menschlich erfahrbar ist, also das begrenzte menschliche Leben als eine Unendlichkeit nehmend. Folglich kennt die Geschichte gewonnene und verlorene Schlachten, aber sie kennt nicht jenen Schlußstrich, der eine abschließende Formel wie »Sieger der Geschichte« erlaubt. Frühestens am inzwischen nicht mehr undenkbaren Weltende, also in jenem Moment, wo auf dieser Erde das menschliche Leben erlischt, kann diese Spezies von Geschichtsschreibern feststellen, wer der »Sieger der Geschichte« ist, welcher Leiche der Triumph zukommt.

Noch haben wir unsere eigene Geschichte, die unseres Landes und des Sozialismus und der mit uns verbundenen sozialistischen Staaten nicht ausreichend geschrieben. Und nicht ausreichend geschrieben heißt: nicht geschrieben, das sollten Literaten wie Geschichtsschreiber wissen. Denn ein mit gewichtigen Lücken entstandenes Gebäude existiert nicht wirklich, mit dem ersten Wind wird es zusammenbrechen.

Wenn aber – statt an einer schonungslosen, vollständigen, nichts aussparenden Aufarbeitung unserer Geschichte zu arbeiten – wir in dem im »Neuen Deutschland« erschienenen Artikel »Zur Geschichte der Komintern« wieder mal vermahnt werden, »nicht nur die sogenannten ›weißen Flecke‹ und Lücken zu suchen« – denn »täten wir es, würden wir die ganze Wahrheit verletzen« –, so wird damit eine neue Logik geschaffen: Nach der klassischen und der mehrwertigen Logik ist nun die vieldeutige Logik zu studieren.

Selbstverständlich wäre eine Geschichtsbetrachtung, die sich lediglich auf die durchaus nicht zufälligen »weißen Flecke« unserer Geschichte richtet, mehr als nur unvollständig. Ein solches Geschichtsbild wäre gleichfalls verlogen. Aber wenn diese Warnung nur dazu benutzt wird, um die damit zugegebenen Auslassungen in unserem Geschichtsbild nicht zu korrigieren, weil sonst die Gefahr bestünde, »die ganze Wahrheit zu verletzen«, so ist das Heuchelei und demagogische Scholastik.

Auch in unserem Land gab es in der Stalinzeit politische Prozesse, bei denen die Angeklagten unter abenteuerlichen Beschuldigungen zu mehrjährigen Freiheitsstrafen – teilweise in Einzelhaft – verurteilt wurden. Besonders empörend für mich war, als ich bei entsprechenden Fragen erfuhr, daß man den Zellenschließern, die mit den Gefangenen nicht sprechen sollten, mitgeteilt hatte, diese Gefangenen seien Nazikriegsverbrecher. Eine Lüge, die für die Inhaftierten nicht zu entlarven und für die Zuchthausbeamten, auch sie »Sieger der Geschichte«, glaubhafter und beruhigender war als die Wahrheit. Eine Lüge, weil man nicht einmal den Zellenwächtern die Wahrheit zu sagen wagte.

Und als eines dieser Opfer, Jahre nach seiner Inhaftierung, bei seinen Genossen im ZK anfragte, ob man nicht endlich gedenke, ihn zu rehabilitieren, bekam er die Antwort: »Aber was willst du? Diese alte Geschichte ist längst vergeben und vergessen.« Er erwiderte: »Daß ihr sie vergessen habt, glaub ich. Ich habe sie nicht vergessen.«

Ein Wort wie das von den »gutgemeinten Unterlassungen von Einzelfragen« ist unerträglich, wenn mit diesen »Unterlassungen« auch die Stalinschen Lager und die Opfer des Stalinismus – nach Angaben von sowjetischen Historikern sind es fünf bis achtzehn Millionen – gemeint sind. Worte wie »tragische Ereignisse« und »zeitweilige Verletzung der Leninschen Normen« wollen und können diesen Terror nicht benennen und nähren den Zweifel, daß diese »Unterlassungen« gutgemeint seien.

Wenn der Kampf der Antifaschisten und Kommunisten gegen Hitler, wenn die von den Faschisten Ermordeten dazu benutzt werden, die andere Wahrheit zu verschweigen, zu vernachlässigen oder als »gutgemeinte Unterlassung« zu kennzeichnen, wenn »rote Ströme vom Blut der Besten« gegen die »weißen Flecke« gesetzt werden, so ist das Demagogie und Geschichtsfälschung. Und nicht zuletzt schmäht es eben diese Opfer, die im Kampf gegen den Faschismus fielen und im Kampf für eine andere, menschenwürdigere Welt.

Ein Beispiel für die geschichtsfälschende Darstellung gab jüngstens der erwähnte Artikel »Zur Geschichte der Komintern«. Stalin, heißt es da, »hatte kein Diktat über die Komintern. Zwei von zahlreichen Beispielen sollen hier erwähnt werden.« Und dann wird dargelegt, daß auf dem V. Kongreß der Komintern Thälmann entgegen den Wünschen des Vorsitzenden Stalin vorgeschlagen hatte, die beiden Fraktionen der polnischen KP mögen allein über das Schicksal der Polnischen Kommunistischen Partei entscheiden. Daraus folgern die Autoren des Artikels, daß »a) diskutiert wurde und b) daß Thälmann und unsere Partei in dieser sehr komplizierten und schicksalhaften Situation der PKP eine mutige internationalistische Haltung bezogen«.

Dazu ist erstens zu bemerken, daß die Autoren damit nicht »zwei von zahlreichen Beispielen« nennen, sondern nur eins, aus dem sie zwei korrekte Folgerungen ziehen. Und zweitens, wenn die Autoren an dieses gewählte Beispiel in einer Klammer anfügen: »Leider wurde der Vorschlag Thälmanns nicht angenommen« – so kann dieses Beispiel zwar belegen, daß diskutiert wurde und daß Thälmann mutig war, aber es kann nicht beweisen, daß die Komintern nicht unter dem Diktat Stalins stand. Ungewollt beweist das einzig gewählte Beispiel eher das Gegenteil.

In dem gleichen Artikel wird der Hitler-Stalin-Pakt von 1939 angesprochen und dazu die Einschätzung Thälmanns als noch heute gültig und verbindlich vorgetragen.

Den Hitler-Stalin-Pakt – dessen geheime Zusätze bislang für antisowjetische Propaganda angesehen, aber inzwischen auch von der sowjetischen Seite bestätigt wurden – noch immer als einen Nichtangriffsvertrag zu bezeichnen, verrät eine stalinistische Sicht der Geschichte. Die bislang geheimen und lange bestrittenen Zusätze des Hitler-Stalin-Pakts lassen aus marxistischer Sicht nur eine Bewertung zu: Es ist ein Pakt, um Interessensphären und die Aufteilung und geplante Annexion fremder Staaten miteinander abzustimmen. Daß einer der beiden an diesen Pakt glaubte, der andere ihn nie einhalten wollte und dem Partner bald darauf den Krieg erklärte, ändert nichts am imperialistischen Charakter des Pakts.

Wäre 1939 der vollständige Vertrag bekannt geworden, er hätte in der Welt und in der kommunistischen Bewegung weit mehr als nur »große Verwirrung« ausgelöst.

Und es ist verlogen und für einen Historiker entlarvend, einen gewichtigen Kronzeugen, nämlich Thälmann, für sich zu benennen, der die wichtigsten und entscheidenden Teile des Vertrages nachweislich nicht kannte und nicht kennen konnte.

Keine Macht und kein Mensch hat der Sowjetunion und der kommunistischen Idee schwereren und nachhaltigeren Schaden zugefügt als Stalin. Noch heute kämpft die Sowjetunion mit den fast unlösbaren Problemen, die das Land der Stalinschen Politik verdankt.

Stalin – das ist auch ein Problem des deutschen Sozialismus, der DDR. Noch immer kennen wir die Wahrheit nur andeutungsweise, denn die knappen, offiziellen Formulierungen wie »in der Sowjetunion unter falschen Anschuldigungen verhaftet« oder »von ungesetzlichen und ungerechtfertigten Repressalien betroffen«, sind Andeutungen, die Geschichte nicht erhellen, sondern verdecken sollen.

Noch wird Stalin und der Stalinismus von unserer Geschichtsschreibung höchst unvollständig erfaßt und mit den üblichen »gutgemeinten Auslassungen«. Noch wissen unsere Geschichtsschreiber nur etwas von »tragischen Ereignissen«, als sei damals Stalins Sowjetunion von einer Naturkatastrophe heimgesucht worden.

Stalin brach Hitler das Genick, das ist eine unbestreitbare Wahrheit, die keiner vergessen soll. Aber Stalin brachte auch seine Genossen und Millionen seiner Landsleute um. Auch das ist eine unbestreitbare Wahrheit. Und wer so verschiedene Wahrheiten nicht erträgt und die eine mit der anderen zu verdecken und auszulöschen sucht, fälscht die Geschichte.

Ich will einige Zahlen nennen, die von sowjetischen Historikern stammen und in den Zeitungen der Sowjetunion wiedergegeben wurden:

Von 29 Mitgliedern und Kandidaten des ZK der KPdSU wurden 14 von Stalin ermordet.

Von 60 Mitgliedern des revolutionären Militärkomitees des Petrograder Sowjets wurden 54 ermordet.

Außer Kollontai, Muranow und Stalin wurden zwischen 1935 und 1940 die restlichen Mitglieder der ersten sowjetischen Regierung umgebracht.

Von den 1986 Delegierten des XVII. Parteitages im Jahr 1934, bei dem Stalin 300 Gegenstimmen bekam, wurden 1108 Delegierte Repressalien ausgesetzt.

Von den damals gewählten 139 ZK-Mitgliedern und -Kandidaten kamen 110 in Lagern und Folterkammern des NKWD (Volkskommissariat für Innere Angelegenheiten) um.

Vom Kommandostab der Roten Armee wurden schätzungsweise 40 000 Offiziere getötet.

Und das ist nur die Spitze des Terrors.

Nach den gleichen Moskauer Quellen soll 1927 bei Stalin eine Paranoia diagnostiziert worden sein, und zwar durch Bechterew, der damals größten Autorität in der Sowjetunion. Bechterew, über den die Zeitgenossen sagten: »Die Anatomie des Gehirns kennen nur zwei ausgezeichnet: Gott und Bechterew«, kam sofort unter recht merkwürdigen Umständen ums Leben. Sein Sohn wurde später verhaftet und zu zehn Jahren verurteilt, tatsächlich aber wenige Monate nach der Urteilsverkündung erschossen. Dessen Frau wurde zu fünf Jahren verurteilt, von diesen fünf Jahren verbrachte sie acht(!) Jahre im Straflager. Die Familie hat nie erfahren, weshalb sie zum Tode beziehungsweise zur Lagerhaft verurteilt wurden.

Stalins Geisteskrankheit ist also nicht beweisbar, aber viele seiner Taten in den folgenden zwei Jahrzehnten stützen die Vermutung.

In einem Gespräch mit Veljko Micunovic, dem damaligen jugoslawischen Botschafter in der UdSSR, sagte Chruschtschow am 2. April 1956 im Hinblick auf sein Geheimreferat und den XX. Parteitag: »Wir mußten mit Stalin so verfahren. Er führte die Sowjetunion in die Katastrophe. Je älter er wurde, um so stärker entfaltete sich sein krankhaftes und entartetes Naturell. Unter der Last von Alter und Krankheit hat sich Stalin in seinen letzten Lebensjahren durch Filme, die man speziell für ihn herstellte, über Rußland und die Welt unterrichten lassen. Er herrschte in der Überzeugung, daß in der Sowjetunion alles bestens gedeihe.« (»Moskauer Tagebücher 1956–1968«)

Speziell hergestellte Filme und eine speziell hergestellte Geschichtsschreibung können uns zwar die Illusion geben, daß alles bestens gedeihe. Aber solche Illusionen sind für uns letztlich tödlich, da sie uns unfähig machen, unsere Gegenwart zu bewältigen. Und dann sind wir nicht die »Sieger der Geschichte«, allenfalls die »Sieger der Geschichtsschreibung«. Und Hybris war stets der Anfang vom Ende.

Ich bitte Sie, noch eine kurze Anmerkung machen zu dürfen, die mit dem Thema Geschichte, Geschichtsschreibung und Schriftsteller durchaus zu tun hat, auch wenn es sich dabei um stattfindende Geschichte handelt.

Es macht mich krank, es macht mich physisch und psychisch krank, in einem Land und in einer Stadt zu wohnen, in denen fortwährend Bürger Ausreiseanträge stellen und ausreisen.

Es macht mich krank, die besorgten oder hämischen Kommentare der westlichen Medien zu hören. Oder die Kommentare in unseren Zeitungen zu lesen, die den Vorgang zu banalisieren und zu erklären versuchen, indem sie nicht die Ursachen nennen, sondern die Folgen. Oder wenn im staatlichen Fernsehen eine Prozent-Rechnerei angestellt wird, mit der man die Bedeutungslosigkeit dieser Auswanderungswelle beweisen will. Wenn eine Mutter ein Kind verliert, so ist es schlimm, zynisch und unverzeihlich, ihr vorzurechnen, sie habe nur einen kleinen Prozentsatz ihrer Kinder verloren.

Und die aus unserem Land gegangen sind und gehen, sind unsere Kinder, sind unsere Kollegen, Freunde, Mitbürger. Dieser Verlust ist nicht zu entschuldigen und ist unersetzlich.

Es macht mich krank, in einer Stadt zu wohnen, aus der sich immer wieder Mitbürger mit einem Lebewohl statt mit einem Aufwiedersehen verabschieden. Und ich bin darüber verzweifelt, daß der Staat offensichtlich diese Verluste für bedeutungslos hält, jedenfalls für so bedeutungslos, daß er es nicht für notwendig erachtet, die Ursachen für diesen ständigen Verlust zu bekämpfen. Es macht mich krank, weil die Gesellschaft irgendwo krank ist.

Der Staat und die Gesellschaft müssen die tatsächlichen Ursachen dieses Verlustes bekämpfen. Es gibt Möglichkeiten, diesen Aderlaß ohne Gewalt oder Zwang oder neue beschränkende Gesetze zu stoppen. Dafür gibt es sogar mehrere Möglichkeiten, allerdings gibt es keinen Weg, bevor nicht ein offener Dialog zwischen Regierung und Regierten darüber stattfindet.

Auch wir, auch der Verband, sollten den Staat zu dieser Öffentlichkeit und zu diesem Dialog drängen. Es ist eine Frage der Hygiene: Wir, die Schriftsteller, die Mitglieder der Künstlerverbände und der Akademien, die Intellektuellen des Landes, wir werden eines Tages die Frage zu beantworten haben: »Wo wart ihr eigentlich damals? Wo zeigte sich eure Haltung? Wo blieb euer – und sei's noch so ohnmächtiges – Wort?« Und dann wird uns keine noch so kluge und geschickte Antwort vor der Scham schützen können, wenn wir heute noch immer schweigen.

Nochmals: Sicher trennt uns einiges von denen, die gegangen sind und noch gehen wollen. Ganz gewiß unterscheiden wir uns darin, daß wir eben hierbleiben wollen, um diese Gesellschaft zu verändern und zu verbessern. Aber die, die gehen, sind unsere Kinder und Mitbürger. Auch wir sind für sie und ihr Weggehen verantwortlich, und wir müssen den Staat an seine Verantwortung für diese Kinder und Mitbürger mahnen. Um unserer selbst willen, damit diese Gesellschaft, unsere Gesellschaft, wieder gesundet.

Öffentliche Erklärung

Vorgetragen bei einer Lesung im »Berliner Ensemble«
15. Oktober 1989

Theater war und ist ein öffentliches Forum. Ich glaube, wir hatten das in der letzten Zeit alle etwas vergessen. Und ich denke, wir sollten das Theater künftig als öffentliches Forum kräftiger nutzen.

Die DDR feierte ihren 40. Jahrestag. Diesmal wurde die Jugend des Landes von Polizei und Staatssicherheit zum Tanz geladen.

In dem Moment, wo in Berlin das Feuerwerk einsetzte, in dem gleichen Moment setzte in dieser Stadt ein Exzeß der staatlichen Sicherheitskräfte ein.

Das Honorar für diese Veranstaltung und für eine in Halle vor zwei Tagen und die Honorare künftiger Lesungen werde ich den Gruppen übergeben, die zur Zeit die Ausschreitungen seitens der staatlichen Sicherheitskräfte in Berlin und in anderen Städten registrieren, die Aussagen der Opfer überprüfen und die Ergebnisse ihrer Arbeit vor unerwünschtem Zugriff sichern.

Die DDR wurde an ihrem 40. Jahrestag weltläufiger. Denn es ist wohl Weltläufigkeit, wenn wir Bilder, die wir bisher aus Chile und China zu sehen bekamen, nun auf unseren Straßen erblicken können.

Ich werde, solange das erforderlich ist, die Regierung mahnen, eine unabhängige Kommission einzusetzen, um dem durchaus nicht vereinzelten, sondern offenbar gelenkten Exzeß der staatlichen Sicherheitskräfte zu untersuchen. Allerdings muß es eine unabhängige Untersuchungskommission sein, damit sie glaubwürdig ist, also eine Kommission unter Einschluß der Kirche. Denn die Kirche hat sich in der letzten Zeit als besonders verantwortlich für dieses Land und die sozialistische Gesellschaft erwiesen. Verantwortlicher, volksnäher und handlungsfähiger als andere Kräfte des Landes.

Ich verbeuge mich vor jenen Männern, die am 9. Oktober in Leipzig durch ihr besonnenes und wahrhaft staatsmännisches Auftreten einen weiteren und möglicherweise noch schlimmeren Exzeß verhinderten.

Und ich erinnere an jene, die nun im Militärgefängnis sitzen, weil sie sich weigerten, auf friedliche Demonstranten einzuschlagen. Diese jungen Männer haben sich um ihr Vaterland verdient gemacht.

Wenn ein Teil der Jugend das Land verläßt und der andere Teil der Jugend – der auf der Straße mitteilte: »Wir bleiben hier« und den staatlichen Sicherheitskräften zurief: »Das Volk sind wir. Wen beschützt ihr?« –, wenn diese Jugend zusammengeknüppelt wird, dann sind wir alle gefordert, dann gibt es für keinen von uns eine Entschuldigung, wenn wir weiter schweigen. Denn es kann keiner mehr sagen, das haben wir nicht gewußt.

Die DDR ist nicht China

SPIEGEL-Gespräch zur ›Wende‹ in der DDR
23. Oktober 1989

Spiegel: Der neue Generalsekretär Egon Krenz hat sich dem Volk mit einem entschiedenen »Weiter so!« vorgestellt. Warum mußte Honecker gehen, wenn alles beim alten bleibt?

Hein: Gewiß nicht wegen der Krankheit. Entscheidend waren die 150 000 von Leipzig. Aus marxistischer Sicht ist Honeckers Rücktritt nicht anders zu erklären. Marxisten sagen, es ist das Volk, das Geschichte macht.

Spiegel: Die Lektion scheint der Nachfolger nicht gelernt zu haben.

Hein: Ich weiß nicht, ob Sie recht haben, wenn Sie die Eröffnungsrede unter das Stichwort »Weiter so!« stellen. Mit dem gleichen Recht könnten Sie sie unter das Stichwort »Wende« stellen, was er ja auch gesagt hat.

Spiegel: Es war aber Krenz, dessen Sicherheitskräfte noch vor kurzem junge DDR-Bürger knüppelten.

Hein: Überall in der Politik hat es das gegeben, daß der zweite Mann in dem Moment, wo er der erste Mann wurde, große Veränderungen durchgemacht und auch bewirkt hat. Ich könnte das freundlichste Beispiel nennen mit den freundlichsten Ergebnissen, nämlich Gorbatschow, der – da täusche ich mich doch sicher nicht – als Breschnew-Mann Karriere gemacht hat.

Spiegel: Vor ein paar Monaten hat Krenz auch noch das Massaker auf dem »Platz des Himmlischen Friedens« massiv verteidigt.

Hein: Ich weiß, es ist nicht nur das, es gibt da noch andere Vorfälle, die sehr gravierend für die DDR waren. Ich erinnere an die Ereignisse an der Ossietzky-Schule, damals stieß ich nur auf Beton. Oder an den Wahlbetrug und an den erwähnten Exzeß der staatlichen Sicherheitskräfte zum Jahrestag.

Spiegel: Woher der Optimismus, daß aus dem Beton-Saulus Krenz ein Reform-Paulus werden könnte?

Hein: Es ist ein skeptischer Optimismus, ohne den könnte ich nicht leben und arbeiten. Ich könnte nicht protestieren gegen den Exzeß der staatlichen Sicherheitskräfte ohne den Optimismus, daß ein solcher Protest etwas bewirkte. Das wäre sonst sinnlos, was sollte das? Aber: Wir sollten nicht vergessen, was passiert ist. Wenn es jetzt zum Dialog kommt, wie versprochen wird, muß über die Ereignisse gesprochen werden, auch über die Wahl und das brutale Eingreifen der Sicherheitskräfte. Und da ist Krenz schon der Mann, der Auskunft geben kann und sollte.

Spiegel: In seiner Fernsehrede fehlte dieses Angebot.

Hein: Es fehlte sehr viel. Was für mich vor allem fehlte, war die Kritik an der Parteiführung, die sich in den letzten Wochen und Monaten als Nachhut nicht nur der Partei, sondern der Nation erwiesen hat.

Spiegel: Geblieben ist auch Kurt Hager, im Politbüro zuständig für Kultur und damit oberster Zensor. Kann man von ihm jetzt plötzlich Freiheit der Literatur und der Literaten erwarten?

Hein: Es wird sehr viel von dem abhängen, was Krenz bewirkt, und ich bin eigentlich sehr sicher, daß es Veränderungen geben wird.

Spiegel: Warum?

Hein: Weil er ohne diese Veränderungen sich selbst nicht stabilisieren oder installieren kann, um der Glaubwürdigkeit willen. Und: Ich setze auf den Opportunismus. Der Opportunismus ist eine große Produktivkraft, nicht nur in den sozialistischen Ländern. In der Sowjetunion hat es ausgereicht, wenige Leute auszutauschen, und nun dreht sich langsam die ganze Bürokratie.

Spiegel: Aber was soll sich in der DDR drehen?

Hein: Wenn die Leute auf die Straße gehen, dann ist das etwas, worauf auch ein Politbüro zu reagieren hat. Da fühle ich mich in meinem kleinen skeptischen Optimismus schon bestätigt. Was am Mittwoch passierte, ist ja ein Ergebnis von Leipzig und anderswo.

Spiegel: Aber nicht ein Ergebnis von Einsicht.

Hein: Wo in der Welt findet Politik nach Einsicht statt?

Spiegel: Bei Gorbatschow hat man den Eindruck, daß er Reformen nicht nur versucht, weil er sonst untergeht, sondern auch, weil er sie für richtig hält.

Hein: Er hielt sie für notwendig, weil Untergang drohte. Aber es ist natürlich ein Unterschied zu Gorbatschow, wenn solche Reformen als Tapeziererei verdächtigt werden. Wenn dann dieselben Personen von Veränderungen reden, ist natürlich zu befürchten, daß sie nur Tapeten wechseln wollen. Aber es muß mehr geschehen als ein Tapetenwechsel, da ist etwas faul am Mauerwerk, da steckt der Schwamm drin.

Spiegel: Ist der »real existierende DDR-Sozialismus« überhaupt reformierbar?

Hein: Ich denke, daß der sogenannte real existierende Sozialismus zu eng mit dem Stalinismus verbunden und damit am Ende ist. Zur Zeit – ich sage zur Zeit, weil das in einem Jahr anders sein kann – gibt es noch einen Konsens, daß man den Sozialismus in der DDR verändern will. In anderen Ländern wie Polen und Ungarn, wo ich gerade war, ist dieser Konsens anscheinend vorbei.

Spiegel: Uns scheint, auch in der DDR besteht Konsens, daß der Sozialismus weg muß.

Hein: Nein, das wäre zuwenig. Ich denke, auch bei den oppositionellen Gruppen, die jetzt da sind, und bei der Intelligenz und beim Volk geht es jetzt noch um Sozialismus. Nicht um diesen der stalinistischen Prägung, sondern um einen Sozialismus, der wirklich den Namen verdient.

Spiegel: Werden Sie sich einer der oppositionellen Gruppen anschließen?

Hein: Ich habe mit den neu entstandenen Gruppen Kontakt, wir sprechen miteinander, aber ich bin nirgends Mitglied. Ich war nie Mitglied der SED oder einer anderen Partei, um diesen ein Disziplinar- und Ausschlußverfahren zu ersparen. Diese Chance will ich auch den neuen Gruppen und Parteien geben.

Spiegel: Die SED-Oberen haben schon vor Jahren, etwa nach dem XX. Parteitag der KPdSU, Reformen angekündigt. Seitdem ist nicht viel passiert.

Hein: Damals gab es von vornherein Mißtöne, und es begann sofort die Warnung vor allzu heftiger Selbstkritik. Zweitens gab es damals noch die stalinistisch geprägte Gesellschaft, das Volk hatte nicht gelernt, sich zu artikulieren. Das ist jetzt vorbei in den sozialistischen Ländern, auch in der DDR. Und drittens sind jetzt die Veränderungen nicht vom Politbüro ausgegangen. Das bewirkten die Demonstrationen im Land.

Spiegel: Macht es Sie nicht mißtrauisch, wenn plötzlich die DDR-Nomenklatura von »Dialog« redet?

Hein: Der Dialog kam erst nach massiven Forderungen zustande. Aber es stimmt: Wenn heute der Generalstaatsanwalt Wendland von »Dialog« redet, dann klingt das eher wie »Zuführung zum Dialog«. Das macht mißtrauisch.

Spiegel: Wie soll es Veränderungen geben, solange der Sicherheitsapparat so knüppeln kann wie am 7. Oktober?

Hein: Ich habe nach dem 8. Oktober mit einigen Opfern dieses Exzesses gesprochen. Da war ein 23jähriger dabei, der brutal zusammengeschlagen wurde und der den für mich anfangs sehr schockierenden Kommentar gab: »Das war gut, daß sie das gemacht haben.« Dieser 23jährige ist offenbar ein hervorragender Politnachwuchs, er hat sofort begriffen, was dort passiert ist: Daß unsere Sicherheitskräfte so mit dem Volk umgehen – das übertraf die schlimmsten Befürchtungen. Das ist der Unterschied zu Chile und China: Das Volk wurde am 7. und 8. Oktober zum aufrechten Gang geprügelt. Die DDR ist nicht China.

Spiegel: Der Generalstaatsanwalt der DDR hat es im DDR-Fernsehen so geschildert, als habe es keine Übergriffe der Sicherheitsorgane gegeben.

Hein: Dieser Generalstaatsanwalt hat im Grunde die Situation, in der sich die DDR jetzt befindet, mit herbeigeführt und ist auch für diese Demonstrationen in direkter Linie mitverantwortlich, da er die Anzeigen betreffs Wahlbetrug zurückwies und sich weigerte, die gut dokumentierten Beweise auch nur anzusehen. Das bewirkte Unruhe und das Entstehen oppositioneller Gruppen. Und jetzt hat er friedliche Demonstrationen mit Kriminellen in einen Topf geworfen.

Spiegel: Eine grenzübergreifende Praxis.

Hein: Es gab in Dresden Demonstrationen von Leuten, die auf die Züge nach Westdeutschland aufspringen wollten, und da gab es nach Augenzeugenberichten tatsächlich kriminelle Ausschreitungen. Daß der Generalstaatsanwalt diese Demonstration mit den anderen Demonstrationen in Dresden, Berlin und Leipzig zusammenwirft, die mit einer unvorstellbaren Disziplin abliefen – das halte ich für eine schlimme, unüberlegte Provokation dieser Leute. Es ist ja wieder eine Demonstration in Leipzig angesagt, die jetzt möglicherweise auch auf diese schlimme Verleumdung reagiert. Und ich habe große Angst davor, daß in Leipzig etwas passiert. Ich halte es für notwendig aus Gründen der Sicherheit des Staates, daß noch vor dieser Demonstration am Montag die Absetzung dieses Generalstaatsanwaltes mitgeteilt wird.

Spiegel: Ihr Wort in Krenzens Ohr.

Hein: Ich halte diesen Generalstaatsanwalt nicht mehr für tragbar. Er hat sich schlimm vergangen an der Sicherheit, der Ruhe und am inneren Frieden der DDR.

Spiegel: Und was soll mit der Stasi-Truppe geschehen, wenn der Dialog ausbricht? Werden dann Zehntausende arbeitslos?

Hein: In den letzten Wochen sind ja auch Zehntausende von Arbeitsplätzen frei geworden.

Spiegel: Wie schätzen Sie in dem Prozeß, der jetzt beginnen muß, die Rolle der Intellektuellen und der Kirche ein?

Hein: Die Intellektuellen haben, ein bißchen, ihre Arbeit schon getan. Ein bißchen, sage ich; sie haben zuwenig getan. Intellektuelle sind bedauerlicherweise nicht immer die mutigsten Leute. Die Kirche allerdings hat sich erstaunlich entwickelt. Sie hat sich verantwortlicher, handlungsfähiger als andere Kräfte im Staat erwiesen – und zwar auch für eine sozialistische Gesellschaft.

Spiegel: Wenn Sie, Herr Hein, drei Wünsche frei hätten für Ihr Land, welche drei wären das?

Hein: Ich denke, ich bin nicht allzu verdächtig, ein Apologet der Staatsführung zu sein, aber die ständige Abwerbung, die hier stattfindet, und die von der BRD reklamierte »Obhutspflicht« – ein Terminus aus der Kolonialzeit –, das sind tatsächlich große Schwierigkeiten für die DDR. Stellen Sie sich vor, wenn Amerika jedem Mexikaner einen amerikanischen Paß geben und noch erklären würde, bei Wohnung und Arbeit behilflicher zu sein als den eigenen Landsleuten – was würde mit Mexiko passieren? Was würde auch mit Westdeutschland passieren, wenn etwa die USA, ein vermutlich reicherer Staat, dieses der westdeutschen Bevölkerung offerieren würde: Dann würden nicht nur die Arbeitslosen und Obdachlosen gehen, es würden auch jene Berufe gehen, die auch bei Ihnen gut beschäftigt sind, aber in den Staaten besser verdienen.

Spiegel: Aber das ist unvergleichbar ...

Hein: ... und deshalb ist das Problem eben unlösbar. Das einzige, was die Westdeutschen hindern könnte, nach Amerika zu gehen bei diesem Angebot, wäre ein Gefühl von Heimat- und Sprachzugehörigkeit. Und dieser einzige Hinderungsgrund entfällt.

Spiegel: Also, Wunsch Nummer eins: Lösung eines unlösbaren Problems?

Hein: Es hat ein einziger Politiker aus Westdeutschland ein klares Wort gesprochen, als er am Tage des Exodus aus Ungarn bei einer Rede mitteilte, das Rentenproblem sei gelöst. Und dieser eine war Kohl. Es war ein klares Wort, aber es ist leider kein allzu kluges Wort. Denn wenn es wirklich eine »Obhutspflicht« gibt – wenn Westdeutschland diese »Obhutspflicht« nicht aufgeben will, dann möge es sie bitte vervollständigen. Dann besteht eine »Obhutspflicht« der Versorgung mit Ärzten für die DDR, dann besteht möglicherweise die Pflicht, DDR-Rentner zu versorgen, die dann ihre Rente aus Bonn bekommen, denn das gehört ja dann wohl auch zur »Obhutspflicht«. Also: Abschaffen der »Obhutspflicht« oder Vervollständigen der »Obhutspflicht«, eines von beiden müßte sein, sonst bleibt es eine koloniale Geste, daß ich die Leute raushole, die ich brauche. Einige DDR-Ärzte hatten vielleicht gute und mit ihrem beruflichen Ethos vereinbare Gründe, die DDR zu verlassen. Die anderen aber bitte ich, aus hygienischen Gründen, wegen unterlassener Hilfeleistung an Patienten und Kollegen den Eid des Hippokrates aus ihren West-Praxen zu entfernen.

Spiegel: Und Wunsch Nummer zwei?

Hein: Daß eine Politik gemacht wird, die das Demonstrieren an den Montagen überflüssig macht. Man hätte die Zeit nach dem Mauerbau dazu nutzen müssen, eine Gesellschaft aufzubauen, die langsam die Mauer überflüssig macht. Das ist nicht geschehen. Jetzt ist die Mauer am Zerbröckeln, der Deckel ist nicht mehr draufzupressen. Deshalb muß ein Programm gemacht werden, daß diese wirklich gefährliche Situation vorbeigeht. Denn da droht eine fürchterliche Destabilisierung des Staates.

Spiegel: Und die freie Fahrt durchs Brandenburger Tor – besteht danach kein Bedürfnis?

Hein: Ich denke, die DDR-Bürger, mich eingeschlossen, fahren vielleicht lieber mal durch Rom oder Paris. Der Wunsch, durchs Brandenburger Tor zu fahren, ist, glaube ich, sekundär. Es ist also nicht die Wiedervereinigung. Mein Wunsch Nummer drei ist: Das nächste Interview mit mir, das der *Spiegel* druckt, möge ein Nachdruck – oder auch Vorabdruck – eines *ND*-Interviews sein.

Spiegel: Herr Hein, wir danken Ihnen für dieses Gespräch.

Ein Berliner Traum im Oktober 1989, der bereits im August 1968 von deutschen Panzern auf dem Wenzelsplatz überrollt wurde

Zur Podiumsdiskussion »DDR – wie ich sie träume«
24. Oktober 89

Ich wünsche mir, daß aus der DDR ein sozialistisches Land wird.

Das könnte eigentlich schon alles sein, aber ich denke, es muß noch etwas hinzugefügt werden.

Ich habe Angst, daß von diesen wunderbaren Tagen, von ein paar Tagen, die mit einem Hochgefühl angefüllt sind, wenig übrig bleibt, wenn wir jetzt nur moralische Forderungen erheben. Wenn wir ein bißchen in die Geschichtsbücher gucken, wissen wir, daß bestimmte Sätze, die wir heute zu hören bekommen – und ein paar Ältere unter uns werden diese Töne ja noch kennen –, auch schon vor Jahren und Jahrzehnten gesagt wurden, nach 1953, nach 1956, immer nach bestimmten Ereignissen.

Ich fürchte, wir haben – wie auch andere sozialistische Länder – noch nicht den entscheidenden Schritt zur Überwindung des Stalinismus getan, nämlich eine Veränderung der Struktur. Wenn wir diese Strukturen nicht verändern, dann werden, fürchte ich, auch diese moralischen Forderungen und das Hochgefühl irgendwann versanden, und es wird wieder einen Weg geben, der in der Stagnation sich verläuft. Und dann wird vielleicht die nächste Generation in dreißig oder vierzig Jahren wieder aufbrechen, und dann wird es wieder etwas Hochgefühl geben, und es wird wieder verebben.

Und daß an der Struktur nichts verändert wurde, zeigte sich zu meinem Erschrecken gestern ganz deutlich, als Kurt Hager davon sprach, daß Honecker Zeichen von Personenkult aufwies. Da frage ich mich, wie konnte das zugelassen werden? Wie kommt es, daß es bis vor einer Woche in der DDR noch Personenkult gab?

Allerdings erinnere ich mich nicht, daß ich oder daß das Volk Personenkult mit Erich Honecker getrieben haben. Wer hat denn da Personenkult getrieben? Denn zum Personenkult gehören doch mindestens zwei Leute.

Es müssen die Strukturen verändert werden. Wenn uns das nicht gelingt, wird die gleiche Misere wieder beginnen. Und an den Strukturen, das möchte ich auch noch hinzufügen, ist in den sozialistischen Ländern insgesamt, auch in der Sowjetunion, bis heute wenig verändert worden. Wir stehen da noch ganz am Anfang.

Wenn ich das Ganze als Traum formulieren darf – ich weiß nicht, ob es sonderlich originell ist, aber ich stell's dem »Haus der Jungen Talente« zur Verfügung, sie können es sich übers Portal hängen:

Stell dir vor, die DDR wäre sozialistisch und keiner geht mehr weg.

Aufgezeichnet nach Tonbandmitschnitt

Der Dialog reicht nicht aus

Ansprache in der Erlöser-Kirche
28. Oktober 1989

Ich habe einen vorbereiteten Text weggelegt. Ich will frei sprechen, was ich gar nicht kann. Aber ich denke, da sich das Volk unter den Schlägen der Staatssicherheit und der Polizei unerwarteterweise zum aufrechten Gang erhoben hat, sollten wir auch noch den nächsten Schritt machen und lernen, frei zu sprechen. Dazu reicht es nicht aus, das Manuskript wegzulegen, das weiß ich, aber es gehört mit dazu, zu dem Frei-Sprechen.

Ich muß gestehen, ich bin der Veranstaltung schlecht gefolgt. Ich war etwas abgelenkt, und zwar seitdem ich – wie Sie – jenes schöne und junge und kluge und mutige Mädchen hier kennenlernte, sie und ihren Vater. Sie heißt Susanne Boeden. Ich habe die ganze Zeit überlegt, wie es dazu kam, daß die Polizisten sie so demütigten, wie es dazu kam, daß sie ihr das antaten. Und ich habe mich auch gefragt, ob ich so viel Kraft aufbrächte wie ihr Vater, hier so ruhig und besonnen zu sprechen. Ich fürchte, ich hätte diese Kraft nicht.

Ich habe immer wieder überlegt, warum die Polizisten das taten; und ich fürchte, ich habe die Antwort gefunden. Ich sage, ich fürchte es, weil die Antwort fürchterlich ist: Ich glaube, die Polizisten haben diesem Mädchen das angetan, weil sie sicher waren, daß wir weiter schweigen. Ich glaube, Susanne Boeden wurde das angetan, weil man sicher war, wir schweigen wie bisher. Irgendwie sind wir an diesem Mädchen, Susanne Boeden, und den anderen schuldig geworden.

Seit dem 11. Oktober hat sich die Zahl der Reformer in diesem Land stark erhöht. Es ist, wie Sie alle wissen, ein ziemlich starkes Gedränge auf dem Bahnhof. Man versucht, auf den fahrenden Zug aufzuspringen, möglichst in den ersten Waggon oder gar in die Lok. Ich denke, auch diese Leute sollten uns willkommen sein, diese Reformer vom 11. Oktober. Wir brauchen wahrscheinlich alle.

Allerdings, es hat mich durch die Jahre und Jahrzehnte hindurch verwundert, daß man in einem Land, wo jeder fünf bis zehn Jahre Russischunterricht hat, so schlecht Russisch spricht. Und das rächt sich natürlich. Wir sehen es jetzt: Glasnost wird übersetzt mit Dialog und Perestroika mit Glaubwürdigkeit. Wenn ich Lehrer wäre, würde ich darunter schreiben: Der Schüler zeigt sich bemüht, aber seine Leistungen sind immer noch mangelhaft.

Ich glaube, der Dialog reicht nicht aus. Was wir brauchen, ist Öffentlichkeit. Der Dialog kann auch als »Zuführung zum Dialog« enden. Und Glaubwürdigkeit reicht schon gar nicht aus, da geht es inzwischen um gesetzliche Grundlagen. Und darum meine ich, die Zeit des Resolutionenschreibens ist nun vorbei. Nun ist es Zeit, wirklich zu arbeiten. Denn diese Resolutionen, wo jeder jedem Schuld zuweist – das halte ich heute für unangemessen, das halte ich spätestens seit drei, vier Wochen für unangemessen. Das war in den vergangenen vier Jahrzehnten angebracht, aber heute hat es den Geruch von Opportunismus. Oder anders gesagt: Wer noch Resolutionen schreibt, sollte als Motto einen Satz von einem der vorzüglichsten Mitglieder des Schriftstellerverbandes, von Bertolt Brecht, darüber schreiben: Mögen andere von ihrer Schuld sprechen, ich spreche von der meinen.

Ich will Sie bei dem, was jetzt notwendig ist, auf etwas verweisen, das vor wenigen Tagen in der Zeitung stand, auf die Erklärung der Kollegien der Rechtsanwälte. Das war eine Äußerung, die etwa das ausdrückt, was ich meine: Diese Leute machen bereits das, was notwendig ist. Sie schauten sich die Strukturen an, ihre Strukturen, die sie bislang hatten, hatten und noch haben; sie versuchen, neue zu entwickeln, und erkunden die Möglichkeiten, von den einen Strukturen zu den anderen zu kommen. Und dies ist nicht ganz einfach. Sie haben aber angefangen, nicht mehr Schuldzuweisungen vor allem anderen gegenüber abzugeben, sondern diese Arbeit zu beginnen, die jetzt jeder für und in seinem Bereich machen sollte.

Da ich gerade von den schlecht angebrachten Schuldzuweisungen sprach, möchte ich doch noch etwas sagen, was genau dem widerspricht. Ich denke, daß der Generalstaatsanwalt der DDR abtreten muß, abgesetzt werden sollte. Ich will Ihnen kurz die Gründe dafür nennen:

1. Er ist an dem Wahlbetrug mitschuldig, weil er die Anzeigen unterdrückte, weil er sich weigerte, die wirklich gut dokumentierten Beweise anzunehmen.

2. Weil er den Antrag des Neuen Forums, sich als Gruppe zu installieren, ablehnte, am ersten Tag mit der Bemerkung, sie sei staatsfeindlich, und am nächsten Tag – nachdem ihn vermutlich jemand darauf hinwies, daß es dafür keine gesetzliche Grundlage gibt – mit der Bemerkung, sie sei gesellschaftlich nicht notwendig. Hier liegt Amtsanmaßung vor. In keinem Staat der Welt kann der Generalstaatsanwalt darüber befinden, was gesellschaftlich notwendig ist. Das wird die Gesellschaft tun.

Und der dritte Grund ist sein heutiges Verhalten, das, was er jetzt zu den Übergriffen der staatlichen Sicherheitskräfte sagt. Ich denke, wenn er jetzt jeden zweiten Tag im Fernsehen erscheint, in den Medien, und einen Satz mehr zugibt, macht dies überdeutlich: Er hat das Wesentliche, das, wozu ihn sein Beruf, sein Amt als Generalstaatsanwalt nämlich, nötigt, nicht begriffen. Er hätte diese Protokolle nicht nur entgegennehmen und die Anzeigen gegen einzelne Polizisten und Sicherheitskräfte prüfen müssen, er hätte – statt die Opfer vor Verleumdung zu warnen und damit wiederum einzuschüchtern – vielmehr selber tätig werden müssen, um die Struktur zu finden, um die Befehlsgeber ausfindig zu machen.

Ich möchte noch über einen Mann sprechen, mit dem mich nicht so sehr viel verbindet. Ich meine Heinz Kamnitzer. Ich hatte große Schwierigkeiten mit ihm. Ich hatte, als ich mich einmal besonders über ihn empörte, versucht, ihn zum Rücktritt zu zwingen. Das mißlang mir. Nun erwartete ich ängstlich, einen

Brief vom P.E.N. zu bekommen, wo auch so eine große Schuldzuweisung und eine große reformerische Geschichte drin steht, unterschrieben mit seinem Namen. Es kam etwas anderes. Es kam eine Erklärung des P.E.N., der ich völlig zustimme, und es kam seine Rücktritts-Erklärung. Ich muß sagen, da ziehe ich den Hut vor ihm. Dieser Mann ist nicht mein Mann, und seine Haltung ist nicht meine Haltung, aber das ist ein Mann mit einer Haltung. Und damit ist er für mich wieder dialogfähig. Ich finde ihn beispielhaft. Ich finde ihn wirklich beispielhaft, damit meine ich nicht, daß jetzt alle zurücktreten sollten. Aber wer nicht zurücktreten will, sollte dieses begründen, uns tief begründen.

Ein letztes Wort, es betrifft die Regierung und die Polizei und die Staatssicherheit und uns. Wir alle wissen es, wir alle, der Staat, die Polizei, auch die Staatssicherheit, wir alle wissen, es ist ein arges Mißverhältnis seit Jahren und Jahrzehnten entstanden. Keiner spricht, es sei denn ironisch, von »unserer Polizei«, »unserer Staatssicherheit«: Diese Polizei ist für uns keine Volkspolizei, jedenfalls nicht von diesem Volk. Und die Regierung, mit der wir ebenfalls Schwierigkeiten haben, versucht jetzt, erste Schritte in das, was sie Glaubwürdigkeit nennt, zu gehen. Ich hoffe, daß diese Schritte weiter gehen, aber ich hoffe, daß auch die Polizei und die Staatssicherheit dazu fähig sind. Daß sie anfangen, selber ihre Strukturen zu untersuchen, ihre Fehler, auch ihre Verbrechen. Und sie sollten uns vertrauen können. Wir sollten – und da warne ich vor jedem, der zu etwas anderem aufruft, denn das kann nur zu einem Blutvergießen führen –, wir sollten mit offenen Händen auch der Polizei und dem Staatssicherheitsdienst entgegentreten. Wir haben gar keine andere Wahl. Wir sollten, wie die Italiener sagen, mit dem Herzen in der Hand ihnen entgegentreten. Andere Möglichkeiten haben wir nicht, denn dann wird zugeschlagen. Ich warne uns alle davor.

Ich bitte die Polizei und die Staatssicherheit jetzt, statt Unentschuldbares entschuldigen zu wollen, selbst einmal nachzudenken. Ich kann mir nicht vorstellen, daß die Männer in den Sicherheitskräften über dieses Mißverhältnis wirklich glücklich sind, daß sie vom Volk eben nicht geachtet werden und daß das Volk durchaus nicht das Gefühl hat, dies seien seine Schutzkräfte. Ich bitte die Polizei und die anderen Sicherheitskräfte, wirklich einmal nachzudenken. Und wir sollten ihnen auch sagen, daß wir bereit sind für ein neues Verhältnis. Dazu gehört natürlich auch, daß das alte mal genauer angeschaut wird, die alten Strukturen, und daß die alten Sachen aufgerechnet werden. Aber wir sind bereit, zu einem ganz anderen, neuen Verhältnis zu kommen, auch mit der Polizei und der Staatssicherheit. Ich bitte, bedenken Sie das.

Aufgezeichnet nach Tonbandmitschnitt

Weder das Verbot noch die Genehmigung als Geschenk

Gespräch mit der »Berliner Zeitung«
4./5. November 1989

BZ: Am Ende eines Interviews, das das BRD-Nachrichtenmagazin DER SPIEGEL in der vergangen Woche abdruckte, haben Sie den Wunsch geäußert, daß das nächste Gespräch mit diesem Blatt ein Nachdruck – oder auch Vorabdruck – eines ND-Interviews sein möge. Würden Sie es auch mit der »Berliner Zeitung« versuchen?

Hein: Sehr gern.

BZ: Ein zentrales Thema der Äußerungen im Haus der jungen Talente war die Glaubwürdigkeit von Personen, die die Geschicke unseres Landes lenken. Sie monierten, daß Ihnen die moralische Kategorie Glaubwürdigkeit nicht ausreichend sei, es vielmehr darauf ankomme, Strukturen zu schaffen, die den Nachweis für Glaubwürdigkeit überflüssig machen. Könnten Sie das präzisieren?

Hein: Wissen Sie, Glaubwürdigkeit kann auch einmal schwinden, und dann habe ich keine Möglichkeit, sie einzuklagen, wenn nicht das, was wir jetzt verändern wollen, auf gesetzlichen Grundlagen steht. Ein Beispiel: Das »Sputnik«-Verbot war ein willkürlicher Akt. Gegen diesen willkürlichen Akt war nichts zu unternehmen, denn es gibt keine gesetzlichen Strukturen, die dies ermöglicht hätten. Jetzt ist der »Sputnik« wieder zugelassen. Aber auch dieses ist ein willkürlicher Akt. Ich habe, wenn ich der Meinung wäre, der »Sputnik« darf nicht zugelassen werden, nicht die Möglichkeit, dagegen vorzugehen. Es sind beidesmal willkürliche Akte. Und das muß aufhören. Ich will weder das Verbot noch die Genehmigung als Geschenk haben. Es ist dringend notwendig, die Strukturen, die wir bisher hatten und heute noch haben, genau zu sichten.

BZ: Das heißt auf der einen Seite, vorhandene Spielräume auszuschreiten, auf der anderen, Veränderungen zu bewegen...

Hein: Da beginnt die große Schwierigkeit: wie wir von alten Strukturen zu neuen kommen. Denn es wird auch diesmal keine Stunde Null geben. Dies hat es auch am Anfang der Welt nicht gegeben. Weder in einem christlichen noch in einem materialistischen Weltbild gab es je eine Stunde Null.

Die Ursache für viele Probleme, die wir jetzt haben, liegt darin, daß 1945 als eine Stunde Null angenommen wurde. Im Westen wurde verdrängt, um einen neuen Staat zu schaffen, und bei uns wurde entgegengesetzt. Bei uns wurde eine Art Generalabsolution erteilt: Alle waren auf einmal Söhne von Thälmann, die den Sozialismus aufbauen wollten. Das war ein – möglicherweise – notwendiger Beginn, aber es wurde ganz schnell vergessen, daß dieser Beginn noch einen braunen Fleck hatte. Das wurde übersprungen, um überhaupt diesen Staat aufzubauen. Paradoxerweise war es der Sieg der Alliierten, der ein Weiterleben faschistischen Gedankenguts ermöglichte. Die Alliierten bereiteten dem Faschismus eine militärische Niederlage, und da sie sich als Besatzungsmacht etablierten, verbot es sich, faschistische Gedanken zu äußern. Das heißt aber auch: Es wurde sich nicht mit ihnen auseinandergesetzt. Dieser riesige Konflikt wurde seinerzeit rot oder demokratisch oder wie auch immer übertüncht. Jetzt hält die Tünche nicht mehr, und es kommen Geschichten zum Vorschein, über die wir 40 Jahre lang nie gesprochen haben.

BZ: Unsere Weltanschauung sagt, daß das Volk die Geschichte mache. Würden Sie – angesichts der Massendemonstrationen – eine Entwicklung sehen, die man Revolution nennen könnte?

Hein: Das, was in der Sowjetunion und vielleicht auch bei uns passiert, ist keine Revolution. Denn da gibt es Kriterien: Veränderung der Produktionsverhältnisse, der Eigentumsverhältnisse. Das steht überhaupt nicht zur Debatte. Ich warne auch vor einer

Hausse mit dem Begriff Revolution. Wir können es natürlich revolutionär nennen. Das ist aber eine moralische Wertung. Wir leben derzeit in einer großen Euphorie, die ja ganz schön ist, aber auch gefährlich. Euphorie bringt kurzzeitig ein paar Glücksgefühle, aber damit sind überhaupt keine Veränderungen zu erreichen.

Der Druck der Volksmassen ist zu groß, als daß man nicht sofort zu einer gesetzlichen Fixierung kommen müßte, die ein Pressegesetz ebenso einschließt wie das Einklagerecht gegenüber Übergriffen staatlicher Organe.

BZ: Die Volkskammer wäre doch ein solches Gremium, um dies durchzusetzen...

Hein: Ich habe mit skeptischem Optimismus verfolgt, was jetzt in der Volkskammer passiert. Ich halte es für einen glänzenden Beginn des Dialogs, daß die FDJ-Fraktion meldete, man habe mit Sindermann gesprochen und drei Stunden aneinander vorbeigeredet. Denn nichts wäre falscher, als wenn sie mitteilten, sie hätten sich drei Stunden in den Armen gelegen, und das wäre der Dialog gewesen. Ich denke schon, daß es dazu gehört, drei Stunden aneinander vorbeizureden, weil jeder seine Position formuliert. Zum Dialog gehört Streitkultur. Die Volkskammer muß zur Volkskammer werden, was sie zur Zeit nicht ist. Das ganze Volk weiß das und auch Teile der Volkskammer. Dieses Land ist viel zu klein, als daß es möglich wäre, daß die Delegierten in einer völlig anderen Welt leben als das Volk, dessen Vertreter sie sind. Die Volkskammer könnte das wichtigste Gremium für Veränderungen sein.

Das Volk kann weder abgewählt – um es mit Brecht zu sagen – noch ausgewechselt werden. Wir dürfen aber nicht wieder in den Fehler verfallen, jetzt schnell mit Tapeten zu hantieren. Es geht wirklich darum, daß alle Verantwortlichen öffentlich in der Verantwortung stehen. Das betrifft auch so heikle Punkte wie Staatssicherheit und Polizei. Die Geschehnisse um den 7. und 8. Oktober sind nur die Spitze eines Eisbergs. Es ist über die Jahre ein unerträgliches Mißverhältnis entstanden, das für beide Seiten schlimm ist. Es könnte eines Tages die Situation entstehen, daß sich kein Jugendlicher mehr auf die Straße traut, weil da Polizisten stehen, und kein Polizist sich auf die Straße traut, weil da Jugendliche stehen. Dann bliebe nur noch die Eskalation von Gewalt. Es müßte doch gelingen – wenn sich jeder an seinem Platze seiner Verantwortung besinnt –, daß die Polizei wirklich wieder als Volkspolizei verstanden wird und die Organe der Staatssicherheit in ihrer gewiß nicht einfachen Arbeit respektiert werden vom Volk.

BZ: Das heißt: Jeder kehre mit dem eigenen Besen vor der eigenen Tür.

Hein: Genau darauf kommt es jetzt an. Resolutionen sind eine schöne Sache. Aber ich finde es ziemlich unerträglich, jetzt vom Vorstand des Schriftstellerverbandes ein Papier zu bekommen, wo auf einmal die Presse angeklagt wird. Die Presse arbeitet inzwischen ganz anders, und sie hätte in den 40 Jahren auch ganz anders gearbeitet, wenn man es ihr erlaubt hätte. Für Presseschelte sehe ich heute überhaupt keinen Anlaß. Die Medien haben schlecht arbeiten müssen, und viele Journalisten haben – wie ich weiß – sehr darunter gelitten. Jetzt – um noch mal auf mein Feld, die Schriftsteller und ihren Vorstand zu kommen – mit ausgestrecktem Zeigefinger auf die Presse zu weisen, ist nicht neues Denken, sondern neuer Opportunismus.

BZ: Er war doch wohl vorher schon vorhanden?

Hein: Ja, aber er hat sich nie so massiv artikuliert. Dieser aufrechte Gang kam doch für alle überraschend. Und der Versuch einer Einschüchterung mißlang. Der Platz des himmlischen Friedens stand in Aussicht. Diese Karte wurde gezeigt, wieder eingesteckt und damit vorerst einmal zerstört. Nicht zerstört sind aber die Strukturen, die dies überhaupt möglich machten.

BZ: Ich möchte ein Büchner-Wort aus »Dantons Tod« ins Feld führen: »Die Revolution frißt ihre eigenen Kinder.« Das sind für mich auch die über die Zäune der BRD-Botschaft in Prag gehievten Kinder und deren Eltern, die bundesdeutschen Boden küssen.

Hein: Ich weiß nicht, ob Sie recht haben, weil der Satz von Büchner eine Revolution in einem Land betrifft. Unser Problem heißt zwei deutsche Staaten. Ich denke schon, daß die Leute, die *jetzt* noch gehen, nicht Reformen vermissen, sondern ein größeres Auto. In der Mehrzahl sind es sicher nicht Leute, die in unserem Land an politischen Veränderungen mitwirken wollen, sondern einfach eine härtere Währung und westlichen Reichtum haben wollen.

Das alles ist sicher ein Stoff für Literatur, aber drei Generationen nach mir. Kunst strickt ungern mit heißer Nadel. In der Vergangenheit hatten Kunst und Literatur von einem Bonus gelebt, der sich auf einem Mißverhältnis gründete. Statt der Zeitung kauften sich die Leute ein Buch. Jetzt sehe ich Anzeichen dafür, daß sich die Zeitungen mit Politik befassen und die Kunst dadurch entlastet wird. Damit wird Kunst wieder auf ihre eigentlichen Aufgaben zurückgeführt. Langfristig wird eine Entlastung von Literatur stattfinden. Ich finde gut, daß wir wieder Shakespeare spielen, statt aktuelle Bösartigkeiten zu verhandeln, deren Ventil-Strickmuster schnell zu durchschauen ist. Es ist für die Literatur völlig unwichtig, Neuigkeiten zu reportieren. Literatur ist, wenn Proust mitteilt, wie er Tee trinkt. Für die Literatur, auch für das Kabarett sind schwierige Zeiten angebrochen. Was soll ich abends noch im Kabarett, wenn über unsere Probleme frühmorgens schon die Zeitungen berichten?

Diese Schwierigkeiten sind schön, Sie haben viel Anregendes. Die Riesenschlangen vor den Buchläden werden sich zum Zeitungskiosk verlagern.

Der alte Mann und die Straße

Ansprache auf dem Alexanderplatz
4. November 1989

Liebe, mündig gewordene Mitbürger, es gibt für uns alle viel zu tun, und wir haben wenig Zeit für diese Arbeit. Die Strukturen dieser Gesellschaft müssen verändert werden, wenn sie demokratisch und sozialistisch werden soll. Und dazu gibt es keine Alternative.

Es ist auch von den schmutzigen Händen, von den schmutzigen Westen zu sprechen. Auch hier haben die Gesellschaft und die Medien noch viel zu tun. Verfilzung, Korruption, Amtsmißbrauch, Diebstahl von Volkseigentum – das muß aufgeklärt werden, und diese Aufklärung muß auch bei den Spitzen des Staates erfolgen. Sie muß dort beginnen.

Hüten wir uns davor, die Euphorie dieser Tage mit den noch zu leistenden Veränderungen zu verwechseln. Die Begeisterung und die Demonstrationen waren und sind hilfreich und erforderlich, aber sie ersetzen nicht die Arbeit. Lassen wir uns nicht von unserer eigenen Begeisterung täuschen: Wir haben es noch nicht geschafft. Die Kuh ist noch nicht vom Eis. Und es gibt noch genügend Kräfte, die keine Veränderungen wünschen, die eine neue Gesellschaft fürchten und auch zu fürchten haben.

Ich möchte uns alle an einen alten Mann erinnern, an einen alten und wahrscheinlich jetzt sehr einsamen Mann. Ich spreche von Erich Honecker. Dieser Mann hatte einen Traum, und er war bereit, für diesen Traum ins Zuchthaus zu gehen. Dann bekam er die Chance, seinen Traum zu verwirklichen. Es war keine gute Chance, denn der besiegte Faschismus und der übermächtige Stalinismus waren dabei die Geburtshelfer. Es entstand eine Gesellschaft, die wenig mit Sozialismus zu tun hatte. Von Bürokratie, Demagogie, Bespitzelung, Machtmißbrauch, Entmündigung und auch Verbrechen war und ist diese Gesellschaft gezeichnet. Es entstand eine Struktur, der sich viele gute, kluge und ehrliche Menschen unterordnen mußten, wenn sie nicht das Land verlassen wollten. Und keiner mehr konnte erkennen, wie gegen diese Struktur vorzugehen sei, wie sie aufzubrechen ist.

Und ich glaube, auch für diesen alten Mann ist unsere Gesellschaft keinesfalls die Erfüllung seines Traums. Selbst er, an der Spitze dieses Staates stehend und für ihn, für seine Erfolge, aber auch für seine Fehler, Versäumnisse und Verbrechen besonders verantwortlich, selbst er war den verkrusteten Strukturen gegenüber fast ohnmächtig.

Ich erinnere an diesen Mann nur deshalb, um uns zu warnen, daß nicht auch wir jetzt Strukturen schaffen, denen wir eines Tages hilflos ausgeliefert sind. Schaffen wir eine demokratische Gesellschaft auf einer gesetzlichen Grundlage, die einklagbar ist. Einen Sozialismus, der dieses Wort nicht zur Karikatur macht. Eine Gesellschaft, die dem Menschen angemessen ist und ihn nicht der Struktur unterordnet. Das wird für uns alle viel Arbeit geben, auch viel Kleinarbeit. Schlimmer als Stricken.

Und noch ein Wort. Der Erfolg hat bekanntlich viele Väter. Offenbar glauben viele, die Veränderungen in der DDR sind schon erfolgreich, denn es melden sich jetzt viele Väter dieses Erfolgs. Merkwürdige Väter, bis hoch in die Spitze des Staates. Aber ich denke, unser Gedächtnis ist nicht so schlecht, daß wir nicht wissen, wer damit begann, die übermächtigen Strukturen aufzubrechen. Wer den Schlaf der Vernunft beendete. Es war die Vernunft der Straße, die Demonstrationen des Volkes. Ohne diese Demonstrationen wäre die Regierung nicht verändert worden, könnte die Arbeit, die gerade erst beginnt, nicht erfolgen.

Und da ist an erster Stelle Leipzig zu nennen. Ich meine, der Oberbürgermeister unserer Stadt sollte im Namen der Bürger Berlins – da wir alle gerade mal hier zusammenstehen – dem Staatsrat und der Volkskammer vorschlagen, die Stadt Leipzig zur »Heldenstadt der DDR« zu ernennen. Wir haben uns an den langen Namen »Berlin – Hauptstadt der DDR« gewöhnen müssen. Ich denke, es wird leichter sein, uns an ein Straßenschild »Leipzig – Heldenstadt der DDR« zu gewöhnen.

Der Titel wird unseren Dank bekunden. Er wird uns helfen, die Reform unumkehrbar zu machen. Er wird uns an unsere Versäumnisse und Fehler in der Vergangenheit erinnern. Und er wird die Regierung an die Vernunft der Straße mahnen, die stets wach blieb und sich, wenn es notwendig ist, wieder zu Wort meldet.

Brief an Sara, New York

Donnerstagabend, 9. November 1989

Am Abend bin ich mit meiner Frau bei meinem Verleger. Wir haben eigentlich über zwei Bücher von mir zu sprechen, die demnächst erscheinen sollen, einen Essayband und eine Vorzugsausgabe mit neuen Erzählungen und mit Illustrationen. Tatsächlich aber bestimmen die Veränderungen in der DDR unser Gespräch, die Demonstrationen in Leipzig und die vom 4. November in Berlin, die Wende in der Politik der bisher führenden Staatspartei, die neu entstehenden Parteien und das tragikomische Schauspiel, das die Opportunisten nun bieten, die sich natürlich wieder bemühen, in den ersten Waggon des abgefahrenen Zuges zu springen.

Um Mitternacht gehen wir nach Hause. Es ist kein Taxi zu bekommen, selbst keins der Schwarztaxis, die sonst um diese Zeit immer zu haben sind (private Autos, deren Besitzer nach Feierabend durch Ostberlin fahren, um sich – da noch immer zu wenig Taxen in der Stadt vorhanden sind – schnell ein unversteuertes Geld dazuzuverdienen). Wir müssen mit der Straßenbahn fahren. Eine aufgeregte Frau will mehrmals aussteigen, bemerkt aber offenbar in letzter Sekunde ihren Irrtum und steigt immer wieder ein. Ich frage, ob ich helfen kann, da sie sich wohl in der Stadt nicht auskennt. Ich muß meine Schwägerin wecken, erwidert sie mir begeistert, mein Bruder ist drüben. Drüben, das heißt Westdeutschland oder Westberlin. Ich verstehe ihre Antwort nicht, die Frau erscheint mir verwirrt. Ich setze mich auf die Bank, und wir beobachten sie weiter, denn man weiß ja nie, was so eine Verrückte anstellt.

Daheim schalte ich den Fernseher ein, um die Spätnachrichten zu sehen. Auf allen Kanälen ist ein Volksfest zu sehen, offenbar in Westberlin. Auch die DDR-Medien berichten darüber. Die

Reporter halten den jubelnden Leuten ihre großen Mikrofone vor und fragen sie nach ihrem Eindruck, nach ihrer Meinung. Fast jeder sagt nur »Wahnsinn« und winkt dann begeistert in die Kamera oder prostet einem ihm offenbar völlig Unbekannten mit einer Sektflasche zu.

Die Mauer wurde geöffnet. Eine der unüberwindlichsten Grenzen in Europa wurde zum Tanzboden der Deutschen.

So einfach war die Lösung, und so schwer war es, sie endlich durchzusetzen. Die Massenflucht, die Verzweiflung, die Trennung, alles ist schlagartig beendet. Nun wird wohl kaum einer mehr das Land verlassen, denke ich, während ich ein paar Sekunden auf dem Fernseher das Fest betrachte.

Die Mauer muß weg, schreit einer in die Kamera. Warum denn? rufen andere belustigt.

Vermutlich wird der Minister für Touristik darauf beharren, daß der größte Teil der Mauer stehenbleibt und gut konserviert wird. Der Staat braucht Devisen, und die Berliner Mauer könnte künftig mit dem Münchner Hofbräuhaus um die amerikanischen Touristen konkurrieren. Für zwanzig Dollar ein Spaziergang auf der Mauer, begleitet von Dolmetschern in originalen Grenzeruniformen und mit täuschend ähnlichen Waffenattrappen.

Es gab Tote an dieser Mauer. Um unserer Zukunft willen dürfen wir sie nicht vergessen.

Beim Zubettgehen denke ich an die Frau in der Straßenbahn. Sie war nicht verrückt, wie ich glaubte. Sie konnte, wie wohl jeder Berliner, nicht so schnell die neue Situation verarbeiten. Der fröhliche Ruf »Wahnsinn« ist eine genaue Analyse des Augenblicks.

Freitag, 10. November

Die Tageszeitungen berichten nur knapp von einer neuen Reiseregelung. Rundfunk und Fernsehen berichten ununterbrochen von Hunderttausenden von DDR-Besuchern, die Westberlin und die grenznahen Orte Westdeutschlands überfluten.

In der ganzen Stadt gibt es nur noch ein Gesprächsthema. Die

Straßen und Geschäfte in Ostberlin wirken wie ausgestorben. In der – freitags sonst überfüllten – Kaufhalle frage ich eine Verkäuferin, ob das heute den ganzen Tag so ruhig bleiben wird. Nein, sagt sie, kann nicht sein, die Leute müssen sich ja was zu essen kaufen, die hundert Mark West reichen dafür nicht.

Die Bürger aus der DDR erhalten in Westberlin und Westdeutschland ein »Begrüßungsgeld« in Höhe von 100 DM pro Jahr. Vor den auszahlenden Banken gibt es lange Schlangen. Die DDR-Währung ist nicht konvertierbar, eine Binnenwährung, die auf dem Schwarzen Markt derzeit in einem Verhältnis von 1:10 getauscht wird. Um einen Betrag zu tauschen, für den ein westdeutscher Arbeiter eine Stunde arbeiten muß, muß ein DDR-Arbeiter etwa 30 Stunden arbeiten. Andrerseits kann ein Westdeutscher für einen (westdeutschen) Pfennig sich im Osten zwei Brötchen kaufen, für die er daheim 50 Pfennige zahlen müßte.

Das Wirtschafts- und Währungsgefälle nutzten bislang vor allem die Angehörigen der westlichen Besatzungsmächte. US-Soldaten können sich für einen einzigen umgetauschten Dollar in den besten Restaurants ein ganzes Menü bestellen. Und zum Ärger der Ostberliner ziehen sie danach am Abend mit den extrem preiswert eingekauften Waren in riesigen Paketen aus Ostberlin wieder in ihre Westberliner Kaserne.

Am Tage nach der Maueröffnung sind die ersten besorgten Stimmen zu hören, die den wirtschaftlichen Kollaps der DDR befürchten. Gesetze können nicht alles regeln. Der grelle Unterschied in der Wirtschaft, dem Konsumangebot und in der Währung wird wieder eine bedrohliche Gefahr für das Land und den Staat. Der Mauerbau 1961 sollte damals die Flucht, aber auch diese Gefährdung für die Wirtschaft beenden. 1989 muß dieses Problem anders gelöst werden, ganz anders. Die Gefahr des wirtschaftlichen Kollaps' droht jedoch wieder, und damit droht auch die Gefahr einer zwar notwendigen, aber gewaltsamen Lösung.

Das Problem: Die Regierung hat es 28 Jahre lang (die 28 Jahre, die die Berliner Mauer stand) versäumt, dafür etwas zu tun. Selbst wenn die Regierung keinen anderen Fehler machte, allein dafür müßte sie wegen schwerer Wirtschaftssabotage angeklagt werden.

Am Abend ruft mich eine Schauspielerin an. Auf der Post erlebte sie, wie eine Frau den Schalterraum betrat und die Beamten hinter dem Schalter mit Handschlag begrüßte. Ich habe heute gekündigt, sagte sie, ich habe heute vormittag vier Stunden in Westberlin gearbeitet und dafür 50 DM bekommen, umgetauscht sind das 500 Ost-Mark. Ihre ehemaligen Kolleginnen hinter dem Schalter schwiegen verbittert. 500 Ost-Mark, das ist fast ihr Monatslohn.

Die Freiheit hat ihren Preis. Die Freiheit in Deutsch-Deutschland ist noch teurer, zumindest für die östliche Seite.

Sonnabend, 11. November

Ein junges Mädchen besucht mich, das bei den brutalen Übergriffen der staatlichen Sicherheitskräfte (Polizei und Staatssicherheit) zwischen dem 7. und 9. Oktober besonders empörenden Erniedrigungen ausgesetzt war. Sie will das Land für immer verlassen. Ich versuche, sie zu überreden, jetzt nicht mehr zu gehen, und ich verspreche ihr meine Hilfe. Auf der Treppe gibt sie mir die Hand. Ich werde es mir überlegen, sagt sie, seien Sie mir nicht böse, wenn ich trotzdem gehe. Ich werde nicht böse sein, aber traurig, sage ich.

Am Nachmittag fahren wir in das Dorf, in dem wir uns gerade ein altes Haus hergerichtet haben, um etwas auszuruhen. Aber auch dort muß ich Fragen beantworten, weil ich aus der Hauptstadt komme, weil ich auf der großen Demonstration gesprochen habe, weil man hofft, daß ich etwas mehr weiß. Einige, sehr wenige Bauern haben sich auch auf den Weg gemacht, um den Westen zu besuchen. Für die meisten gibt es Wichtigeres: Das Vieh muß zweimal am Tag gefüttert werden. Auf dem Land herrschen andere Gesetze.

Sonntag, 12. November

Georg, mein ältester Sohn, hat mit seiner Freundin Galerien und Kunstausstellungen in Westberlin besucht. Überall wurde er freundlich begrüßt, als man feststellte, daß er ein »Ossi« (ostdeutscher Bürger) ist. Die Museen und Galerien sind leer, erzählt er mir, die DDR-Bürger fluten nur durch die Geschäfte.

Der jüngere Sohn, Jakob, wollte zuerst einige Tage mit seinem ersten Besuch in Westberlin warten. Das alles übersteigende Gedränge war ihm zuwider. Mit achtzehn Jahren ist man noch Aristokrat.

Am Abend läßt er sich doch noch von Freunden überreden. Sie besuchen gemeinsam eine für die dort auftretenden Bands berühmte Gaststätte in Westberlin.

Zurückgekehrt erzählt er mir, er habe die Besitzerin gefragt, ob er und seine Band nicht bei ihr einen Proberaum bekommen könnten. Kostenlos natürlich, denn als Ostberliner fehle ihnen die nötige »Kohle«, und Proberäume seien auch in Ostberlin knapp. Immerhin, offerierte er ihr, Sie wären dann die erste Westkneipe mit einer Ostband. Die Besitzerin ist fassungslos, verspricht aber, darüber nachzudenken. Wenns irgendwie geht, sagt sie, dann gehört euch der Proberaum, denn soviel Frechheit muß ja belohnt werden.

Das Telefon klingelt ununterbrochen, Radio, Zeitung und TV rund um die Welt. Da ich jeden Tag mehrere Termine habe, muß ich überall absagen.

Montag, 13. November

Die DDR-Zeitungen, neuerdings ab 7 Uhr morgens überall ausverkauft, drängen auf Interviews, mehrere Verlage verlangen jetzt Manuskripte. In den vergangenen Jahren ließen sie mich in Ruhe arbeiten. Eine kostbare Ruhe ist dahin.

Am ersten Wochenende mit geöffneter Grenze waren eine Million DDR-Bürger im Westen. Ein Verkehrschaos überall, die Autos stauten sich den ganzen Tag über auf einer Länge von 30 bis 60 km, nur die Fußgänger kamen voran.

Dienstag, 14. November

Morgens ein Treffen im zeitweiligen Untersuchungsausschuß, der die Ausschreitungen und Gesetzesverstöße der staatlichen Sicherheitskräfte (vor allem Polizei und Staatssicherheit) in Berlin an den Tagen um den 7. Oktober zu untersuchen hat. Die Geschäftsordnung ist zu überarbeiten. Wir müssen beständig die Gesetzgebung anderer Länder zu Rate ziehen, denn einen unabhängigen Untersuchungsausschuß kannte unser Land bisher nicht.

Am Brandenburger Tor stehen seit ein paar Tagen mehrere Fernsehteams aus verschiedenen Ländern. Das Gerücht, die Mauer werde in wenigen Stunden auch an diesem berühmten Tor geöffnet, wird zwar beständig dementiert, aber die Teams bleiben vor Ort, Tag und Nacht. Da man nicht beständig nur das Tor und die unveränderte Mauer zeigen kann, sucht man nach Gesprächspartnern. Meine Familie übernimmt den Telefondienst, meldet also »Nein, er ist nicht da.«

Jakob läßt sich zu einem Gespräch überreden. ABC will ihn am nächsten Tag mit dem Auto aus der Schule abholen lassen, um ihn für ein Interview vors Brandenburger Tor zu stellen.

Mittwoch, 15. November

Der Untersuchungsausschuß tagt zum drittenmal. Die Zusammensetzung der Mitglieder war anfangs stark umstritten, da mehrere Mitglieder des Ausschusses keine Vertreter der beteiligten und verantwortlichen Organe an dem Tisch haben wollten. Zwei Polizeioffiziere mußten den Ausschuß verlassen.

Der Generalstaatsanwalt von Berlin war in der vorigen Woche geladen. Seine Ausführungen und Antworten waren derart unbefriedigend, daß der Ausschuß seine Anhörung abbrach, ihm eine Viertelstunde lang Fragen stellte, die er sich zu notieren hatte, um diese bei einem neuen Termin der Vorladung zu beantworten.

Heute ist der Polizeipräsident von Berlin vorgeladen und der Chef der Berliner Staatssicherheit.

Der Polizeipräsident gibt einen Überblick über den Ablauf der Ereignisse und die vorbereitenden Maßnahmen. Er verliest vor der Kommission die geheimen Befehle. In der Befragung erweist er sich als aufgeschlossen und kooperativ.

Völlig anders der Berliner Chef der Staatssicherheit, ein Generalmajor Hähnel. Wir brechen seine Befragung ab und nennen ihm einen Termin, an dem er wieder vor uns erscheinen soll. Die ungewöhnliche, völlig neue Situation macht ihm offensichtlich schwer zu schaffen: Es ist die erste öffentliche Befragung, die er zu seiner Tätigkeit erlebt. Ertragen muß. Polizei und Staatssicherheit kannten bisher keinerlei öffentliche Kontrolle, und diese setzt ausgerechnet in einem Moment ein, wo die Sicherheitskräfte in einem erheblichen und bisher unvorstellbaren Maß Gesetze verletzten.

Am späten Nachmittag wird der Kommission noch ein illegaler Tonbandmitschnitt aus einer Tagung der SED-Fraktion in der Volkskammer vorgespielt. Ein Spitzenfunktionär der Partei, Schabowski, spricht darüber, wie bei den Ausschreitungen seitens der Sicherheitskräfte schnellstens zu einem klärenden Abschluß zu kommen sei. Es gibt mißverständliche, interpretierbare Aussagen. Der Stadtrat für Inneres bittet ihn, in den Ausschuß zu kommen. Einige Minuten später ist er zu unserer Überraschung da und gibt eine uns alle befriedigende Erklärung ab. Wir verlangen eine Erweiterung unserer Kompetenz, die nur die Volkskammer gewähren kann. Und wir bitten um seine Vermittlung, daß auch Mitglieder des Nationalen Verteidigungsrates vor uns aussagen, da wir jetzt Beweise haben, daß das Vorgehen der Sicherheitskräfte auf einer – inzwischen falsch eingeschätzten – Lagebeurteilung der Regierung zurückzuführen ist.

Jakob hat sein Interview für das Frühstücksfernsehen von ABC beendet. Er hat, sagt er, den frühstückenden Amerikanern den Unterschied zwischen der DDR und China erklärt, ihnen mitgeteilt, warum es bei uns keine chinesische Lösung geben konnte. Er ist stolz, weil das Team ihm anschließend begeistert gratulierte. Man fragte ihn, ob er Angst gehabt habe, daß ihm der Kopfhörer aus dem Ohr fällt, weil er während des Interviews eine Hand am Ohr gehalten hatte. Oh nein, habe er geantwortet, aber ich dachte, es sieht professionell aus. Wieder hatte er lärmende Zustimmung geerntet.

Sein Schuldirektor hatte ihm für das Interview in Westberlin freigegeben und nur gesagt: Machen Sie's gut, Jakob.

Vor drei Jahren wurde mein älterer Sohn in dieser Schule für einen Wandzeitungsartikel bestraft. Er war auf Grund seiner außerordentlichen Leistungen für ein Mathematikstudium in Moskau nominiert. Das Auslandsstudium wurde ihm gestrichen, weil er in jenem Artikel das Auftrittsverbot für eine Band kritisiert hatte.

Vor einem Jahr hatte ich mich für fünf Schüler der Ossietzky-Schule eingesetzt, die ihre Schule verlassen mußten, weil sie in einem Wandzeitungsartikel die Militärparaden als anachronistisch bezeichneten. Meine Beschwerde bei der Ministerin führte zu einem Gespräch, wie ich es selten absurder und sinnloser erlebt habe. Und natürlich ohne jede Wirkung damals. Was ich erreichte, war: eine Demütigung mehr für mich. Vor einer Woche wurden die fünf Schüler rehabilitiert. Wie will man ihnen (und den vielen anderen von solchen und schlimmeren Repressalien Betroffenen) die verlorene Zeit ersetzen?

Und heute bekommt Jakob eine Freistunde, um ABC ein Interview zu geben.

Donnerstag, 16. November

Ich lasse seit Tagen den automatischen Anrufbeantworter eingeschaltet. Es klickt dort fortwährend, zweimal am Tag muß ich das Aufnahmeband auswechseln. Ich fürchte, sie machen mir meinen Anrufbeantworter noch kaputt. Dann hätte ich wieder einen Freund, der es gut mit mir meint, verloren.

Beim Abhören der Bänder stelle ich fest: Grönland hat sich noch nicht gemeldet. Das einzige Land, glaube ich, das nicht bei mir angerufen hat. Was ist los mit Grönland? Kein Interesse an den Veränderungen in der DDR? Ich liebe Grönland.

Die Presse berichtet ausführlich über die Untersuchungskommission. Auch Politiker nehmen Stellung. Mir fällt auf, daß immer mehr zugegeben und eingeräumt wird, aber auch immer nur so viel mehr, als unsere Kommission benennen konnte. Eine zweifelhafte Würdigung unserer Arbeit.

Zwischendurch versuche ich, ein paar Stunden für meine eigentliche Arbeit freizuhalten. Es gibt Verabredungen mit Verlagen, und ich habe Sehnsucht nach meinem ungeliebten Schreibtisch.

Freitag, 17. November

Im Dokumentarfilmstudio werden drei Filme, halbfertig, vorgeführt. Mehrere Teams haben in Berlin, Leipzig und Dresden die Demonstrationen gefilmt, mit den Demonstranten und mit den Opfern des brutalen Einsatzes der Sicherheitskräfte gesprochen, aber auch mit den Bereitschaftspolizisten und Offizieren. Aus einem Material von elf Stunden sind drei Filme entstanden. Die Studioleitung muß entscheiden, welche Filme noch zum Internationalen Filmfestival nach Leipzig geschickt werden, das in wenigen Tagen beginnt.

Die Filme sind zweifellos genau und korrekt, sie sind Dokumente dieser Tage. Und doch fehlt ihnen etwas, was wohl jedem Dokument zu jeder Zeit fehlt: der Atem der stattfindenden Geschichte. Dafür zeigen sich teilweise die Strukturen der Ereignisse, eben jene Strukturen, denen wir auch in der Untersuchungskommission auf der Spur sind, um die volle Wahrheit und die tatsächlichen Hintergründe aufzudecken.

Das junge Mädchen, das vor sechs Tagen bei mir war, hat unser Land verlassen. Die Gründe für ihre Ausreise sind mit Namen genau zu benennen: Es sind die Namen von Beamten der Staatssicherheit und der Polizei.

Polizei und Staatssicherheit haben über vier Jahrzehnte hindurch Bürger dieses Landes genötigt, ihr Land zu verlassen. Unter ihnen sind auch viele meiner Kollegen, die die kleinen und großen Demütigungen und Repressalien nicht mehr hinnehmen wollten oder konnten.

Ich sehe wieder den Chef der Staatssicherheit, Bezirksdirektion Berlin, vor mir, als ich ihm in der Untersuchungskommission mitteile, daß ich zu seinen Ausführungen keinerlei Fragen habe, da sie völlig unzureichend seien und ein Versuch, die Übergriffe als notwendige Maßnahmen zu entschuldigen. Als ich verlange, daß er nochmals zur Anhörung erscheinen und danach notfalls sein Vorgesetzter bestellt werden soll, funkelt er mich wütend an. Er kann sich nur mühsam beherrschen. Ein Bein wippt ununterbrochen und heftig auf und ab, während er mir zuhören muß.

Meine Nachbarin in der Kommission beugt sich zu mir und flüstert: Mein Gott, Christoph, die werden uns alle umbringen.

Unsinn, erwidere ich, das ist nicht möglich.

Ich streichele beruhigend ihren Arm. Ich weiß allerdings, wenn sie die alte Macht wieder in ihre Hände bekommen, werden sie sich mit uns beschäftigen.

Am Abend bin ich zu einer Lesung mit Gespräch in der Samariterkirche. Vor Beginn werde ich schon darauf verwiesen, daß wohl nur wenige kommen. Seit der Grenzöffnung habe der Besuch dieser Veranstaltungen schlagartig nachgelassen. Die Kirchen waren bis dahin an jedem Abend überfüllt, mit Lautsprechern wurden die Veranstaltungen in den Garten um die Kirche übertragen. Nun sind es nur noch 100 bis 200 Leute. Alle anderen laufen wohl jetzt durch Westberlin, erproben die neue Freiheit.

Im Gespräch geht es natürlich wieder ausschließlich um die politische und wirtschaftliche Situation des Landes. Wann sollen die neuen Wahlen stattfinden? Beendet die Öffnung der Grenzen den Druck der Straße? Wird die notwendige Reform dadurch behindert oder gar verhindert? Was sollen wir mit den Opportunisten machen, die sich nun als Reformer aufspielen?

Samstag, 18. November

Etwa drei Millionen Bürger der DDR sind an diesem Wochenende nach Westdeutschland und Westberlin gefahren. Teilweise wurde der Übergang für Autos gesperrt, um Fußgängern Platz zu schaffen. Die Westberliner bleiben in ihren Wohnungen, um das Chaos nicht zu vergrößern.

Meine Westberliner Verlegerin ruft mich an und erzählt mir, daß die überschwengliche Freude in ihrer Halbstadt deutlich nachläßt. Es wächst der Unmut über die verstopften und auch verdreckten Straßen, über die überfüllten, fast nicht mehr zu nutzenden Geschäfte. Spekulanten und Schwarzhändler von beiden Seiten versuchen, ihre Geschäfte zu machen. In Grenznähe werden begehrte Waren (Südfrüchte vor allem) überteuert verkauft. Der DDR-Ausweis, der zum kostenlosen Benutzen der öffentlichen Verkehrsmittel berechtigt, wird für 500 DM gehandelt. (Eine Bekannte erzählte mir gestern, daß bei der Polizei in Ostberlin viele Bürger ihren Ausweis als verloren melden und einen neuen beantragen.)

Sonntag, 19. November

Am Vormittag eine Lesung mit anschließendem Gespräch im Schweriner Theater. Am Abend im selben Haus die Premiere der »Ritter der Tafelrunde«. Der Regisseur hat das Stück mit aktuellen Bezügen und Zitaten überhäuft, die vom Publikum begeistert begrüßt werden. Die Inszenierung hat mit meinem Stück nur noch wenig zu tun. Das sind Dummheiten, gegen die man wenig ausrichten kann, zumal wenn sie vom Beifall des Publikums scheinbar sanktioniert werden. Theater hängt am Erfolg, und seis wie ein Erhängter.

Die Stadt ist kaum belebt, die Gaststätten ungewöhnlich leer. Auch das halbe Schwerin, ohnehin eine Stadt in der Nähe der deutsch-deutschen Grenze, verbringt das Wochenende im anderen deutschen Staat (oder im Autostau auf der Autobahn).

Die Zeitungen berichten nun häufiger von Korruption und Amtsmißbrauch. Sehr luxuriös eingerichtete Villen, noble Einfamilienhäuser mit opulenter Ausstattung werden entdeckt, gebaut für die Kinder der obersten Funktionäre. Kanadisches Holz, westeuropäische Sanitärkeramik, italienisches Fußbodenmosaik,

Sauna mit Tauchbecken, Bidets, parkähnliche Gärten – die Zeitungsleser gruselt es etwas. Freilich, das Volk ahnte es; es gab unzählige Gerüchte und Witze über den gestohlenen Reichtum der Mächtigen und ihrer Clans. Und noch ist nur die Spitze dieses Eisberges bekannt. Die volle Wahrheit könnte die Wut des Volkes nochmals zum Kochen bringen. Man ist bemüht, die Enthüllungen scheibchenweise zu verabreichen, was jedoch wiederum neuen Unmut erregt.

Imelda Marcos besaß, wenn ich mich nicht irre, 1060 Paar Schuhe, ihrem Volk, das fast barfuß laufen mußte, gestohlen. Mehr als die politischen Fehler und Verbrechen sind es diese anschaulichen Schweinereien, die ein Volk dazu bringen können, ein verbrecherisches Regime hinwegzufegen. Die unendlich vielen Beispiele der Korruption unserer bisherigen Führung können noch zur alles entscheidenden Zeitbombe werden. Dann wurde der Sozialismus in Deutschland nicht von der CIA beseitigt, sondern von der »selbstlosen kommunistischen Führung« des Landes. (Es sei denn – wie hier ein Witz lautet –, die bisherigen Funktionäre des Staates waren bezahlte Agenten der CIA.)

Ich bekomme Informationen: Die Paläste und Siedlungen der Mächtigen werden derzeit, bevor sie der Öffentlichkeit übergeben werden, entschärft: Man baut allzu provozierenden Luxus aus. Der Amtsmißbrauch geht weiter, die Korruption soll korrupt beendet werden. Man will vergessen machen und hat nichts hinzugelernt.

Und auch an diesem Wochenende große Demonstrationen in Berlin, Leipzig, Dresden und anderen Städten. Die Leute sind entschlossen, der politischen Führung keine Ruhe zu geben, ihr mit Skepsis und Mißtrauen auf die Finger zu sehen.

»Es kann vor Nacht leicht anders werden«, heißt es in einem deutschen Kirchenlied. Durch das Volk wurde es anders, aber es könnte sich nochmals wenden. Zuviele sind daran interessiert, müssen daran interessiert sein. Und das Volk weiß um diese Gefahr.

Montag, 20. November

Langsam, sehr langsam erhellen sich die Hintergründe. Am 9. Oktober sollte die Demonstration von Hunderttausenden in Leipzig mit einem Großeinsatz der Bereitschaftspolizei, einem Teil der Armee, gewaltsam beendet werden. Die chinesische Lösung des Problems war geplant. Sie wurde durch den Einsatz weniger prominenter Bürger von Leipzig verhindert.

In Berlin und anderen Städten wurde das gewaltsame Zerschlagen der Demonstrationen nicht gestoppt. Die Versuche des Staates, dafür einzelne Beamte verantwortlich zu machen, scheiterten schnell. Es gibt für uns noch viel aufzudecken.

Nach dem 9. Oktober forderte ich bei jeder meiner öffentlichen Veranstaltungen die Einsetzung einer unabhängigen Untersuchungskommission. Ich sagte damals: Ich verbeuge mich vor jenen Männern, die am 9. Oktober in Leipzig durch ihr besonnenes und wahrhaft staatsmännisches Auftreten einen weiteren und möglicherweise noch schlimmeren Exzeß verhinderten.

Inzwischen zeigt sich das ganze Ausmaß des geplanten und verhinderten Einsatzes. In Leipzig sprach ich mit jungen Bereitschaftspolizisten, die mir den Tag und die Situation in der Kaserne schilderten. Sie waren blaß und erregt, als sie mir davon erzählten. Wir sind doch ganz normale Wehrpflichtige, sagen sie, wir hatten doch Befehl. Sie spüren die Verachtung eines Teils der Bevölkerung und fühlen sich als Opfer. Auch diese jungen Soldaten hat man vergewaltigt.

Wir haben in einem Land gelebt, das wir erst jetzt kennenlernen.

Brief an den Rowohlt-Verlag, Reinbek

Berlin, am 20. 11. 89

Lieber Herr Dr. Naumann,
Ihre Frage, ob wir hier eine neue Republik brauchen, wurde schon beantwortet. Auf den Straßen von Leipzig, Berlin, Dresden und anderen Städten hat die einzige Kraft in der DDR, die tatsächlich die führende Rolle innehat, entschieden: Wir brauchen ein neues politisches System und eine neue Republik.

Ich denke, die Intellektuellen haben in den vergangenen Jahren einen kleinen Beitrag geleistet, um zu diesen Veränderungen zu gelangen. Und ich denke, derzeit ist praktische Arbeit wichtiger als die Abgabe von Erklärungen.

Ich jedenfalls bin durch verschiedene »berufsfremde« Arbeiten verhindert, für Ihren Band einen Aufsatz zu schreiben. (Meine Tätigkeit z. B. in der Untersuchungskommission, die die Vorgänge und Hintergründe der Übergriffe staatlicher Sicherheitskräfte zwischen dem 7. und 9. Oktober aufhellen will, wird – hoffe ich – für diese neue Republik mehr leisten als Resolutionen oder Absichtserklärungen.)

Wir haben ein sehr gewagtes Experiment in unserem Land vor: Wir versuchen seit ein paar Wochen, hier eine sozialistische Gesellschaft aufzubauen. Die könnte dann für die vom Westen derzeit gewünschte Wiedervereinigung eine brauchbare und zukunftsweisende Grundlage abgeben.

Es gibt eine Chance für unsere Hoffnung, allerdings ist es die erste und gleichzeitig die letzte.

Wenn wir scheitern, frißt uns McDonald.

Ich grüße Sie herzlich

Christoph Hein

4

». . . und andere«

Für Gustav Just

Noch vor wenigen Monaten bot ich Gustav Just ein Exil an: Eine Kopie seiner Erinnerungen sollte in meiner Wohnung deponiert werden, neben Scripten und Dokumenten anderer Freunde, die gleichfalls Ursache hatten, den unerwünschten Zugriff Dritter zu scheuen. Ich konnte nur ein sehr ungewisses Exil anbieten. Die Sicherheit bestand allein in der erhofften Unkenntnis der gefürchteten Dritten, denn einen tatsächlich erfolgenden Zugriff hätte ich kaum abwehren können.

Das ist wenige Monate her und liegt doch heute schon lange zurück. Nicht ich, sondern mehrere Verlage unseres Landes bemühen sich um das Manuskript. Und der Verlag, dem Just das Manuskript inzwischen übergeben hat, soll und wird für einen möglichst großen Zugriff erwünschter Dritter sorgen.

Die Zeiten wechseln. Allerdings wechseln sie nicht von allein. Und sie können wiederum wechseln, wenn wir nicht wachsam bleiben. Die Freiheit des Menschen ist nur in einer Schlacht zu gewinnen, in einer Revolution oder in einer Reformation. Verloren aber wird die Freiheit nie plötzlich. Die Freiheit endet nicht unerwartet oder schlagartig, die Freiheit stirbt stets millimeterweise. Und mindestens für einen Millimeter trägt jeder von uns die Verantwortung.

Gustav Just tritt hier auf als Zeuge in eigener Sache, aber auch als Zeuge der Zeit und der Geschichte dieses Landes. Auch sein Buch wird unsere Geschichtsschreibung korrigieren. Was Just beschreibt, wurde von einem dafür hochdekorierten Politiker- und Historikerkollektiv bislang kurz und bündig mit drei Sätzen beschrieben, die für alle Zeiten gültig sein sollten:

»In Berlin und einigen anderen Städten bildeten sich konterrevolutionäre Gruppen. In ihnen fanden sich vor allem vom Volk isolierte Intellektuelle zusammen, die Programme zur Beseitigung der Arbeiter-und-Bauern-Macht entwarfen. Bevor sie den

Frieden gefährden und die sozialistischen Errungenschaften des Volkes aufs Spiel setzen konnten, wurde ihnen von den Sicherheitsorganen der Republik das Handwerk gelegt.« (Geschichte der dt. Arbeiterbewegung, Bd. 8, Berlin 1966)

Justs Buch zerstört eine verlogene und menschenverachtende Sicht auf unsere Welt, an der so viele beteiligt waren, die schon damals die Wahrheit kannten, aber nicht gewillt oder interessiert waren, für sie einzustehen. Beteiligt und mitverantwortlich waren auch jene, die nicht den Mut aufbrachten – und gewiß wäre viel Mut erforderlich gewesen –, die Wahrheit aus dem Würgegriff einer korrumpierten Macht zu befreien. Justs Buch hilft uns, eine Weltsicht zu zerstören, die viele, die wir alle hingenommen haben, mehr oder weniger wissend, daß sie verlogen ist, daß sie sich gegen uns richtete, da sie uns zu disziplinieren suchte. Sie wollte unser Gedächtnis und unsere Erinnerungen töten, um unsere Seele zu gewinnen.

Justs Buch wird uns einen Teil unseres Gedächtnisses zurückgeben. Damit werden wir einen Teil unserer eigenen Würde zurückerhalten, für die wir künftig nachhaltiger einstehen sollten.

Und vielleicht hilft uns sein Buch, etwas von dem Traum zu retten, von unserer Hoffnung auf eine menschenwürdigere Gesellschaft, jene Hoffnung, die mit Menschen wie Just so nachhaltig gekränkt und verletzt und fast zerstört wurde.

Der Prozeß gegen Just lief unter dem Stichwort »Janka und andere«. Auch die jetzt eingeleiteten Schritte zu seiner Rehabilitierung stehen unter dem gleichen zusammenfassenden Begriff. Das ist nicht allein eine Notwendigkeit der Behörde. Das beschränkte Fassungsvermögen unseres Gedächtnisses, unsere mangelhafte Fähigkeit, uns zu erinnern, macht das summierende Kürzel »... und andere« immer dann notwendig, wenn es nicht nur um den einzelnen geht, sondern um mehrere, um viele, um sehr viele Menschen.

Das einzelne Verbrechen ist für uns noch zu kennzeichnen, Täter und Opfer haben einen Namen und ein Gesicht. Wenn das Verbrechen sich aber vervielfältigt, wird es unübersehbar in dem

Maß, wie es an Umfang zunimmt, wird es fast anonym. Die Opfer des Stalinismus in der Sowjetunion sind nur noch mit riesigen und für uns weitgehend abstrakten Zahlen zu erfassen, sie sind namenlos geworden, weil unser Kopf vor der nicht mehr überschaubaren Menge der Opfer versagt, weil unsere Augen, unsere Ohren, unser Gedächtnis nicht fähig sind, den Massenmord und das massenhafte Verbrechen zu erfassen.

Die Formulierung »... und andere« ist unserer Schwäche geschuldet.

Mit diesem Wort droht die Behörde, die Staatsanwaltschaft, an, daß sie keinen vergessen, sondern alle der herrschenden Gerechtigkeit – oder der herrschenden Ungerechtigkeit – zuführen wird.

Mit dem gleichen Wort wollen wir sagen, daß auch wir keins der Opfer vergessen wollen. Aber eben dieses »... und andere« ist, und wir wissen es, der erste Schritt ins Vergessen. Das Wort soll etwas erfassen, was gleichzeitig hinter ihm verschwindet. Es soll uns beruhigen, uns mitteilen, daß unsere Erinnerung hellwach sei, aber in der Abstraktion werden der Name und das Gewicht bereits gelöscht.

Einer von ihnen, Gustav Just, hat sich zu Wort gemeldet, um uns Bericht zu geben, um als Zeuge der Vergangenheit auszusagen. Doch was er uns zu sagen hat, sind nicht allein Mitteilungen über die Vergangenheit und über den Staat, in dem wir lebten und leben. Wir werden etwas über unser jahre- und jahrzehntelanges Schweigen hören, über unseren Mut und unsere Feigheit, über unsere Fähigkeit, humanistisch, sozialistisch und christlich miteinander zu leben oder doch dem Druck der Intoleranz und des kleinen alltäglichen Verrats nachgegeben zu haben. Wir werden etwas von dem gewöhnlichen Sozialismus in unserem Land hören, über eine Gesellschaft, die sich bereits sozialistisch nannte. Wir werden etwas über uns selbst erfahren.

Denn Gustav Just und die anderen waren in all den vergangenen Jahren unsere Nachbarn. Wir kannten sie, und wir wußten, mehr oder weniger, von dem an ihnen verübten Unrecht. Der sich jetzt zu Wort meldende Zeuge in eigener Sache zeugt auch gegen uns, er zeugt von unserer Ohnmacht. Mit Erschrecken und mit Scham werden wir die Zeugenaussagen anzuhören haben. Um unserer selbst willen sollten wir sein Zeugnis für unsere Zukunft nutzen, daß wir künftig mehr Mut und Kraft und Rückgrat aufbringen, um nie wieder eine Deformation der Gesellschaft zuzulassen, um nie wieder zuzulassen, daß wir selbst deformiert werden.

Es gab unendlich viele Opfer des Stalinismus in den Ländern des Stalinismus. Der Terror reichte von Mord und Justizmord bis zur kleinen, alltäglichen Drangsalierung. In den letzten Jahren drohte nicht mehr der Henker, sondern Gefängnis oder eine geschlossene psychiatrische Klinik oder die Ausbürgerung. Aber in den letzten Jahren gab es auch andere Veränderungen: Neben dem gemilderten Terror war es die anwachsende, die gewachsene Solidarität, der Protest gegen diesen Terror. Und es war der veränderte Blick, mit dem die neuen, die späteren Opfer ihre fast allmächtigen Bedrücker sahen.

Ich denke, alle, die in den letzten Jahren ins Gefängnis geworfen, die gezwungen wurden, ihr Land zu verlassen, oder Repressalien ausgesetzt wurden, diese späten Opfer sahen in denen, die ihnen auf der anderen Seite des Tisches gegenüber saßen, nicht mehr den Freund oder Genossen oder Mitkämpfer, nicht mehr den aufrechten Kommunisten oder streitbaren Humanisten. Die späteren Opfer sahen in ihren Peinigern nur noch die allmächtigen und zynischen Vertreter einer gnadenlosen Maschinerie. Und ich denke, dieses Wissen, dieser andere Blick erleichterte ihnen etwas ihr schlimmes Schicksal.

Denn für viele der früheren Opfer des Stalinismus, von Bucharin in der Sowjetunion bis zu den Opfern in unserem Land, bis zu Gustav Just und Walter Janka und Heinz Zöger und Richard Wolf und Erich Loest und Ralf Schröder und Jochen Wenzel und anderen, waren die Vorgänge – von der unvergleichlichen Art und Brutalität des Terrors abgesehen – besonders kränkend und erniedrigend und unverstehbar, da sie im Glauben waren und sein mußten, daß die, die sie verurteilten, eigentlich Schulter an Schulter neben ihnen stehen, daß alles ein Mißverstädnis ist, welches die alten Mitkämpfer und Genossen bald aufklären werden. Durch dieses Nicht-verstehen-Können wurden für sie der Terror, das Urteil und die Strafe besonders grausam, alle Dokumente und die eigenen Aufzeichnungen bezeugen dies.

Die Enthüllungen in der Sowjetunion und die der letzten Wochen und Tage in unserem Land tragen, wie ich denke, zu ihrer Rehabilitierung bei. Nun wird für sie und für alle sichtbar: Ihre angemaßten Richter waren die Feinde des Volkes, die Saboteure der Wirtschaft, kriminelle Ganoven und Schieber, Mitglieder einer Mafia, deren Ziel die Zerstörung des Sozialismus war. Auf *sie* trifft all das zu, was sie ihren Opfern, den Opfern des Stalinismus, vorhielten und wofür sie die Unschuldigen verurteilten.

Ende der siebziger Jahre führte die stalinistische Reinigung in der DDR zu großen Erschütterungen des Staates, deren Nachbeben zu einer der Ursachen für die heutigen Veränderungen wurde. Die Ausbürgerungen und das Vertreiben der nicht zu disziplinierenden Intellektuellen und Künstler wurde von vielen nicht mehr schweigend hingenommen.

Für Gustav Just allerdings und für viele andere gab es keine Hilfe. Er mußte seine Strafe absitzen, zwei Jahre davon in Einzelhaft. Und wenn er, als einer der bislang Namenlosen, einer von denen, die wir als ». . . und andere« kennen oder vielmehr nicht kennen, nun öffentlich zeugt, so sollten wir nicht vergessen, daß andere Opfer des Stalinismus in unserem Land unbekannt bleiben, weil sie sich nicht mehr zu Wort melden können, weil nicht alle die Möglichkeit haben und auch, weil es unsere physische und psychische Kraft, Zeugen anzuhören, überschreitet. Wir sollten nicht vergessen, die Zahl der andern ist fast unermeßlich. Und es sind nicht nur Schriftsteller und Künstler und Ärzte und andere Intellektuelle. Es sind ebenso Handwerker und Gewerbetreibende und – nicht zuletzt und trotz des sogenannten Arbeiter- und Bauernstaates – Arbeiter und Bauern. Viele dieser Opfer sind nicht mehr unsere Landsleute. Sie haben das Land verlassen, weil sie es verlassen wollten oder verlassen mußten, weil sie durch den Druck der Maschinerie des gewöhnlichen Stalinismus vertrieben wurden. Wer noch heute meint, von all dem nichts zu wissen und gewußt zu haben, muß sehr jung oder sein Leben lang blind und taub gewesen sein.

Ich hoffe und denke, dieses Zeugnis wird dazu beitragen, daß wir trotz allem die Kraft und den Mut aufbringen, unsere deformierte Gesellschaft in ihren Grundlagen zu erneuern und den sogenannten real existierenden Sozialismus vollkommen abzuschaffen, der nicht mehr war als ein System, in dem ein ganzes Volk von einer kleinen politischen Clique mittels eines allmächtigen Geheimdienstes und eines nahezu lückenlosen Netzes von Überwachung und Denunziation, Bespitzelung und Repression in Schach gehalten und ausgebeutet wurde.

Ich hoffe, dieses Zeugnis wird uns helfen, trotz allem den Mut und die Kraft aufzubringen, uns nicht auszuliefern, sondern erstmals auf deutschem Boden eine Gesellschaft zu errichten, die humanistischen Idealen, christlichen wie sozialistischen, gerecht wird.

In all den vergangenen Jahren hatten wir Anlaß und Grund genug zu verzagen, aber wir haben durchgehalten. Mehr noch, das Volk hat sich zum aufrechten Gang erhoben. Nun enthüllt sich uns ein Sumpf ungeahnten Ausmaßes. Heute, da wir anfangen, den Sumpf dieser Korruption, des Amtsmißbrauchs, des real existierenden Stalinismus in der DDR zu erkunden – und wir stehen erst am Anfang, denn dieser Sumpf erstreckt sich über unser ganzes Land –, befällt uns Entsetzen.

Wir haben aber Anlaß zur Hoffnung. Ein Sumpf ist gefährlich und tödlich, solange er unbekannt ist. Er ist erschreckend, wenn man ihn kennenlernt. Doch in dem Moment, wo wir beginnen, ihn trockenzulegen, hat er schon viel von seinem Schrecken verloren. Wir sollten diese abschreckenden und erschreckenden Aufdeckungen begrüßen, ihnen fast heiter entgegensehen.

Die Enthüllungen werden die eingeleitete Reformation unumkehrbar machen. Sie sind nicht nur um der Gerechtigkeit willen notwendig, wir brauchen sie für unsere Zukunft. Und am Horizont, wo sich das Ende des Sumpfes zeigt, leuchtet etwas sehr Kostbares: eine menschlichere Gesellschaft. Zum erstenmal kommt über meine Lippen ein Wort, das ich bislang nicht auszusprechen vermochte. Zum erstenmal, nach mehr als vierzig Jahren, kann ich sagen, dieses Land hier wird mein Land. Es wird mein Land, wenn ich es nicht aufgebe.

Verzagen wir nicht. Vier Jahrzehnte lang gab es genug Gründe zum Verzagen. Verzweifeln wir nicht angesichts des Sumpfes. Geben wir uns nicht auf. Denn daß dieser Sumpf sichtbar wurde, ist ein Zeichen unseres Erfolges. Endlich haben wir eine Chance, wir haben sie erst jetzt, und wir sollten sie – da wir sie endlich erkämpft haben – für uns nutzen und sie nicht vertun.

Diese Chance ist nach dreizehn Jahren Faschismus und vierzig Jahren Stalinismus sehr klein. Aber sie ist vorhanden. Sie ist erst jetzt vorhanden. Wir sollten noch heute unser Bäumchen pflanzen.

Achtung, Abgründe

Laudatio für Max Frisch anläßlich der Verleihung des Heinrich-Heine-Preises

Ich weiß nicht, sind es die Alpen, ist es die in Europa früh entstandene Form eines demokratischen Gemeinwesens, kommt es von dem geringen Ausmaß des Landes oder ist es die Sprache, die auch mitten im 20. Jahrhundert noch heftig auf Regionalität beharrt – die Literatur der Schweiz hatte stets ihre Besonderheiten. In der zweiten Hälfte unseres Jahrhunderts ist sie sowohl anheimelnd, also heimisch, wie auch tückisch.

Die Autoren der Schweiz lieben es, ihren Lesern Fallen zu stellen. Mit einer überaus höflichen und großzügigen Geste wird man eingeladen, man wird geradezu herzlich gebeten, in einem ausgesucht schönen und bequemen Sessel Platz zu nehmen. Die Eröffnung läßt auf einen angenehmen Abend hoffen, auf ein anregendes, keineswegs erregtes oder gar hinterhältiges Gespräch.

Die einleitenden Sätze klingen beruhigend, etwa:

»Ich habe die Geschichte von einem Mann, der Geschichten erzählt. Ich habe ihm mehrmals gesagt, daß ich seinen Geschichten nicht glaube.«

Oder: »Heute ist es eine Woche seit der Ohrfeige, die zu meiner Verhaftung geführt hat. Ich war (laut Protokoll) ziemlich betrunken, weswegen ich Mühe habe, den Hergang zu beschreiben, den äußeren.«

Oder noch einfacher, beruhigender und hinterhältiger mit dem Satz: »Ich stelle mir vor.«

Man darf sich, so lautet die Botschaft des einleitenden Satzes, unbesorgt im Sessel zurücklehnen und eine Zigarre anzünden. Es wird ein netter Abend.

Nach wenigen Sätzen jedoch verändert sich die Stimmung.

Der gemütvolle Auftakt wird von einigen unerwarteten Tönen konterkariert. Sie sind nicht laut oder gar schrill, aber die besinnliche Stunde ist dahin. Man richtet sich im Sessel auf, rutscht vorsichtshalber auf die Sesselkante vor, um sich nichts entgehen zu lassen, um bereit zu sein, notfalls Gesellschaft, Staat und Familie, die drei heiligen Kühe des Abendlandes zu verteidigen.

Aber dann gibt es bereits Entwarnung. Sicher, die Geschichte ist böse, aber irgendwie vertraut. Die Welt ist schlecht, das weiß man, man liest ja Zeitung. Irgendwo, besonders im Nachbarland, solls das alles geben, man hat da einiges gehört. Überdies, die Literaten überspitzen gern, sind alle von Geburt her Hysteriker, man muß das nicht ernst nehmen. Und schließlich, zum Abschluß des Abends soll noch das Ballett auftreten, man hat ja schon einem der Mädchen zugezwinkert.

Also lehnt man sich wieder zurück, betrachtet lange den Rotwein, ehe man versonnen von ihm nippt, und lauscht der nun argen Geschichte. Der Mörder, hört man, war nicht der Gärtner, sondern der Staatsanwalt. Der Feuerwehrmann selbst legte den Brand. Den Bankeinbruch organisierte der Banker. Die Befreiungsbewegung wurde von Moskau und Washington finanziert, und die nötigen Waffen lieferte der Geheimdienst des bekämpften Regimes.

Es wird ein nicht eben besinnlicher Abend, aber es bleibt doch durchaus amüsant. Man applaudiert, winkt nach dem Kellner und deutet auf das inzwischen geleerte Glas. Schließlich beugt man sich zum Nachbarn und fragt ihn nach dem Namen des Autors. Aber auch der hat die Einladungskarte, auf der sein Name erwähnt war, daheim gelassen. Man einigt sich mit ihm, daß der Bursche durchaus talentiert sei, wenngleich man selber eine etwas erlesenere geistige Kost bevorzuge. Dann muß man das Gespräch unterbrechen: Die Damen des Balletts betreten die kleine Bühne, von der noch schnell die grüne Leselampe abgeräumt wird.

In der Nacht grübelt man, wieso man nicht einschlafen kann. Das Essen und der Wein waren in Ordnung, und man war – der

Hinweis des Arztes vor drei Monaten klang beunruhigend, und schließlich gibt es morgen früh einen wichtigen Termin – zurückhaltend im Genuß. Die schnippische Antwort der kleinen Ballettratte kann es auch nicht sein. Im Grunde war man erleichtert. Das dumme Ding war viel zu mager, und außerdem ersparte man sich möglicherweise einige Unannehmlichkeiten: lästige, unpassende Anrufe im Büro oder einen tränenreichen, peinlichen Auftritt daheim, im trauten Familienkreis.

Nein, am Einschlafen hindert etwas anderes. Es ist so unbestimmt, daß man es nur sehr ungenau erfassen kann. Irgendwie hängt es mit diesem Kerl zusammen, dem man eine halbe Stunde lang hatte zuhören müssen, weil es eine Soiree war und man selbst schließlich ein Mann ist von Kultur und Bildung. Dieser Kerl mit diesen dicken Brillengläsern und dem Anzug aus dem Billigangebot von vor zehn Jahren, was hat er nur vorgelesen? Es klang ja eigentlich ganz manierlich, aber irgend etwas war da noch! Etwas zwischen den Zeilen!

Jetzt, in der Nacht, Stunden danach, wird es erst klar, was dieser angeblich berühmte Schriftsteller tatsächlich gesagt hatte. Im Klartext hieß es da: Diese Welt ist aus den Fugen, sie ist verkehrt eingerichtet. Schafft das mörderische System ab, wo der Mensch dem Menschen ein Wolf ist, steht endlich auf und widersetzt euch.

Der Kerl ist ein Hetzer, ein Anarchist. Natürlich hatte er alles sehr fein verpackt, man hats ja selbst nicht sofort bemerkt. Das ist ganz typisch für diese Burschen, sehen aus, als ob sie keiner Fliege was zuleide tun können, und wollen die Welt abschaffen, oder – noch schlimmer – den Staat. Man sollte womöglich den Staatsschutz informieren, sofort, noch in der Nacht. Andererseits, was sollte man ihnen erzählen? Das Verfassen einer Liebesgeschichte gilt ja leider noch nicht als Verbrechen. Und außerdem, der Staatsschutz, das sind widerliche Burschen ohne Kultur, mit denen man sich nicht einlassen sollte, man ist ja kein Denunziant. Aber diesem fabelhaften Dr. Soundso, der die Soiree ausrichtete, dem sollte man en passant einen Tip geben. Der ist sicher noch völlig ahnungslos, ein gutmütiger Trottel, den man reingelegt hat. Vermutlich mit dem Hinweis, daß dieser sogenannte Schriftsteller – mein Gott, was sich heute so alles als Schriftsteller bezeichnet! – irgendwo irgendeinen Großen Staatspreis erhalten hat. Ist auch typisch für diese Burschen, einen Großen Staatspreis anzunehmen, um dann gegen den Staat zu hetzen. Aber wieso hat man es nicht gleich bemerkt? Man kann gar nicht aufmerksam genug sein. Noch Stunden nach der Lesung und dem ansonsten ganz amüsanten Abend liegt man hellwach im Bett, beunruhigt und verärgert, noch immer auf der Spur nach dem, was einem zwischen den Zeilen mitgeteilt worden war, angesprungen hat, den Schlaf raubt.

Die Literatur der Schweiz wirkt anheimelnd, sagte ich, heimisch und gleichzeitig tückisch. Man kann wohl sagen, sie ist heimtückisch. Subversiv im Gewand des Grandseigneurs, anarchistisch mit einer äußerst korrekt gebundenen Krawatte, dem Humanismus und der Achtung vor allem Lebenden verpflichtet, aber mit dem Strick der Aufklärung eine Guillotine hinter sich herziehend.

Achtung, Abgründe! – Ich weiß nicht, ob Schilder mit dieser Aufschrift in den Schweizer Alpen aufgestellt werden. In der Schweizer Literatur sind sie angebracht.

Achtung, Abgründe! Ich bin Ihnen noch den Beweis schuldig. Er würde, wie Sie alle wissen, mir leicht fallen. Ich müßte nur die großen Romane und Stücke von Max Frisch betrachten, die diagnostizierte Heimtücke springt uns da gelegentlich schon beim Titel ins Auge und ins Hirn.

Um das Ausmaß dieser subversiven Anarchie zu verdeutlichen, will ich eine seiner kleinsten, fast nebensächlichen Arbeiten in den Zeugenstand rufen. Bezeichnend ist bereits, daß diese Arbeit sich bewußt tarnt als schlichte Arbeits- und Entscheidungshilfe, und der Autor sich zu diesem Zweck in eine städtische Behörde einschlich. Als Mitglied der Jury des Bauamtes der Stadt Zürich hatte er vor fünfundzwanzig Jahren ein »Exposé zum Wettbewerb für einen Neubau des Schauspielhauses Zürich« verfaßt.

Unscheinbar kommt diese Schrift daher, scheinbar allein der Bürgertugend verpflichtet, dem kommunalen Gemeinwohl, getarnt als verantwortliche Sorge eines Bürgers für seine Heimatstadt.

Der erste Satz klingt anheimelnd und beruhigend. »Theater«, sagt Frisch, »ist eine uralte Veranstaltung.«

Wir können zustimmend nicken. Der Autor tritt nicht als Bürgerschreck auf, vielmehr ehrt er die auch von uns geschätzte Tradition. Was uralt ist, kann uns nicht beunruhigen. Uralt, das ist ein Gütesiegel, das jegliche Aufregung von uns abhält. Eine uralte Veranstaltung, da können wir mit geschlossenen Augen dem Fortgang der Dinge entgegensehen.

Der zweite Satz lautet: »Der Bau, der dieser Veranstaltung dient, hat bekanntlich im Lauf der Zeit große Veränderungen erfahren, die nicht nur durch technischen Fortschritt, sondern vor allem gesellschaftlich bedingt worden sind.«

Wir schrecken auf. Der Satz beginnt ganz freundlich, aber dann kommt plötzlich und völlig unerwartet die Wendung »vor allem gesellschaftlich bedingt«. Hier heißt es aufpassen, diese Sprache kennt man, man weiß, was diese Burschen unter »gesellschaftlich« verstehen.

Gesellschaft, das ist man selbst. Man ist sogar die feine Gesellschaft, zumindest die bessere. Und man gibt auch Gesellschaften, am Abend. Oder man gründet eine, am Morgen oder in der Nacht, je nachdem was die Geschäftslage und die bessere Gesellschaft verlangen. Das ist auch alles »gesellschaftlich bedingt«. Aber wenn hier davon gesprochen wird, daß »große Veränderungen gesellschaftlich bedingt« seien, da heißt es, auf jedes weitere Wort zu achten. Denn das kennt man, da wird nicht die Gesellschaft, unsere Gesellschaft akzeptiert, sondern ihre Veränderung eingeklagt, also zum Bruch eben der Verträge aufgehetzt, auf denen eine jede Gesellschaft beruht.

Wir müssen die Augen wieder öffnen, die Sonntagsruhe einer Festpredigt ist dahin.

»Die Bühne selbst«, hören wir jetzt, »der Ort also, wo gespielt wird, dient immer dem gleichen Zweck, und die architektonischen Lösungen dafür sind gefunden: die Arena, das Podium, die Rahmenbühne (sogenannte Guckkastenbühne) erschaffen einen Ort, der sich vom übrigen Raum absetzt und dadurch den Vorgängen, die darin oder darauf vorgestellt werden, die Bedeutung des Exemplarischen verleiht. Jede architektonische Bemühung, Rampe und Rahmen abzubauen, ›um eine Kommunikation zwischen Schauspielern und Publikum herzustellen‹, beruht auf einem Mißverständnis dessen, was Theater ist und immer sein wird. Die Bühne ist erfunden. Wettbewerbshalber eine vollkommen neue Art von Bühne zu erfinden, die von keiner dramatischen Literatur gefordert wird, erübrigt sich. Die Bühne des neuen Schauspielhauses soll sich eignen für die Darstellung der vorhandenen dramatischen Literatur; diese aber, ausgenommen die Dramatik der Antike, die in jedem Spielplan eines heutigen Theaters nur als Rarität vertreten sein kann, ist für die Rahmenbühne geschrieben und zwar bis zur Avantgarde.«

Das klingt, wir haben genau zugehört, nach »uralter Veranstaltung«, und es klingt beruhigend. Neuerungen erübrigen sich, und das ist auch unsere Meinung. Wir sehen uns unerwarteterweise in Übereinstimmung. Das stachelt unser Mißtrauen an. Wir wissen, jene sogenannte Avantgarde, die alle Überlieferungen – die der Kunst, der Architektur, der Ästhetik oder der Gesellschaft – verwirft und zu zerstören sucht, ist ungefährlich. Sie erledigt sich mit der Zeit von selbst. Bedrohlich dagegen sind jene, die Veränderungen suchen und dabei die Tradition akzeptieren; die die Leistungen der Vorfahren nicht verwerfen, sondern sie nutzen; die den vorhandenen Reichtum nicht negieren, sondern verwenden wollen; die den Berg geleisteter menschlicher Arbeit nicht schleifen wollen, sondern zu erklimmen, auf seine Spitze zu gelangen suchen, um noch weiter, noch höher zu kommen. Nicht alle, wissen wir, die die Tradition schätzen, wollen uns ruhig schlafen lassen.

Und schon kommt – wiederum im ganz unschuldigen Gewand – jener Satz, mit dem das »Exposé zum Wettbewerb für einen

Neubau des Schauspielhauses Zürich« sich als anarchistisches Pamphlet entlarvt. Ich verweise schon jetzt darauf, denn die Zeitzünderbombe ist versteckt, ihre kaum sichtbaren Kontakte wirken auf den Betrachter, der sie nicht übersieht, vollkommen harmlos.

»Einrichtungen zu dem Zweck, die Spielfläche nach vorne auszuweiten, sind erwünscht, sollten die architektonische Eindeutigkeit der normalen Bühne mit Rahmen und Rampe jedoch nicht vermindern.«

Scheinbar haben wir hier nicht mehr als den Hinweis eines Architekten, der vor einer Zerstörung traditioneller Bühnenarchitektur warnt. Möglicherweise hat das Bauamt der Stadt Zürich bei diesem Satz zustimmend genickt. Möglicherweise hat das Bauamt daraufhin die Gelder zur Verfügung gestellt, großzügig, arglos und nichts ahnend.

Es ist ein kleiner Nebensatz, der die künftige Katastrophe vorbereitete und den Sprengsatz legte, der nach Errichtung des Neubaus gezündet werden soll.

Bereits die Formulierung »Einrichtung zu dem Zweck« verweist auf die anarchistischen Bestrebungen. Kunst soll zweckfrei sein, wissen wir, immer heiter und erbaulich. Hier sind aber Bestrebungen zu erkennen, die auf anderes verweisen, nicht auf Kunst und Heiterkeit, sondern auf einen Zweck.

»Einrichtungen«, heißt es, »zu dem Zweck, die Spielfläche nach vorne auszuweiten.«

Es klingt unverfänglich, aber spätere Schriften des gleichen Autors verdeutlichen auch dem naiven Betrachter, was da gemeint ist. Hier geht es nicht um den Bau einer Bühnenrampe, hier wird ein politisches Konzept vorgelegt.

Die Spielfläche nach vorne auszuweiten, das heißt nicht, sie in Richtung des Zuschauerraums auszuweiten, sondern in Richtung der Zuschauer. Vorne, das ist zweifelsfrei eine Richtungsangabe, aber es ist keine architektonische oder Himmelsrichtung gemeint, sondern eine politische. Was »vorne« heißt bei diesen Leuten, wissen wir. Es gibt genügend Beispiele dafür, wir sind aus der Geschichte hinreichend belehrt. »Vorne«, das war für sie nie unser guter, gesunder Menschenverstand, das goldene Maß, die ausgewogene Position der Mitte. Die Ausweitung nach vorne, die da erwünscht ist, bedeutete und bedeutet für sie: Veränderung, Bewegung, Aufruhr, das Ende der Ausgewogenheit, kurzum, Anarchie.

Hier spricht jemand über den Bau eines Theaters *und* seine künftige und durchaus nicht zweckfreie Verwendung. Und die Behörde, heimtückisch getäuscht und dem Neubau zustimmend, wird, wenn sie sich später über den Mißbrauch beklagt, eben auf diesen Satz im Gründungsdokument verwiesen.

Die weiteren Ausführungen des Autors belegen seine hier dargelegte Absicht, die er konsequent und radikal in allen späteren Arbeiten verfolgte.

Der Schauspieler, heißt es da, muß sich, wenn er die Bühne betritt, »in einem Spannungsfeld fühlen« – als sei nicht die vornehmste Aufgabe der Kunst zu entspannen.

Im Foyer soll sich das Publikum selbst sehen, dort soll »die Meinung gemacht« werden, dort sollen die Zuschauer »als Gemeinde zusammengehalten« werden. Man fragt sich natürlich, zusammengehalten zu welchem Zweck? Um das Publikum, den Staat, die Gesellschaft nach vorne auszuweiten, ist die bereits vorweg erteilte Antwort.

Die kleine, unscheinbar wirkende Schrift offenbart die politische Haltung und die praktizierte Ästhetik ihres Verfassers.

Die Frage, die sich uns nach Kenntnis der Absichten und Hintergründe stellt, lautet: Darf ein Exposé zum Wettbewerb für den Neubau eines Schauspielhauses, darf ein Autor in diesen und anderen Werken fortgesetzt gegen grundlegende bestehende Polizeigesetze verstoßen?

Ich denke, es ist nur zu begrüßen, den Autor einer solchen Hetzschrift zu kennzeichnen. Und die Kennzeichnung mit dem Namen Heinrich Heine ist angebracht und wohlüberlegt. Es sind verwandte Geister mit sich gleichenden, verwandten Haltungen und mit der Absicht, die Dinge nach vorne auszuweiten. Oder, wie Heine sagt: »Friedrich Schlegel nannte den Geschichtsschreiber einen Propheten, der rückwärts schaue in die Vergangenheit; – man könnte mit größerem Fug von dem Dichter sagen, daß er ein Geschichtsschreiber sei, dessen Auge hinausblicke in die Zukunft.«

Lieber Max Frisch, ich danke der Stadt Düsseldorf für die hohe Auszeichnung, zu Ihnen sprechen zu dürfen, eine Auszeichnung, die auch einschließt, daß Sie mir zuhören müssen.

Ich bin trotz verschiedener und wichtiger Verpflichtungen in meiner Heimat gern hierhergekommen, um an einer Feierstunde für Max Frisch teilzunehmen. Ein wenig fühle ich mich wie ein nicht-beauftragter Emissär der revolutionären Reformation in meinem Land, der gekommen ist, einen Sympathisanten zu grüßen und zu ehren.

In meiner Heimat ist es uns – für viele und sogar für uns selbst unerwarteterweise – gelungen, einen Drachen zu besiegen, dem wir scheinbar vollständig und ohne jede Hoffnung ausgeliefert waren. Dieser Kampf ist noch nicht beendet, aber er ist bereits entschieden. Aber schon lauern andere Gefahren auf uns, andere Drachen, freundlichere, buntere, die uns großen Konsum verheißen, und die um so verlockender sind, als sie lange Entbehrtes anzubieten haben.

Wir haben den Stalinismus überstanden und sind dabei, ihn endgültig zu vernichten. Ich hoffe, daß wir nicht so verzagt oder enttäuscht oder verbittert oder mutlos geworden sind und nun unser Land aufgeben. Die Ellbogengesellschaft, die auf Kosten der sogenannten zweiten und dritten Welt lebt, die auf Kosten der Nachfahren, der eigenen Kinder lebt, ist nicht meine Hoffnung für mein Land.

Ich hoffe auf einen eigenen und eigenständigen Weg. Ich hoffe, daß in meinem Land eine ganz andere, eine wirklich menschenwürdige Gesellschaft entsteht.

Und ich hoffe, daß viele Menschen – auch in diesem Land – uns beistehen werden. Ich setzte dabei nicht auf ihr Mitgefühl oder ihre Solidarität, ich setze auf ihren Egoismus.

Denn wenn das unerhörte, noch nie dagewesene Experiment, eine wirklich sozialistische Gesellschaft auf deutschem Boden zu errichten, scheitert, wenn die sozialistische Idee in Europa scheitert, dann wird der Kapitalismus einige seiner freundlichen Farben und Tupfer aufgeben können und etwas deutlicher als derzeit in Mitteleuropa seine Werte durchsetzen, so durchsetzen wie bereits in einigen anderen Ländern der Welt.

Ich setze auf ihren Egoismus: Wenn wir es schaffen, eine alternative und menschliche Gesellschaft zu errichten, werden auch die Menschen in anderen Ländern Europas menschlicher miteinander leben können.

Lieber Max Frisch, ich weiß Sie bei diesem Kampf auf unserer Seite.

Ich gratuliere Ihnen und uns zu Ihrem Werk. Ich gratuliere Ihnen zum Heinrich-Heine-Preis der Stadt Düsseldorf. Und ich danke Ihnen für Ihre Arbeit.

Gehalten am 13. Dezember 1989 in Düsseldorf

Ein bißchen laut

Zum 100. Geburtstag von Kurt Tucholsky

In der Einladung zur Kurt Tucholsky-Matinee steht das Wort Festrede – das ist offensichtlich ein Mißverständnis. Ich werde keine Festrede halten. Tucholsky ist nicht der Mann, dem man eine Festrede hält. Er würde sie sich nie anhören. Und wir sollten, da er tot ist und sich scheinbar nicht mehr wehren kann, ihn dazu nicht mißbrauchen. Er wurde zeit seines Lebens beschimpft, und er wurde zeit seines Todes beschimpft und mißbraucht. Die Tortur einer Festrede will ich ihm nicht antun. Wir sind beide dazu denkbar ungeeignet. Festreden seien den Repräsentanten vorbehalten; wir repräsentieren nichts, allenfalls das eigene Scheitern. Und das ist nicht der Rede wert, denn das Scheitern kam nicht überraschend, Tucholsky hatte es vorausgesagt.

Keine Festrede also, nur ein Nachdenken über diesen Mann Tucholsky, der in zwei Tagen einhundert Jahre alt geworden wäre und nicht einmal fünfzig Jahre alt werden durfte.

Tucholsky, ein Deutscher, ein Jude, ein Schriftsteller, ein Journalist, ein linker Intellektueller. »Lassen Sie sich sagen,« heißt es in Leserbriefen, »daß es bei uns Bürgern ein tief eingewurzeltes Mißtrauen gegen alle linken Intellektuellen gibt. Sie waren die Steigbügelhalter für verbrecherische Regimes.... Die linken Intellektuellen haben Deutschland stets Unglück gebracht.«

Solche Leserbriefe kannte Tucholsky, wenn auch nicht die zitierten. Diese Leserbriefe wurden erst 1989 geschrieben, also nicht im Kaiserreich, nicht in der Weimarer Republik, nicht im 3. Deutschen Reich, sondern in der Deutschen Demokratischen Republik.

Tucholsky würde lächeln und schweigen. Vermutlich würde er darauf verzichten, auf seinen »Gruß nach vorn« zu verweisen, den er 1926 schrieb als einen Gruß in das Jahr 1985. »Aber das rufe ich dir noch nach«, grüßte er uns damals, »besser seid ihr auch nicht als wir und die vorigen. Aber keine Spur, aber gar keine – «.

Noch vor wenigen Jahren hätten wir lauthals protestiert. Heute schweigen wir beschämt. Und andere machen sich Luft, mit einem Leserbrief beispielsweise: »Lassen Sie sich sagen, daß es bei uns Bürgern ein tief eingewurzeltes Mißtrauen gegen alle linken Intellektuellen gibt...«

Ein unglücklicher Anfang, Tucholsky. Ich will nochmals beginnen.

Arnold Zweig grüßt den Toten und nennt ihn »tapferer Kamerad, bezaubernder Schriftsteller, bester Chansonnier der Republik«. Für die Republik hat Tucholsky sich lebenslang eingesetzt, tapfer und mutig. Aber auch hellsichtig, und das hieß, er wußte um die Vergeblichkeit seines Kampfes. Immer wieder, zumal in den nicht für die Öffentlichkeit bestimmten Briefen, sagt er ihr Ende voraus. Lange bevor er ein Exil dringend benötigt, wählt er sein Exil.

Aber als alles, was er verzweifelt vorhersagte, eintrifft, verliert er doch die raison d'etre, den Lebenssinn. Er ist nun au dessus de la mêlée, außerhalb des Getümmels. »Es geht mich nichts mehr an«, schreibt er, »ich bin damit fertig.« Seiner Freundin schreibt er zum Abschied: »Ich bin einmal ein Schriftsteller gewesen.« Und dann schluckt er das Gift.

In diesem Jahrhundert war er, ein Bruder Heinrich Heines, einer der vorzüglichsten Republikaner der Deutschen.

Ich muß mich korrigieren: Selbst Tucholsky, der wie kein zweiter deutscher Schriftsteller in diesem Jahrhundert die Gegenwart für die Zukunft zu deuten verstand, hat nicht vorhersehen können, daß ihm auch dieser Titel abhanden kommen wird. Er, der verzweifelt und immer wieder die Republik dazu aufforderte, sich selbst zu schützen, sich gegen die Reichswehr, gegen die Geheimverbände und gegen die Deutschnationalen zu wehren und nicht immer wieder vor ihnen zu kuschen – nachzugeben, um Schlimmeres zu verhüten und damit dem Schlimmsten den Weg zu ebnen –, auch er konnte nicht vorhersehen, daß wir ihm heute den Titel ›Republikaner‹ nicht mehr geben können. Er ist derzeit anders besetzt. Er steht uns für Tucholsky nicht zur Verfügung. Den Titel ›Republikaner‹ okkupierten jene für sich, die die Demokratie und die Republik wieder mal abschaffen wollen. Zum 100. Geburtstag Tucholskys können wir ihn mit seinem erworbenen und ihm zustehenden Titel nicht ansprechen. Wir sind eben dabei, ihn gegen die Feinde der Republik, die sich Republikaner nennen, zu verteidigen oder die Republik zu verspielen.

Es ist uns bisher nicht viel geglückt. Wir sind nicht besser als die vorigen; keine Spur, aber gar keine.

Auch dieser Anfang mißriet, und ich muß erneut beginnen.

Von Karl Arnold gibt es eine Zeichnung zum 70. Geburtstag Heinrich Zilles, jenem Maler, von dem Tucholsky als »Berlins Besten« sprach: Ein jovialer, dicker Industrieller reicht dem alten Maler eine Zigarrenkiste und sagt: »Nehm Se sich noch ne frische Habana, Meister Zille. Sie ham uns mit Ihren Nutten und armen Leuen imma so vill Freude jemacht.«

Der reiche Bonhomme erteilt Berlins Bestem ganz famillionär eine Ohrfeige, und Zille muß sich das fatale Lob anhören, das ihm sein Scheitern deutlich macht. Ein grundsätzliches Mißverständnis, Zille nimmt es nicht lächelnd, doch fast nachsichtig hin.

Auch andere, ein Walter Benjamin beispielsweise oder eben Kurt Tucholsky, haben ihr Scheitern konstatieren müssen und konnten nicht so gelassen bleiben. »Der Grund zu kämpfen, die Brücke, das innere Glied, die raison d'etre fehlt.« Den fehlenden Lebenssinn ersetzen beide mit Gift. Beide sterben sie gelassen, nur noch bemüht, andere nicht zu kränken und ihnen mit der Mißlichkeit ihres Todes nicht zur Last zu fallen. Der Freitod erst macht sie frei.

»Sie ham uns mit ihren Nutten und armen Leuten imma so vill

Freude jemacht. Nehm Se sich noch ne frische Habana, Meister.«

Tucholsky, das war dieser amüsante und witzige Feuilletonist. ›Rheinsberg‹ und ›Schloß Gripsholm‹, ›Wenn die Igel in der Abendstunde‹ und ›Ein Ehepaar erzählt einen Witz‹. Und dann dieser ulkige ›Herr Wendriner‹, ›Ein älterer, aber leicht besoffener Herr‹, diese tolle Witznummer, womit uns Tucholsky »imma so vill Freude jemacht« hat. Und fürs Gemüt gabs da ja auch einiges, ›Mutterns Hände‹ zum Beispiel oder ›Auf ein Kind‹. Das ist doch der Tucholsky, den wir angenommen haben und lieben. In unserem Bücherschrank steht er in der Abteilung Schnurren und Späße, Unterabteilung Berliner Humor. Wir haben ihn uns gründlich hergerichtet, wir haben uns ein Bild von ihm gemacht nach unserem Bild. Und nun soll er uns amüsieren, und die Politik soll er draußen lassen. Und von seinen Herzschmerzen wollen wir nichts hören. Und den Selbstmord, den übersehen wir einfach, das ist nur so eine Mode der deutschen Schriftsteller, daß sie sich selbst alle tot machen. Er soll uns amüsieren oder zum Teufel gehen.

Tucholsky entschied sich, er entschied sich gegen uns. »Ich bin ein aufgehörter Schriftsteller«, schrieb er am 15. Dezember 1935, vier Tage, bevor er das Gift nahm, sechs Tage, bevor er starb.

»So vill Freude« hat er uns zum Ende nicht mehr gemacht. Auch dieser Ansatz führt uns nicht weit, sondern nur zu seinem Ende. Ich beginne erneut.

Tucholsky hat eine Autobiografie geschrieben. Nicht am Ende seines Lebens, sondern viel früher. In den deutschen Landen schreibt man Autobiografien am Beginn seines Lebens. Man ist vierzehn oder sechzehn oder zwanzig Jahre alt, wenn einem ein schriftlicher Lebenslauf abverlangt wird. Man hat noch nicht viel zu sagen, der Lauf des Lebens war noch allzu kurz, auf viel mehr als auf Elternhaus, Kindergarten und Schule ist kaum zu verweisen. Aber darum geht es auch nicht. Der schriftlich abverlangte Lebenslauf soll den tatsächlichen Lebenslauf erst begründen. Der Autor hat seine politischen und sonstigen Haltungen zu offenbaren, ehe man über seine Bewerbung um Aufnahme in die Oberschule, die Universität, den auszubildenden Betrieb entscheidet. Es ist Gesinnungsschnüffelei: Der Schutz der Schulen und Hochschulen, der Werkschutz, der Verfassungsschutz verlangen vom jugendlichen Bewerber, einen Lebenslauf zu verfassen.

Am Ende eines Lebens interessiert sich kein Mensch mehr dafür, es sei denn der Selbstbiograf ist eine Schauspielerin, die einige Aktphotos von sich vorzuweisen hat, oder der Betreffende war mehr als sechsmal verheiratet; da stoßen Autobiografien noch auf Interesse.

Tucholsky beginnt seine Autobiografie mit dem alles offenbarenden Satz: »Soweit ich mich erinnere, wurde ich am 9. Januar 1890 als Angestellter der WELTBÜHNE zu Berlin geboren.«

Freund und Feind wissen, woran man mit ihm ist. Der Gesinnungsschnüffelei ist Genüge getan.

Seine kurze Autobiografie endet mit einem ähnlich deutlichen und entlarvenden Satz. Er hat, schreibt er, »im Leben nur noch einen kleinen Wunsch: die Rollen der deutschen politischen Gefangenen und ihrer Richter einmal vertauscht zu sehen«.

Es scheint, ich habe diesmal den richtigen Faden gefunden. Mit einem leisen Triumpf in der Stimme kann ich Tucholsky vermelden, daß bereits zehn Jahre nach seinem Tod sein kleiner Wunsch in Erfüllung ging. Die deutschen politischen Gefangenen wurden, sofern sie noch am Leben waren, aus den Konzentrationslagern befreit; ihren Richtern wurde der Prozeß gemacht, sie wurden gehenkt oder kamen ins Gefängnis, sofern nicht die Wünsche der Industrie und der Alliierten einen informellen Gnadenakt erwirkten. Die Mitläufer, voll Abscheu über den aufgedeckten Sumpf und die nun offenbarten Verbrechen der drei ehemals mächtigsten Männer des Landes, schickten mit dem Ausdruck höchster Empörung ihre Parteiabzeichen und Auszeichnungen zurück und waren fortan Demokraten oder Sozialisten, wie es die Landschaft – rechtselbisch oder linkselbisch – erforderlich machte.

»Die Rollen der deutschen politischen Gefangenen und ihrer Richter einmal vertauscht zu sehen« – das war im Jahr 1926 ein frecher und provokanter Wunsch, und ich denke, ich gehe nicht irre, wenn ich vermute, daß Sie, Tucholsky, diesen Wunsch als unerfüllbar ansahen. In jedem zivilisierten und funktionierenden Staat wäre dieser Wunsch, auch wo er zu Recht besteht, unsinnig und politische Traumtänzerei. Die Deutschen machten es möglich. Hätten Sie Ihren 55. Geburtstag erleben können, vielleicht hätte es Sie erfreut, Ihren Wunsch erfüllt zu sehen. Freilich, die Kosten dafür waren unermeßlich hoch, mehrere Millionen ermordeter Menschen. Auch das machten die Deutschen möglich.

Hätten sie allerdings auch Ihren 100. Geburtstag erlebt, so hätten Sie auch sehen müssen, wie Ihr Wunsch ein zweites Mal in Erfüllung ging. Und das vermelde ich ohne jeden Triumph in der Stimme. Nicht, weil dieser Tausch zu Unrecht erfolgte – die Freizulassenden und die zu Rehabilitierenden hatten jeden nur denkbaren Anspruch auf diesen Tausch, und ihre Richter, die Kerle, die nun ins Gefängnis kamen und kommen, haben sich die Zelle wohl verdient – nein, auch dieses zweite Mal tauschte man ganz zu Recht die Rollen der Gefangenen und ihrer Richter. Aber daß es wiederum notwendig wurde, heißt doch nur, der erste Rollentausch brachte wenig, jedenfalls wenig für die Demokratie und für die Zukunft. Der erste Rollentausch konnte nicht verhindern, daß wiederum der Staat Unrecht beging, daß wieder Gesetze geschaffen wurden, die den politischen Gegner zum Volksfeind machten, der zu liquidieren, auszulöschen ist. Das schlimme Beispiel blieb folgenlos, man lernte nichts hinzu. Das Unrecht wurde getilgt, um neues Unrecht darauf aufzubauen. Und 45 Jahre später ein neuer Rollentausch der Gefangenen und ihrer Richter. Und was wird jetzt gelernt? Demokratie? So hieß es damals schon. Es hieß sogar Volksdemokratie, so ein merkwürdiges Wort, doppelt jemoppelt, würden Sie sagen. Und heute gibt es schon wieder so ein Zauberwort: Basisdemokratie heißt es nun, auch wieder ein Wort doppelt jemoppelt. Volksdemokratie, Basisdemokratie, wozu diese Wortungetüme? Soll das bedeuten, daß wir zur einfachen Demokratie, zur Herrschaft des Volkes, unfähig sind?

Und in vier oder fünf Jahrzehnten, vielleicht zum 150. Geburtstag Tucholskys, ist dann wieder ein Rollentausch fällig?

Ohne jeden Triumph in der Stimme vermelde ich Ihnen, Tucholsky, daß Ihr Wunsch zum zweitenmal in Erfüllung ging. Und es sind sogar Kerle dabei, die bei jedem Rollenwechsel beteiligt waren, die bis 1945 politische Gefangene waren, dann die Rolle des Richters bekamen und nun wieder die Rolle des Gefangenen. Und das ist besonders bedrückend und widerlich. Wir könnten nun von der Macht sprechen, die den machtausübenden Menschen korrumpiert; oder von dem Machtapparat, der sich den einzelnen unterordnet, jeden einzelnen; oder vom persönlichen Versagen, von einer menschlichen Tragödie; oder von der hauchdünnen Decke, auf der sich unser Humanismus gründet. Es gibt insgesamt 87 Gründe, um diesen unerklärlichen Vorgang zu erklären, und dennoch bleibt ein Rest. Trotz des endlich erreichten Sieges, trotz des fast unglaublichen, noch vor kurzem nicht zu erhoffenden Sturzes eines korrumpierten und verbrecherischen Systems, trotz des Rollentausches der deutschen politischen Gefangenen und ihrer Richter, es bleibt ein Rest, der uns verzweifeln läßt.

Ihr Wunsch ging in Erfüllung, Tucholsky, gleich zweimal. Sind Sie nun glücklich oder wenigstens zufrieden? Vielleicht sagen Sie: »Nun muß, auf die lächerliche Gefahr hin, daß das ausgebeutet wird, eine Selbstkritik vorgenommen werden, gegen die Schwefellauge Seifenwasser ist. Nun muß - ich auch! ich auch! – gesagt werden: Das haben wir falsch gemacht, und das und das – und hier haben wir versagt. Und nicht nur: die andern haben... sondern: wir alle haben.« Oder Sie sagen nur noch: »Ohne mich. Ceterum censeo: Ich habe nichts damit zu tun.«

Schade, es ist mir wiederum mißglückt. Dabei war der Anfang so hoffnungsvoll, da Ihr einziger Wunsch in Erfüllung ging und gleich mehrmals. Ich muß wieder beginnen. Und es ist schwieriger geworden.

Noch bis vor kurzem war unser Verhältnis zu Tucholsky geklärt: Er war unser. Die jeweiligen Festreden zu gegebenen Anläßen waren nahezu austauschbar. Ich will einige wenige Sätze zitieren, den Verfasser zu nennen ist unwichtig, die Sätze klangen überall gleich.

1960, zum 70. Geburtstag, hieß es:

»Heute ist Tucholsky auferstanden... auferstanden aus den Kräften, an deren Widerstandskraft und Wirkungsmächtigkeit er den Glauben verloren hatte. Und weil diese Kräfte in der Deutschen Demokratischen Republik auferstanden sind, in einem Staate der Vernunft, der Menschlichkeit und Friedfertigkeit, erbaut auf Voraussetzungen, die auch Tucholsky als unabdingbare Voraussetzungen für einen solchen Staat erkannt hatte, und diese Republik ein deutscher Staat ist, der ganz Deutschland zeigt, daß es auch anders geht, so nämlich, wie Tucholsky es sich gedacht hat, darum ist Tucholsky auferstanden... Kurt Tucholsky sah am Ende ›keinen Grund zum Leben‹ mehr, weil er meinte, daß es nach dem Faschismus alles wieder so werden würde, wie es vorher war.... in der Deutschen Demokratischen Republik jedoch ist es – mit Tucholsky – ganz anders geworden. In ihr ist der ›eine kleine Wunsch‹ seiner Autobiographie von 1926, ›die Rollen der deutschen politischen Gefangenen und ihrer Richter vertauscht zu sehen‹, erfüllt worden und daraus die Welt erblüht, für die er gearbeitet hat.«

Sie waren alle unser, Lessing und Goethe, Heine und Büchner, Thomas und Heinrich Mann, Brecht und Tucholsky. Die toten Dichter gehörten alle der DDR, die Lebenden selbstverständlich auch, sofern sie sich nicht durch Flucht entzogen.

All das waren Dummheiten, zu dumm, um sie auch nur zu erwähnen. Aber diese Dummheiten sind uns teuer zu stehen gekommen. Und wir sind immer noch dabei zu zahlen.

Und schon kommen neue Kosten hinzu. Die Konvertiten, die frisch Bekehrten, sind ein seltsames Volk. Um den Faschismus und seine Untaten abzuwaschen, stürzte man sich in den Stalinismus und fiel in dessen Untaten, und ein Verbrechen wurde schnell durch ein anderes ersetzt und verdrängt. Und nun gehts heftig und sehr schnell in die Abrechnung mit dem Stalinismus. 1945 war der Faschismus in vier Wochen überwunden, der Stalinismus wurde jetzt in vier Tagen beseitigt, und republikweit gibt es nur noch Opfer und nirgends mehr Täter. Jedoch sind heute bereits die ersten Opfer der Entstalinisierung zu beklagen.

Und jetzt? Wird es wieder so werden, wie es vorher war? Ich kenne Ihre Antwort, Tucholsky. Darum haben Sie ja das Gift genommen, obgleich Sie im schwedischen Hindas in Sicherheit waren. Das mag eine gültige Antwort für Sie gewesen sein, es ist keine für uns. Aber natürlich ist alles sehr viel schwerer geworden, eben jetzt und hier. 1932 schrieben Sie an Hasenclever: »Man kann für eine Majorität kämpfen, die von einer tyrannischen Minderheit unterdrückt wird. Man kann aber einem Volke nicht das Gegenteil von dem predigen, was es in seiner Mehrheit will.«

Was wird kommen? In Demokratie sind wir ungeübt, und ich fürchte, sie wird uns mißlingen, denn nur diejenigen, die heute über 80 Jahre alt sind, haben sie hier mit Bewußtsein erlebt. Wir alle sind ungeübt in der Demokratie, wir alle haben es über fünfeinhalb Jahrzehnte hindurch nur gelernt, im politischen Gegner den Volksfeind, den Konterrevolutionär zu sehen, der zu vernichten ist. *Diese* Lektion wurde gelernt, doch die demokratischen Regeln eines Gemeinwesens sind uns – allen verbalen Bekundungen zum Trotz – noch fremd.

Deutsch-national, da hatten wir immer die besseren Noten, und da haben wir auch noch die passenden Lieder und Verse und Losungen. Und Ausländer, das muß ja nicht sein, und linke Intellektuelle auch nicht, und Behinderte und Künstler und Homosexuelle und Juden, muß alles nicht sein in deutschen Landen.

Was wird werden? Einen Tucholsky werden wir nicht mehr haben, aber einen Ossietzky, den man internieren kann, werden wir schon finden.

»Deutschland ist ein gespaltenes Land. Ein Teil von ihm sind wir«, schrieben Sie 1929. Aber Sie hatten die Rechnung ohne den Wirt gemacht und siedelten im gleichen Jahr nach Schweden. Und dort lebten Sie als »aufgehörter Schriftsteller«, der keine deutschen Zeitungen und keine deutschen Bücher mehr las. Und am 19. Dezember 1935 war es für Sie soweit. Kurz zuvor schrieben Sie noch in Ihr ›Sudelbuch‹: »Wenn ich jetzt sterben müßte, würde ich sagen: Das war alles? – Und: Ich habe es nicht so richtig verstanden. Und: Es war ein bißchen laut.« Und dann schrieben Sie an Arnold Zweig: »Man muß von vorn anfangen. Von vorn, ganz von vorn.« Und dann schluckten Sie das Gift.

Was wäre sonst noch zu sagen?

Daß Sie Ihre Heimat liebten, den Norden Deutschlands vor allem und die See. »Im Patriotismus«, schrieben Sie, »lassen wir uns von jedem übertreffen – wir fühlen international. In der Heimatliebe von niemand – nicht einmal von jenen, auf deren Namen das Land grundbuchlich eingetragen ist. Unser ist es.«

Hier irrten Sie sich, Tucholsky. Eine Figur in einem Ihrer Lieblingswitze, der Ganove Schackerchen, war da realistischer. Als Schackerchen sich eines Tages bei dem Gefängnisdirektor über das Essen beschwert, resümiert er: »Also, Herr Direktor, ick bedaure, aber unter sone Umstände kann ick ma hier nich inleben!«

Die grundbuchliche Eintragung ist entscheidend, Tucholsky. Auch das Exil hat Ihnen nicht viel geholfen, aber immerhin brachte es Ihnen einen Grabstein auf dem Friedhof von Mariefred, in der Nähe des Schlosses Gripsholm. Und ein Grabstein im Exil, das hieß, das Grab konnte unzerstört das 3. Deutsche Reich überstehen, und der Grabstein ist nicht den antisemitischen Schmierereien der deutsch-deutschen Nachkriegsrepubliken ausgesetzt.

Ein Grabstein, der nicht belästigt wird – mehr war vom Leben für einen ›aufgehörten Schriftsteller‹ wohl nicht zu verlangen, nicht für einen Mann wie Sie, Tucholsky, für den »kleinen, dikken Berliner«, wie Erich Kästner sagte, der »mit der Schreibmaschine eine Katastrophe aufhalten« wollte.

Was wäre sonst noch zu sagen? Ihr Verhältnis zu den Frauen, da ist manches verwunderlich, aber mir widerstrebt es, in fremden Nachttischen und Betten zu wühlen, auch wenn das als Freiheit gilt.

Oder es wäre zu sprechen über Tucholsky, Deutschland und die Juden. Das jedoch ist, wie einer Ihrer Lieblingsschriftsteller, der alte Fontane, zu sagen pflegte, ›ein weites Feld‹, und es wäre viel zu sagen und lange zu sprechen. Aber dagegen steht Ihr Rat an den Bruder Fritz:

»Laß sie alle ausquatschen«, schrieben Sie ihm, »dann kommt ein Moment, wo die Gesellschaft des Stoffes müde wird. Wenn man dich dann fragt: ›Na und was meinen Sie dazu?‹ so fürchten alle: Mein Gott, jetzt fängt der auch nochmal an! – Dann sagst du: ›Ja, meine Herren, dazu ließe sich in mancher Beziehung viel sagen.‹ Und dann sagst du es nicht. Dann werden dir alle sehr dankbar sein.«

Oder ich könnte, da die Rede geredet werden muß, ganz persönlich werden und im Tonfall der neueren Gesellschaftsspiele mir selbst die Frage stellen: Was fällt dir – ganz spontan – bei Tucholsky ein?

Das ist mit einem Satz gesagt: Im Dezember 1935 starb Tucholsky, im August 1933 wurde er ausgebürgert, im Mai 1933 wurden seine Bücher verbrannt, aber bereits 1929 wählte er sein Exil in Schweden. Es ist diese Voraussicht, die an Weisheit grenzt und die ich an ihm bewundere. Und ich hoffe, ihn nicht eines Tages um diese Weisheit beneiden zu müssen; und um das gastfreundliche Land, das ihm ein Exil gewährte, hat doch die Welt am Ende des 20. Jahrhunderts eine neue Nation dazugewonnen, jene Menschen, die von keinem Land der Erde aufgenommen werden, denen selbst jenes kleine Stück Erde abhanden kam, das jeder Mensch mit seinem Tod benötigt, ich spreche von dem neuen Mitglied in der Familie der Völker, dem Volk der Boatpeople.

Und sonst? Am 9. Januar wäre Tucholsky 100 Jahre alt geworden. In Deutschland allerdings durfte er nur 45 Jahre alt werden. An den Bruder Fritz schrieb er zwei Wochen vor seinem Tod: »Für Deutschland kämpfen, das ist nicht deine Aufgabe. Du würdest dein Leben vertun, wie ich es getan habe. (Wofür war das alles?)«

In sein ›Sudelbuch‹, auf eine der letzten Seiten, zeichnete er eine dreistufige Treppe. Auf der untersten Stufe ist das Wort SPRECHEN eingetragen, auf der folgenden das Wort SCHREIBEN. Und ganz oben, dort wo auf den alten Bildern das Paradies dargestellt ist oder die Jungfrau mit dem Kind, die dem Betrachter zulächelt, dort oben steht bei Tucholsky das Wort SCHWEIGEN.

Vorgetragen am 7. Januar 1990 im Deutschen Theater Berlin (DDR)

Quellenverzeichnis

*Mit * sind redaktionelle Titel bezeichnet, die nicht vom Autor stammen*

1

Maelzel's Chess Player Goes to Holywood. Das Verschwinden des künstlerischen Produzenten im Zeitalter der technischen Reproduzierbarkeit – In: Ch. H., Öffentlich arbeiten. Essais und Gespräche. Aufbau-Verlag, Berlin (DDR) und Weimar, 1987

Des Menschen Auge hat's nicht gehört*. Von der Magie und den Magiern – In: Windvogeldreieck. Schriftsteller über Wissenschaften und Wissenschaftler, hrsg. v. John Erpenbeck. Buchverlag der Morgen, Berlin (DDR), 1987

Leserpost oder Ein Buch mit sieben Siegeln. Für Christa Wolf – In: Christa Wolf – Ein Arbeitsbuch. Zum 60. Geburtstag der Autorin hrsg. v. Angela Drescher. Aufbau-Verlag, Berlin (DDR) und Weimar, 1989; Luchterhand Literaturverlag, Frankfurt am Main, 1990

Ein deutscher Molière...* Zur ›Bargfelder Ausgabe‹ der Werke Arno Schmidts – In: Literatur Konkret, Hamburg, Heft 13, Okt. 1988

Der Apfelwein der Madame de Guermantes. Betrachtungen über Poetik-Vorlesungen – In der Reihe Poetik-Vorlesungen von Schriftstellern an der Universität Leipzig gehalten am 31. Okt. 1989

2

Die Welt ist kleiner geworden* – Beitrag zum internationalen Friedensforum des Schriftstellerverbandes der DDR, »Berlin – ein Ort für den Frieden«, Mai 1987 in Berlin (DDR)

Die Zensur ist überlebt, nutzlos, paradox...*. Rede auf dem X. Schriftstellerkongreß der DDR, 24.–26. Nov. 1987 in Berlin (DDR), als Diskussionsgrundlage für die Arbeitsgruppe IV: Literatur und Wirkung

Die Zeit, die nicht vergehen kann oder Das Dilemma des Chronisten. Gedanken zum Historikerstreit anläßlich zweier deutscher 40-Jahrestage – Überarbeitete Fassung einer Vorlesung Heins v. 29. Mai 1987 innerhalb seiner Gastdozentur für Dramatik an der Folkwangschule Essen

I Saw Stalin Once – In der Reihe »Zeit-Museum der 100 Bilder« als 97. Beitrag im ZEIT-Magazin, Hamburg, v. 11. Aug. 1987 erschienen. Abbildung: Schwarz-Weiß-Reproduktion des farbigen Gemäldes von Komar und Melamid, I Saw Stalin Once When I Was A Child, 1981–82 (183 x 137 cm), Collection, The Museum of Modern Art, New York

3

Die fünfte Grundrechenart. Rede auf der Tagung des Ost-Berliner Schriftstellerverbandes v. 14. Sept. 1987

Öffentliche Erklärung – Zuerst vorgetragen bei einer Lesung im Ost-Berliner Theater »Berliner Ensemble« am 15. Okt. 1989; in der Folgezeit wiederholt bei allen öffentlichen Lesungen

Die DDR ist nicht China*. SPIEGEL-Gespräch – In: DER SPIEGEL, Hamburg, Nr. 43 v. 23. Okt. 1989. Das Gespräch führten Ulrich Schwarz und Hartmut Palmer

Ein Berliner Traum im Oktober 1989, der bereits im August 1968 von deutschen Panzern auf dem Wenzelsplatz überrollt wurde – Beitrag zur Podiumsdiskussion bei der Veranstaltung »DDR – wie ich sie träume« am 24. Okt. 1989 im Ost-Berliner »Haus der jungen Talente«

Der Dialog reicht nicht aus* – Ansprache bei der Veranstaltung »Wider den Schlaf der Vernunft« in der Ost-Berliner Erlöserkirche am 28. Okt. 1989

Weder das Verbot noch die Genehmigung als Geschenk* – Gespräch mit der »Berliner Zeitung« – In: »Berliner Zeitung«, Berlin (DDR), v. 4./5. Nov. 1989. Das Gespräch führte Dieter Krebs

Der alte Mann und die Straße* – Ansprache auf dem Alexanderplatz in Ost-Berlin bei der vom Verband der Berliner Kulturschaffenden initiierten Demonstration am 4. Nov. 1989

Brief an Sara, New York – In: The New York Times Magazine vom 17. 12. 1989 unter dem Titel »East Berlin Diary«. Die Adressatin des Briefes ist Cheflektorin des New Yorker Pantheon-Verlages, der die Bücher Christoph Heins in den USA ediert

4

»...und andere«. Für Gustav Just – Vorgetragen beim Gedenkkonzert für die »Opfer der stalinistischen Verfolgung in der DDR« am 10. Dez. 1989 im Ost-Berliner Schauspielhaus. Vorwort zu: Gustav Just, Zeuge in eigener Sache, Buchverlag Der Morgen, Berlin (DDR); Luchterhand Literaturverlag, Frankfurt am Main, 1990

Achtung, Abgründe. Laudatio für Max Frisch anläßlich der Verleihung des Heinrich Heine-Preises der Stadt Düsseldorf, gehalten in Düsseldorf am 13. Dez. 1989

Ein bißchen laut. Zum 100. Geburtstag von Kurt Tucholsky – Rede bei der Gedenkveranstaltung im Ost-Berliner Deutschen Theater am 7. Jan. 1989

Christoph Hein im Luchterhand Literaturverlag

Drachenblut
Novelle. Sammlung Luchterhand 616

Die fünfte Grundrechenart
Reden und Aufsätze
1986–1989
224 Seiten. Broschur

Horns Ende
Roman. 268 Seiten. Leinen
Auch in der Sammlung Luchterhand 699

Nachtfahrt und früher Morgen
Erzählungen. Sammlung Luchterhand 841
Heins erster Prosaband, ausgezeichnet mit dem Heinrich-Mann-Preis der Akademie der Künste, Ost-Berlin.

Passage
Ein Kammerspiel. 80 Seiten. Broschur. Luchterhand Theater

Die Ritter der Tafelrunde
Eine Komödie. 80 Seiten. Broschur. Luchterhand Theater
»Christoph Hein hat eine Komödie geschrieben, die es bitterernst meint und einen intimen Einblick in die Innenausstattung der Macht und der Mächtigen gewährt.« *Theater heute*
»Das wirkliche Stück des Jahres.« *Der Spiegel*

Schlötel oder Was solls
Stücke und Essays. Sammlung Luchterhand 670

Der Tangospieler
Roman. 224 Seiten. Gebunden

Die wahre Geschichte des Ah Q
Stücke und Essays. Sammlung Luchterhand 550

Christa Wolf im Luchterhand Literaturverlag

Ansprachen
96 Seiten. Gebunden

Die Dimension des Autors
Essays und Aufsätze, Reden und Gespräche 1959–1985
960 Seiten. Leinen
Auch in der Sammlung Luchterhand 891 und 892

Gesammelte Erzählungen
228 Seiten. Gebunden
Auch in der Sammlung Luchterhand 361

Kassandra
Erzählung. 160 Seiten. Gebunden
Auch in der Sammlung Luchterhand 455

Voraussetzungen einer Erzählung: Kassandra
Frankfurter Poetik-Vorlesungen
Sammlung Luchterhand 456. Originalausgabe

Kein Ort. Nirgends.
Sammlung Luchterhand 325

Kindheitsmuster
Roman. Sammlung Luchterhand 277
Bibliophile Ausgabe in der Luchterhand Bibliothek.
552 Seiten. Leinen

Nachdenken über Christa T.
Mit einem Nachwort von Hans Mayer
248 Seiten. Leinen
Auch in der Sammlung Luchterhand 31

Christa Wolf im Luchterhand Literaturverlag

Sommerstück
Erzählung
224 Seiten. Leinen
»Dieses Buch ist, was es nicht gibt: eine idyllische Elegie. Es ist die vielleicht ergreifendste Prosa der Christa Wolf – ganz leise, traurig, ohne Pathos, sattgesogen von Abschied, doch gar nicht tränendick: Altern ist Rückzug. Was vorliegt, ist ein kleines großes Meisterstück.«
Fritz J. Raddatz, *Die Zeit*

Störfall
Nachrichten eines Tages
Sammlung Luchterhand 777. Originalausgabe

Unter den Linden
Erzählung. Sammlung Luchterhand 249

Christa Wolf/Gerhard Wolf
Till Eulenspiegel
Sammlung Luchterhand 430

Christa Wolf. Ein Arbeitsbuch
Studien, Dokumente, Bibliographie
Herausgegeben von Angela Drescher
560 Seiten. Broschur

Gustav Just
Zeuge in eigener Sache
Die fünfziger Jahre in der DDR
Vorwort von Christoph Hein
ca. 232 Seiten. Broschur

»Das Urteil beruht auf einer Verletzung des Gesetzes und ist daher aufzuheben.«
Am 5. Januar 1990 kassierte das Oberste Gericht der DDR das Urteil, das am 26. Juli 1957 in einem beispiellosen Schauprozeß »gegen Walter Janka und andere« ergangen war. Es traf vier Unschuldige, darunter Gustav Just, den Stellvertretenden Chefredakteur der Wochenzeitung »Sonntag«.
Gustav Justs Enthüllungen über einen der wichtigsten stalinistischen Schauprozesse in der DDR, mit denen Ulbricht die Opposition unterdrücken und ersticken ließ, seine Enthüllungen über die brutale Behandlung politischer Gefangener in den Haftanstalten der DDR erschrecken.
»Gustav Just tritt hier auf als Zeuge in eigener Sache, aber auch als Zeuge der Zeit und der Geschichte dieses Landes«, schreibt Christoph Hein im Vorwort. »Justs Buch zerstört eine verlogene und menschenverachtende Sicht auf unsere Welt, an der so viele beteiligt waren, die die Wahrheit auch damals schon kannten, aber nicht gewillt oder interessiert waren, für sie einzustehen ...«